블루덴 대륙

N

W 4 E

S

드래곤의 섬

류블라드

데칸

미도스

드래곤의 숲

노스 산맥

칼라할 사막

리플라 강

그린젬 대륙

아폴

이스

니아 섬

엠파이어 산

훈트 반도

에니

알

문

사카

자이르 강

하브

에덴

엠파이어
산맥

슈켄트

에이스

다바드

필로

모르간

니아

배론

무아브

제논

라카스

훈트
연합국

로컬트

오브 강

미다가스 반도

노스 산맥

드워프의 산

Ara Nova

Oma

빌로우 노스 산맥

디스 제국

디아스

포카트

포카트

토요

브라마 강

푸트라 강

모노 산

마오

브레그마

하이트론 성국

에이트

일리나 강

시피 강

셀레베스 만

베리스 땅

카이렌

미드 산맥

트라이어드 산

라디칼

엘프의 숲

이스트 산맥

바스테르 산

바스테르 산맥

산맥

칼라

타르

비스

그람

마케인 제국

로피탈

강

사우스 산맥

포스 산

하루

레세프 호수

케르마 사막

레사프 강

라이어 강

알류 섬

케이
Kei

게이 3

신가 판타지 장편 소설

초판 1쇄 찍은 날 § 2004년 3월 5일
초판 1쇄 펴낸 날 § 2004년 3월 15일

지은이 § 신가
펴낸이 § 서경석

편집장 § 문혜영
편집책임 § 김민정
편집 § 장상수 · 김희정
마케팅 § 정필 · 강양원 · 이선구 · 김규진 · 홍현경

펴낸곳 § 도서출판 청어람
등록번호 § 제1081-1-89호
등록일자 § 1999. 5. 31
어람번호 § 제1-0470호

주소 § 경기도 부천시 원미구 심곡1동 350-1 남성B/D 3F (우) 420-011
전화 § 032-656-4452   팩스 § 032-656-4453
http://www.chungeoram.com
E-mail § eoram99@chollian.net

ISBN 89-5831-003-0 04810
ISBN 89-5831-000-6 (SET)

신가 판타지 장편 소설

The Page of Oracle

케이
:kei

3

홍수(洪水)

도서출판
청어람

차례

제   15   식

골드 드래곤
에르데미안(2)

"이렇게 된 것입니다."

케이는 드디어 한 달간의 길고 긴 이야기를 끝냈다.

'삼십 일간 이야기를 하는 것도 이렇게 힘든데… 천일야화라니……'

길고 긴 이야기에 지친 케이는 한국에 살 때 들었던 천일야화에 얽힌 이야기를 상기하며 혀를 내둘렀다. 그만큼 에르데미안에게 자신의 이야기를 하는 것은 힘들고도 지치는 일이었던 것이다.

"하, 드디어 끝이 난 건가요? 정말 재미있었어요. 무척이나 신기했고요. 그 과학이라는 것이 그렇게 대단하다니 저로서는 믿기 힘들군요. 그 세계에서는 설사 드래곤이라 하더라도 크게 두려운 존재는 아니겠어요."

"글쎄요. 제 생각에는 그 세계에 가더라도 무척이나 두려운 존재라는 것은 분명합니다. 인간이라는 존재는 자신이 모르는 것에 대해서 막연한 공포를 느끼기 마련이니까요. 특하나 미티어 스웜 같은 마법을 대한다면……."

"그런가요? 분명 인간은 미지의 것에 대해 공포를 느끼고 배척하죠. 하지만 또한 그만큼 미지의 것을 탐구하기도 하죠. 이 세계의 마법사들이 그러한 존재이고 케이가 살았다는 세계의 과학자란 사람들이 그러한 존재겠죠? 그리고 설사 그 세계의 인간들이 드래곤이라는 존재를 두려워한다고 해도 상대할 방법을 가지고 있으니 이곳만큼은 아니겠지요."

"그런가요?"

에르데미안의 말에 케이는 동의할 수밖에 없었다. 사실 제아무리 드래곤이라 하더라도 미사일 세례를 받는다면 견뎌낼 재간이 없기 때문이다.

'하지만 공간 이동 마법과 블링크를 자유자재로 펼치는 드래곤을 과연 맞출 수나 있을까?'

케이는 드래곤은 이곳에서나 그곳에서나 대단한 존재라는 생각에 변함이 없었다.

"아, 그리고 케이가 말해 준 그 무공이라는 것도 무척이나 흥미로웠어요. 케이가 중원이란 곳에서 겪었던 이야기를 브로스넨이 듣는다면 어떤 반응을 보일지 생각만 해도 궁금하네요. 호호."

에르데미안의 말에 케이의 표정이 살짝 찡그러졌다. 궁금하다는 말에 반응한 것이다. 혹시라도 그 궁금증을 풀기 위해 에르데미안이 브로스넨에게 자신의 이야기를 하게 된다면 자신은 상당히 피곤한 존재에게 휘둘리게 될 거라는 생각이 들었기 때문이다.

"호호, 그렇게 인상 쓰지 말아요. 브로스넨에게 이야기하지 않을 테니. 그리고 이야기를 해주고 싶어도 브로스넨은 지금 유희 중이라 그가 날 찾아오지 않는 이상 만나기도 힘들답니다."

케이의 기색을 눈치 챈 에르데미안이 이야기했다.

"마치 찾아오면 이야기해 주겠다는 것처럼 들리는걸요?"

"아아, 절대로 말하지 않을게요. 드래곤의 이름을 걸고 약속하죠. 케이를 곤란하게 만들지는 않을게요. 호호."

케이가 염려하는 바가 무엇인지 아는 에르데미안은 절대 그가 곤란하지 않게 하겠다는 약속을 해주었다.

"자, 그럼 이제 폴리모프의 수식을 새로 만들어주실 차례죠?"

케이는 지난 한 달간 자신의 이야기를 하면서도 머리 속에서는 결코 잊지 않았던 이야기를 꺼냈다.

"알았어요, 케이. 뭐가 그렇게 급해요. 아직 시간은 많은데. 저는 분명히 케이 친구들에게서 케이를 석 달간은 빌릴 수 있다구요. 그렇게 안달하지 말아요."

만 년의 수명을 가진 탓일까? 드래곤 특유의 여유로움이 잔뜩 묻어나오는 에르데미안의 말이었다. 드래곤에게 있어서 몇 개월의 시간은 찰나와도 같은 것, 그랬기에 케이에게 서둘지 말라는 말을 하고 있는 것이었다. 그러나 케이는 그러한 수명을 보장받은 존재가 아니었기에 일 분 일 초도 아까웠다.

"하지만……."

"그만. 그전에 케이가 할 일이 있어요."

케이가 뭐라 말을 꺼내려 할 때 에르데미안이 그 말을 잘랐다.

"우선 케이는 새로운 폴리모프 수식을 만들어 익히기 전에 9서클의 마스터 경지에 올라야 해요. 지금 케이가 가지고 있는 폴리모프 수식도 무척이나 훌륭한 것이에요. 하지만 케이의 서클이 낮은 관계로 그 수식을 십분 발휘하지 못하는 거죠."

"하지만 이미 수식은 완벽하게 이해하고 있습니다."

에르데미안의 말에 케이는 퉁명스레 반박했다.

"물론 수식에 대해서는 이해하고 있겠죠. 케이의 과거를 들었기에 그것만은 인정해요. 하지만 그 이해는 제대로 된 이해가 아니에요. 마법이라는 것은 단순한 식의 조합만으로 이루어진 것이 아니죠. 식의 조합에 마나에 대한 이해, 그러니까 깨달음이 더해져야 해요. 무도라는 길에서 깨달음을 추구한 케이라면 알아들을 수 있을 거라 생각해요. 마법에 있어서도 깨달음은 무척이나 중요한 요소예요. 9서클의 경지에 이르는 깨달음을 얻지 못했을 때의 수식에 대한 이해는 분명 9서클의 그것과는 다르니까요. 아시겠어요?"

속사포 같은 에르데미안의 설명에 케이는 고개를 끄덕였다.

"좋아요. 그럼 우선 케이는 마법 수련부터 하도록 하죠. 케이가 말하는 내공이라는 것이 마나와 유사한 성질을 가지고 있는 것 같고 또 검이라는 것에서 케이가 이룬 깨달음이 있으니 9서클의 마스터가 되는 것은 그리 어렵지만은 않을 거라고 생각해요."

"그럴까요?"

엘라하와 나눈 하룻밤의 토론만으로 8서클 러너의 경지에 접어들었던 경험이 있는 케이였기에 에르데미안의 말에 충분히 수긍했다. 하지만 마법에서 인간이 이룰 수 있는 끝이라는 9서클 마스터의 경지가 그리 호락호락하지만은 않을 것이란 생각에 케이는 에르데미안에게 되물은 것이다.

"물론이죠. 게다가 케이에게 마법을 가르치는 것은 마법의 조종이라 칭해지는 드래곤이에요. 그리고 그 드래곤 중에서도 마법에 미쳤다고 불리는 바로 저 에.르.데.미.안.이구요."

에르데미안은 자신있다는 듯이 화사한 웃음을 띠고 자신의 이름을 한 글자, 한 글자 강조하며 이야기했다. 이렇게 에르데미안의 케이 9서클 마스터 만들기가 시작되었다.

                    *   *   *

케이가 에르데미안에게 자신의 이야기를 끝마친 날로부터 한 달 전. 그러니까 퓨어와 바볼랏, 세린이 에르데미안의 레어를 떠난 날로 거슬러 올라가 그들의 행로를 잠시 살펴보면…….

"휴~ 힘들군요. 산을 오르는 것보다 내려가는 것이 더 위험하다더니… 확실히 힘들어요……."

자신들을 배웅해 주는 카이온을 뒤로하고 케이를 타고 올랐던 산길을 거슬러 내려가기를 한 시간 남짓. 결국 바볼랏의 입에서 불평이 터져 나오고 있었다. 아직 어린 세린도 조용히 걸어 내려가고 있는데 그 잠시를 참지 못하고 투덜거리기 시작한 것이다.

"올라갈 때는 케이를 타고 가서 참 편했는데… 이렇게 걸어 내려가려고 하니 힘들군요. 그나저나 다이알타 씨는 어디쯤 내려가고 있을까요? 우리가 에르데미안님의 레어에 들어갔을 때부터 돌아 내려갔으니 우리와는 제법 많이 떨어져 있겠죠? 하루 정도의 거리라고 했던 것 같은데… 또 노숙을 해야 하나? 아! 우린 야영 장비가 하나도 없잖아!"

처음에는 퓨어에게 이야기하는 듯하다 어느새 혼자만의 푸념으로 변해서 궁시렁궁시렁거리더니 숲에서 야영을 해야 한다는 사실을 깨달은 바볼랏이 외쳤다.

"저, 퓨어 양, 야영을 어떻게 하죠? 장비가 하나도 없는데? 그냥 불 피워놓고 굶으면서 하룻밤을 지새야 하는 건가요?"

야영을 해야 한다는 것을 깨닫자 바볼랏의 넋두리는 점점 더 심해져만 갔다. 그런 바볼랏을 물끄러미 바라보던 세린이 입을 열었다.

"저, 바볼랏 오빠, 그렇게 걸어가는 것이 싫어요?"

눈을 동그랗게 뜨고 자신을 바라보며 묻는 세린에게 바볼랏은 고개를 크게 끄덕여 주었다.

"물론이지. 나처럼 체력이 약한 신관은 더 더욱 이런 험한 산길을 걷는 것을 달가워하지 않지."

그다지 자랑스러워할 일이 아님에도 불구하고 바볼랏은 마치 자랑이라도 되는 양 자신만만하게 이야기했다. 그런 바볼랏의 모습을 지켜본 세린은 아이답지 않은 한숨을 쉬며 입을 열었다.

"호오… 그럼 바볼랏 오빠, 손가락에 낀 그 반지를 사용하면 되잖아요. 한 번 가본 곳이나 좌표를 아는 곳이라면 류블라드 어디로도 텔레포트할 수 있게 해준다면서요?"

세린의 말에 바볼랏은 커다란 망치로 세차게 머리를 맞은 듯한 표정을 지으며 멍하니 자신의 오른손 검지에 있는 반지를 바라보았다.

"내가 왜 그 생각을 못했지? 내가 왜 이 반지를 달라고 했는데! 왜 레어를 나오자마자 까맣게 잊고 있었지! 대체 난 왜 한 시간 동안이나 산길을 걸어 내려온 거야! 으아!"

에르데미안으로부터 받은 자신의 텔레포트 링에 관해 떠올린 바볼랏은 머리를 감싸 쥐며 절규했다. 고작 한 시간 동안 산길을 걸어 내려온 것뿐인데 바볼랏은 그것이 그렇게나 억울했던 모양이었다. 그렇게 자신의 머리를 감싸 쥐고 애써 —사실 에르데미안이 선심 쓰듯 준 것이지만— 얻은 아티팩트를 그저 놀렸다는 사실에 무척이나 억울해하고 있었다.

"바볼랏 오빠, 그렇게 움직이는 것이 싫어요? 사람은 적당히 움직여야지 건강하게 지내는 법이라구요."

바볼랏의 과한 반응에 세린은 한심하다는 듯한 얼굴로 한마디했다. 하지만 정작 당사자인 바볼랏은 세린이 자신을 어떤 얼굴로 보고 있는지는 신경도 쓰지 않았다.

어느새 세린마저도 자신을 한심하게 여기고 있다는 사실을 그는 모르는 것일까? 아니면 이미 알기에 외면하려는 것일까?

"자, 바볼랏, 이제 그만 진정하세요. 그리고 그 반지를 이용해서 텔레포트로 이동하든지 계속 걸어서 내려가든지 이만 출발해야죠."

가만히 바볼랏의 모습을 지켜보던 퓨어가 더 이상은 참을 수 없었는지 바볼랏에게 말했다. 그 말을 듣자 바볼랏은 고개를 번쩍 쳐들며 쪼그리고 앉아 있던 자세를 바로 폈다.

"하하하. 퓨어 양, 당연히 텔레포트로 이동해야지요. 이렇게 진귀한 아티팩트를 얻었다면 당연히 사용해야 하고요. 그리고 전 절.대. 이 험한 산길을 야영까지 하면서 하루 동안 내려가고 싶지 않습니다."

이만 출발하자는 퓨어의 말에 순식간에 모습을 바꾼 바볼랏을 보면서 세린은 작은 한숨을 내쉬며 고개를 저을 뿐이었다. 세린이 어떤 반응을 보이던지 바볼랏은 아랑곳 않고 큰 소리로 시동어를 외쳤다.

"텔레포트!"

그 소리가 끝나자마자 바볼랏은 빛에 휩싸이며 사라졌다. 그리고 그곳에는 바볼랏이 사라진 자리를 멍하니 바라보고 있는 퓨어와 세린이 남아 있었다.

마법진을 이용하지 않은 텔레포트는 같이 이동할 사람들의 신체가 접촉 상태에 있어야 함께 이동이 가능했다. 그것 외에도 텔레포트를 사용하는 시전자가 의식적으로 동행인들까지 마나로 감싸는 방법도 있다. 하지만 바볼랏이 사용하는 텔레포트는 아티팩트에 의한 것이기 때문에 자신의 의식으로 동행인들까지 텔레포트시킬 순 없었다. 즉, 세린과 퓨어와 신체적 접촉을 한 상태에서 시동어를 외쳤어야 했던 것이다.

그런데 바볼랏은 그런 사실을 망각하고 혼자서 하이달로그의 집을 떠올리며 힘차게 시동어를 외쳤기에 세린과 퓨어는 멍하니 바볼랏이 사라진 곳만 바라보게 되었다.

얼떨떨한 가운데 얼마의 시간을 보냈을까? 다시 그들의 눈앞에 작은 빛이 번쩍이더니 바볼랏이 나타났다.

"하하하, 미안해요. 텔레포트를 함께하려면 신체가 접촉 상태에 있어야 한다는 것을 깜빡했네요."

하이달로그의 집에 도착해서야 자기 혼자 텔레포트했다는 것을 알아챈 바볼랏이 다시 원래 있던 자리로 텔레포트해 오면서 머쓱한 듯 크게 웃었다. 그리고 이번에는 퓨어와 세린이 바볼랏의 손을 잡았고 다 함께 하이달로그의 집으로 텔레포트할 수 있었다.

하이달로그의 집에는 아무도 없었다. 그저 집 옆에 있다는 대장간에서 망치질 소리만 들려올 뿐이었다. 그럴 수밖에 없는 것이 다이알타는 아직 산을 내려오고 있는 중일 것이고 하이달로그가 지금 저 망치질 소리를 내고 있을 것이기에 집 안은 아무도 없이 조용한 것이다. 간단하게 마을로 돌아오자 기분이 좋은 듯 바볼랏은 연신 웃음을 띠고 있었다.

"저, 퓨어 언니, 배고프지 않아요?"

하이달로그의 집에 도착한 후 바볼랏이 반지를 낀 손가락을 이리저리 살피며 웃음 짓고 있을 때 세린이 퓨어에게 물었다. 세린의 말을 들은 퓨어가 곰곰이 생각해 보니 그들은 에르데미안의 레어로 떠날 때 아침 겸 점심 식사를 한 이후 먹은 것이라고는 차 한 잔이 전부였다. 그것을 깨달은 퓨어가 창밖을 보니 어느새 해는 남쪽 하늘에 걸려 있었다.

그때야 퓨어는 무엇인가 이상하다는 것을 눈치 채고는 고개를 갸웃거렸다.

"바볼랏, 우리가 이 집에서 출발한 것이 언제였죠?"

퓨어의 물음에 싱글벙글거리고 있던 바볼랏이 잠시 생각한 후 대답했다.

"정오가 좀 지나서였죠? 정오가 다 되어서야 일어났고 간단히 식사를 한 후에 출발했으니까요."

바볼랏의 말대로였다. 그리고 그들은 두 시간 정도 걸려 에르데미안의 레어에 도착했다. 그리고 레어를 떠날 때는 생각하지 못했지만 그들이 어느 정도의 시간을 보내고 레어를 나섰다면 분명히 캄캄한 밤이라야 정상이었다. 그러나 하늘에는 찬란히 빛나는 태양이 떠 있었고 지금 창밖의 해의 위치로 가늠해 보면 이제 시간은 정오쯤 되었다. 그렇다는 것은 곧 그들이 에르데미안의 레어에서 하룻밤을 보냈다는 것이다.

　"하아……."

　그것을 깨닫자 퓨어의 입에서 가는 한숨이 새어 나왔다. 에르데미안을 만나고 그녀와 이야기를 나눈 것과 보물들을 구경하고 선물을 받아서 나온 것이 무척이나 짧은 시간이라 생각했는데 이미 하루가 지나 있었다.

　워낙 굉장한 일을 겪은 덕에 시간의 흐름도 잊은 것이다. 그런 퓨어의 모습에 바볼랏도 창밖의 하늘을 보고는 그 사실을 깨달은 듯 놀란 표정을 지었다.

　"놀랍군요. 하룻밤을 그곳에서 보냈다니. 그런데 전혀 피로도 느껴지지 않고 허기도 느끼지 못했다니… 우리가 대단한 구경을 하느라 정신을 빼놓고 있었던 모양이네요."

　바볼랏도 한숨 비슷하게 말을 내뱉었다. 그제야 하루를 보냈다는 사실을 깨달은 세린도 눈이 동그래졌다. 자신도 무엇인가 알 수 없는 어색함에 고개를 갸웃거리고 있었는데 그 어색함의 정체가 하루의 시간 차일 줄은 몰랐던 것이다.

　끼익.

　그렇게 하루라는 시간의 흐름에 놀라고 있을 때 문소리가 들렸다.

"아니! 어떻게 벌써 돌아와 계시는 거죠?"

문소리와 함께 집에 들어선 다이알타의 놀람에 찬 외침이 터져 나왔다. 그가 이렇게 외칠 수밖에 없는 것이 지금 자신의 눈앞에 있는 사람들은 분명히 에르데미안의 레어로 들어갔다. 그들이 빠른 속도로 내려왔다고 하더라도 자신보다 먼저 마을에 도착하려면 중간에 자신을 지나쳐야만 했다. 하지만 다이알타는 줄곧 혼자서 내려왔다. 즉, 그들이 자신보다 먼저 도착할 수 없는 상황에도 불구하고 이렇게 먼저 도착했 있었기에 놀란 것이다.

"아, 아저씨, 안녕하세요. 우리는 마법을 써서 돌아왔어요."

다이알타를 발견한 세린이 대답해 주었다. 그 대답을 들은 다이알타는 자신이 깜빡했다는 듯 이마를 치며 고개를 끄덕였다.

"아! 그렇군요. 에르데미안님께서 보내주신 거로군요. 제가 미처 생각을 못했습니다."

사실과는 다른 다이알타의 해석이었지만 굳이 자세히 설명할 필요를 느끼지 못했기에 다들 그저 입을 다물고 있었다.

"그런데 시장하지 않으십니까, 이제 점심때인데요?"

하루 정도의 거리를 야영하며 내려왔기에 상당한 시장기를 느낀 다이알타는 바볼랏, 퓨어, 세린을 바라보며 물었다. 마침 그들도 사라진 듯했던 하루라는 시간의 흐름을 깨달았고 에르데미안의 레어에서 무엇에 홀린 듯 잃어버렸던 생체 시계의 흐름을 되찾았기에 급하게 고개를 끄덕였다.

"그럼 식당으로 가실까요. 식사들을 하셔야죠."

그렇게 웃으며 말한 다이알타가 앞장서서 걸음을 옮기더니 곧장 주방으로 향했다. 나머지 사람들은 식당으로 들어가 식탁에 가만히 앉아 있었다.

잠시의 시간이 흐르고 다이알타가 커다란 쟁반에 빵과 스튜를 담아 왔다. 하지만 작은 신체 탓인지 한 번에 사람 수만큼 가져오지 못했고 그것을 알아차린 세린이 재빨리 주방으로 들어가서 또 다른 쟁반에 나머지 음식들을 담아왔다.

모두 무척이나 시장했기에 자신의 앞에 음식이 놓이자마자 허겁지겁 먹기 시작했다. 퓨어만은 엘프답게 조용히 먹고 있었지만 그녀도 무척이나 시장했는지 평소보다 제법 빠른 속도로 스푼을 입으로 가져가고 있었다.

접시에 담아온 빵과 스튜가 모두 사라지자 바볼랏은 만족한 표정으로 의자에 등을 기댔고 세린도 배를 만지며 행복한 얼굴을 했다. 다이알타와 퓨어 역시 식사가 만족스러웠는지 가볍게 웃고 있었다. 장거리 외출을 다녀와 바로 해 먹은 점심이었기에 변변치 않았지만 시장이 최고의 반찬이라는 말처럼 모두 만족스럽게 식사를 마쳤다.

고팠던 배가 기분 좋게 차 오르자 바볼랏과 세린은 잊고 있었던 피로가 몰려옴을 느꼈다. 태어나서 처음 보는 보물들을 구경하느라 잊고 있었지만 그들은 하룻밤을 꼴딱 샜다. 둘 모두 피곤하지 않다면 거짓말이었고 그것을 증명하듯 두 사람의 눈꺼풀이 서서히 내려오기 시작했다.

"두 분은 많이 피곤하신 모양이군요. 그만 들어가서 쉬시죠."

그런 기색을 눈치 챘음인가? 다이알타가 둘에게 들어가서 쉬기를 권했고 그 둘은 곧장 자신들에게 제공된 방의 침대에 쓰러져서는 기절하

듯 잠들어 버렸다. 퓨어는 차 한 잔을 조용히 마시며 기분 좋은 미소를 짓고 있었다.

"퓨어 양은 별로 피곤해 보이지 않는군요."

다른 두 명의 모습과 대조되는 퓨어의 모습에 다이알타가 물었다.

"아뇨, 저도 제법 피곤하답니다. 다만 저 두 사람보다는 그 정도가 많이 덜한 것뿐이죠."

다이알타의 물음에 퓨어는 생긋 웃으며 답해주었다. 사실 무공을 익히며 내공을 갈고닦은 그녀에게 있어 하룻밤을 새는 것 정도는 그렇게 힘든 일이 아니었다. 약간의 피곤함을 느꼈지만 지금 퓨어는 기분 좋은 차 맛을 음미하며 에르데미안의 레어에서 있었던 일을 회상하는 즐거움에 빠져 있으라 미소를 띤 채 식탁에 앉아 있었다. 그리고 가끔씩 자신의 허리에 있는 검에 시선을 줄 때면 그 웃음이 더욱 짙어졌다.

퓨어의 모습을 지켜보고 있던 다이알타는 그녀의 시간을 방해하고 싶지 않았기에 조용히 일어나서 빈 그릇들을 치우며 뒷정리를 했다. 뒷정리를 마친 다이알타도 피곤했는지 하품을 하며 자신의 방으로 들어갔다.

차를 마시며 검을 바라보던 퓨어도 찻잔을 비우고 자리에서 일어나더니 조용히 세린이 자고 있는 방으로 들어갔다. 그리고 자신의 침대에 올라가 가부좌를 틀고는 가만히 운공에 들어갔다. 자신에게는 잠을 자는 것보다 운공을 하는 것이 이러한 피로를 푸는 데 훨씬 도움이 되었기 때문이다.

그렇게 얼마간의 운공을 마친 퓨어는 옆 침대에서 기분 좋은 얼굴로 자고 있는 세린을 보더니 자신도 침대에 몸을 뉘였다. 세린의 기분 좋은 얼굴을 보자 자신도 저런 얼굴을 하며 달콤한 꿈속으로 빠져들고 싶다는 생각이 들어서였을까, 운공으로 대부분의 피로가 풀렸음에도 눈을 감고 잠을 청했다.

다음날 아침.

점심을 먹고 잠을 청한 넷 모두 창을 통해 들어오는 아침 햇살에 눈을 떴다. 그만큼 모두 피로로 몸이 지쳐 있었던 것이다. 그다지 피곤하지 않았던 퓨어는 자신이 왜 그렇게 오랜 시간을 잤는지 모르겠다는 듯 고개를 갸웃거렸지만 나머지 셋은 기분 좋은 얼굴로 따사로운 아침 햇살을 맞았다.

"그런데 케이는 어디 있는 겐가?"

아침 식사 시간. 돌아온 일행에 케이가 빠져 있는 것을 발견한 하이달로그가 물었다. 전날 점심을 먹고는 모두 깊은 잠에 빠져 있었기에 하이달로그는 케이도 바볼랏의 방에 함께 있는 줄 알았다. 하지만 식사를 하기 위해 모인 자리에 케이가 보이지 않자 궁금하여 물은 것이다. 아버지의 물음에 그제야 케이가 없는 것을 알아차린 다이알타도 주위를 두리번거렸다.

"에르데미안님께서 두세 달 정도 데리고 있겠다 하시더군요."

하이달로그의 물음에 바볼랏이 담담히 말하며 수프를 뜬 스푼을 입으로 가져갔다.

"그런가? 케이가 신수라고는 해도 에르데미안님께서 관심을 가질 정도일 줄은 몰랐는데……."

바볼랏의 대답에 하이달로그는 혼자 중얼거렸다.

"그럼 자네들은 어떻게 할 텐가?"

"마침 그것 때문에 저희도 부탁을 드리려고 했습니다. 하이달로그님께서 검도 만들어주신다고 하셨고 또 케이도 기다려야 하기에 저희는 이곳에서 두 가지 일이 끝날 때까지 머물렀으면 합니다만 괜찮을까요?"

바볼랏과 퓨어 사이에 이야기가 있었던 듯 하이달로그가 묻자 망설이지 않고 퓨어는 대답했다.

"그럼 그렇게 하도록 하게, 어차피 남는 방들이었으니."

퓨어의 대답에 하이달로그가 끄덕이며 대답했다. 그렇게 그들은 두 달하고도 보름이라는 시간을 하이달로그의 집에서 보내게 되었다.

*   *   *

"휴~ 놀랍군요. 대충 예상은 했지만 이렇게 빠를 줄은 몰랐어요, 케이. 9서클의 마스터가 되는 데 한 달밖에 안 걸리다니요. 인간 마법사들이 알면 다들 자살하려고 할 거예요."

에르데미안의 찬탄에 케이는 그저 담담히 웃었다.

"글쎄요… 저는 일반적인 인간들과는 다르니까요."

웃으며 말하는 케이의 모습은 한차례 더한 깨달음 덕에 한결 편안해 보였다. 그동안 폴리모프 때문에 고민하고 집착하던 모습은 어디에도 없었고 그저 담담하고 고요한 모습을 하고 있을 뿐이었다.

"그나저나 케이가 9서클 마스터의 벽을 깨뜨렸을 때는 정말 놀랐어요."

에르데미안은 그때 케이의 모습을 다시 떠올리며 싱긋 웃었다. 케이 역시 그때 자신의 몸에 일어난 현상에 당황해하면서도 신기해하던 에르데미안의 모습을 떠올리고는 웃음을 지었다.

사실 케이는 보름 만에 9서클의 익스퍼트 경지에 도달했다. 8서클 러너에서 9서클 익스퍼트까지 불과 보름 만에 이룬 것이다. 하지만 9서클의 마스터만은 그리 쉽게 이루어지지 않았다. 아니, 보름 만에 이루었다면 충분히 경악할 만했지만 그전까지의 성취에 비하자면 더뎌 보였던 것이다.

그러던 중 에르데미안에게 마법을 배운 지 딱 한 달째 되는 날, 그날도 케이는 변함없이 좌정을 한 상태로 명상에 빠져 있었다. 이미 9서클의 마스터에 오르기 위해 필요한 것들은 모두 에르데미안에게 배웠다. 아니, 배웠다기보다는 에르데미안과의 대화와 토론을 통해 알아갔다고 하는 것이 맞는 표현이다. 하지만 지(知)와 각(覺)은 엄연히 다른 것이었다. 그랬기에 그 깨달음을 얻기 위해 이렇게 2주 동안 좌정한 채로 명상에 빠져 있는 것이다.

'마나란 자연에 존재하는 자연의 근원이라 했다. 그리고 그 마나를 느끼고 움직여 재배치하는 것이 마법이다. 그렇다면 마나를 움직이는 나란 존재는 무엇이고 마나와는 어떤 연관이 있는 것이기에 그러한 일들을 할 수 있는 것일까?

케이의 명상 속에서 끊임없이 맴도는 화두였다. 8서클 러너에 진입할 때 한 개의 답을 찾았으며 9서클 러너에 진입할 때 또 다른 답을 찾았다. 그 모두 자연검의 경지에 오른 검에 대한 깨달음이 많은 도움이 되었다.

이번에도 역시 케이는 그 화두에 대한 답을 검에서 찾고 있었다. 그 자신이 타고난 마법사가 아니라 어디까지나 검에 대한 깨달음에 의존해 지금의 경지를 이룬 것. 마지막 역시 결국은 검에 대한 깨달음을 끌어오고 있었던 것이다.

사실 검법이나 마법이나 자연의 기를 이용한다는 것에는 공통점을 지녔다. 그 자연지기를 내공이라는 것과 마나라는 것으로 가공한다는 차이를 지녔지만 결국 그 내공과 마나 역시 같은 것이라 볼 수 있었다. 하지만 아무리 같은 것이라 해도 드러나는 형은 달랐다. 그 다른 형에서 기인한 차이점으로 인해 케이는 8서클부터는 마법에 관한 다른 깨달음이 필요했던 것이다. 그리고 지금 마지막 깨달음이 필요한 9서클 마스터의 벽 앞에서 케이는 다시 한 번 자신의 마음속에 검을 떠올리고 있었다.

'검즉아 아즉검(劍則我我則劍), 검과 나는 하나이지 둘이 아니니 내가 검을 사용하는 것이 아니라 내가 곧 검이 되는 것이다. 나의 마음이 움직이니 검 또한 움직이는 마음이 곧 검이라. 이것이 심즉검(心則劍)이라. 검과 나 또한 자연 속에 있고 곧 나와 검이 둘이 아니라 하나이듯 나와 자연 또한 둘이 아닌 하나이니 그것이 곧 자연즉아 아즉자연(自然則我我則自然)이라 그것을 깨닫고 검에 담으니 그 검을 자연검(自然劍)이라 하노라.'

벌써 수없이 되뇌었던 검에 대한 깨달음이었다. 검신합일(劍身合一)의 깨달음에서 시작하여 심검과 자연검의 깨달음을 수 차례 반복하여 되뇌었다. 그리고 이렇게 되뇔 때마다 저 멀리 어디에선가 잡힐 듯 잡히지 않는 아스라한 안개가 떠올랐다가 사라지곤 했다.

그러던 어느 순간!

꽝!

머리 속이 요란하게 울리며 케이는 어느새 모호하기만 했던 안개 속에서 그 안개의 진실한 모습을 보고 있었다. 결국 자신의 앞에 있던 벽을 부수었던 것이다.

그렇게 9서클 마스터로의 깨달음을 얻는 순간 케이가 의도하지 않았지만 케이의 폴리모프는 저절로 풀려 버렸다. 온몸에서 찬란히 빛나던 은색의 털은 서서히 그 빛이 죽어가더니 하나둘 빠지기 시작했다. 좌정을 하고 있던 케이의 모습이 급작스레 변하자 에르데미안은 어찌 된 일인지 놀라 눈을 크게 뜨고 케이를 지켜보았다.

케이가 명상 중의 자신의 몸에는 손대지 말라 이르고 명상에 들어갔기에 자신의 9000년 삶을 통틀어 알 수 없는 이 현상에 발만 동동 구를 뿐이었다.

그렇게 에르데미안이 발을 구르든 말든 케이의 몸에서 일어난 기이한 현상은 계속해서 진행되었다. 하나둘씩 빠지기 시작하던 털은 어느새 모두 빠져 사라져 버렸고 곧 케이의 온몸에서 우드득거리는 소리가 나기 시작했다.

그 소리와 함께 케이의 몸이 묘하게 비틀리고 튀어나왔다가 들어가기를 반복했다. 얼마나 그렇게 케이의 온몸의 뼈와 관절이 움직였을까? 어느 순간 우드득거리는 소리가 멈췄다. 그러더니 온몸의 털이 빠지고 흉측하게 드러난 케이의 몸에 서서히 가는 줄이 생기기 시작했다.

줄은 점차 길게 이어졌고 점점 더 진해지는 것이 확실히 보이기 시작했다. 마치 곧 무너질 건물의 벽에 금이 가듯이 케이의 온몸에 금이가기 시작한 것이다. 그리고는 가장 작은 부분의 조각이 톡 떨어졌다.

그 조각이 땅에 떨어지면서 낸 듣고자 하여도 결코 들을 수 없는 그 소리가 신호였던 것일까? 곧 온몸의 피부 조각들이 우수수 떨어지기 시작했다. 그렇게 한 꺼풀의 피부를 벗은 케이의 몸은 희미하게 빛나는 빛에 휩싸이며 뽀얀 새살이 돋아났다. 그리고는 빠져 버린 은색의 털이 더욱 찬란히 빛나며 하나둘 돋아나기 시작하더니 곧 온몸을 덮어 버렸다.

언제 털이 빠지고 피부가 갈라져 떨어졌냐는 듯이 케이는 지극히 멀쩡한 모습으로 누워 있었다. 케이의 주변에는 응당 있어야 할 빠진 털과 갈라져 떨어진 피부 조각이 없었기에 케이에게는 어떠한 변화도 없는 것처럼 보였다. 얼이 빠진 표정으로 케이를 보고 있는 에르데미안의 모습만이 조금 전에 케이에게 무엇인가가 일어났음을 알려주는 반증이었다.

케이의 감긴 눈꺼풀이 잠시 떨리더니 곧 사르르 눈을 떴다.

"케이! 이게……."

눈을 뜨자마자 케이는 폴리모프하여 다시 가부좌를 틀고 앉아서는 눈을 감고 운공에 들어갔다. 케이가 눈을 뜨자 다급하게 입을 열려던 에르데미안은 그렇게 케이만을 부른 채 다시 케이가 하는 양을 지켜볼 수밖에 없었다.

'음… 놀랍군. 갑작스러운 환골탈태라니. 단지 마법에 관한 깨달음을 얻었을 뿐인데 몸마저 환골탈태하다니 이게 어찌 된 일이지…….'

그렇게 생각에 잠겨 운공을 하며 몸 상태를 점검하던 케이는 소스라치게 놀랐다. 이제는 거의 가득 차가던 하단전의 크기가 두 배로 커져 있었을 뿐만 아니라 중단전에도 어느 정도의 마나가 쌓여 있었던 것이다.

본래 혼원심법 자체가 상, 중, 하 삼 단전을 수련하는 심법이기는 했지만 장백파의 개파조사 이후에는 중단전을 연 인물이 없었다. 그럴 수밖에 없는 것이 개파조사 이후 누구도 혼원심법의 마지막 구결을 깨닫지 못했기 때문이다.

그것은 케이 역시 마찬가지였다. 마지막 구결에 관한 참오에 참오를 거듭하면서 하단전의 크기는 커져 갔지만 중단전을 열 길은 보이지 않았다. 그러던 것이 어느새 하단전의 크기도 더 이상 커지지 않고 딱 멈춰 있었다. 그런데 기대도 하지 않았던 중단전이 열린 것이다.

'만류귀종(萬流歸宗)이라 하였던가? 항상 생각하는 말이고 이미 깨달은 말이라 생각했지만 아직도 깨달은 것이 아니었군. 후후.'

그렇게 만류귀종이라는 말을 다시 생각하며 그동안 풀리지 않았던 혼원심법의 구결 부분을 다시 한 번 되뇌어 보았다. 그러자 그동안 형체조차 잡히지 않고 막막하기만 하던 것이 어느 정도 윤곽이 잡혀 머리 속에 떠올랐다. 구결에 대한 나름대로의 깨달음을 가지게 된 것이다.

'훗, 그토록 깨닫고자 매달릴 때는 그림자조차 보여주지 않더니 다른 것에서 얻은 깨달음에는 이토록 쉽게 그 윤곽을 보여주는군. 한편으로는 좀 섭섭한걸.'

얇은 장막 뒤로 실루엣을 드러낸 여인처럼 아주 작은 깨달음이었지만 케이는 묘한 질투감? 아니, 섭섭함? 그런 감정을 느꼈다. 마치 자신이 아무리 애걸복걸하며 매달려도 눈길 한 번 안 주던 미인이 자신의 친구의 한마디에는 화사한 미소를 선사하는 모습을 지켜본 기분이랄까? 깨달음을 얻은 것 자체는 좋았지만 얻고자 하여 얻은 것이 아니라 얼떨결에 얻게 되었기에 그 성취감이 덜한 것처럼 느껴졌기 때문이다.

"케이, 이게 어떻게 된 일이죠?"

9서클의 벽을 넘으며 얻은 깨달음을 음미하고 있던 케이의 귀에 에르데미안의 목소리가 들렸다. 사실 에르데미안은 지금까지 케이의 몸에서 일어난 변화나 그 후 케이가 취한 행동이나 모두 궁금해서 미칠 지경이었다. 물에 빠진 자가 익사하기 직전의 상황에 처한 것처럼 에르데미안은 궁금함에 빠져 미치기 직전이었던 것이다.

다만 케이의 행동이 진중한 것이 무엇인가 조심해야 할 것처럼 보였기에 지금까지 참고 있었지만 케이의 표정이 시시각각으로 변하는 것을 보고는 마침내 목구멍을 넘어와 입 안에서 이리저리 방황하던 궁금함을 터뜨려 낸 것이다. 에르데미안의 물음에 케이는 감았던 눈을 뜨고 입을 열었다.

"아마도 제 몸에서 일어난 이상한 현상 때문에 그러시는 모양이군요."

케이의 말에 묵묵히 고개를 끄덕이는 에르데미안.

"그것은 환골탈태라고 하는 현상입니다. 원래는 제가 익힌 무공이라는 것에서 충분한 양의 마나를 몸에 담고 깨달음이라는 것을 얻어 일정한 경지를 뛰어넘으면 일어나는 현상이죠. 물론 한 번에 엄청난 양의 마나를 몸에 담게 되면 그 마나를 담을 수 있는 그릇이 되기 위하여 깨달음이 없더라도 환골탈태가 되는 경우도 있기는 합니다. 하지만 마법을 익히다가 이렇게 될 줄은 저도 몰랐어요. 덕분에 막혀서 고민하던 부분도 풀렸으니 저로서는 일석이조라고 할까요. 하하하."

케이의 설명에 에르데미안은 눈을 반짝 빛냈다. 케이에게 묻고 또 물어서 어느 정도 알게 되었다고 생각한 무공이란 것에 또 다른 새로운 세계가 있다는 것을 알았기 때문이다. 에르데미안의 반짝이는 눈에 케이는 움찔했다. 그 눈빛의 다음을 이미 충분한 경험을 통해 알고 있었기 때문이다.

"저기, 그렇다면 말이죠……."

불길한 예상은 적중했다. 결국 케이는 그 후로 또다시 두 시간 동안 에르데미안의 질문 공세에 시달려야만 했다.

그런 시간을 보내고 나서야 케이는 지금처럼 에르데미안과 앉아서 모처럼 만의 여유로운 티타임을 가질 수 있었다.

"자, 그럼 케이, 이제 새로운 폴리모프의 공식을 만들어보도록 할까요?"

그 말에 케이는 반색을 했다. 그동안 9서클 마스터라는 벽에 집중하느라 까맣게 잊고 있었던 것이다. 이곳에 온 진정한 목적인 폴리모프의 수식을.

"예, 어서 시작하도록 하죠."

기쁜 얼굴로 케이가 에르데미안의 말에 대답했다.

"그전에……."

수식을 만들어준다더니 또다시 에르데미안의 입에서 '그전에'라는 말이 나오자 케이는 표정이 일그러졌다.

"또 '그전에'입니까? 휴~ 이번에는 또 뭘 해야 하는 거죠? 이제 할 만한 것은 다했다고 생각합니다만……."

일그러진 표정의 케이의 입에서 떨어져 나온 말이었다.

"호호. 케이, 말로 하지 않아도 얼굴에 충분히 드러나는걸요. 그렇게 기분 나쁜 표정은 하지 말아요, 저 섭섭해지니까. 그전에 할 것이 있는 게 아니라 다만 물어볼 것이 있는 것뿐이에요."

에르데미안의 웃음 띤 말에 케이는 얼굴을 붉히며 표정을 풀었다.

"뭐가 궁금하신 거죠?"

"케이는 도대체 왜 그렇게 폴리모프에 집착하는 거죠? 이전에는 고작 일주일을 유지하는 것이 한계였다지만 9서클의 마스터에 이른 지금, 그리고 그 환골탈태라는 것을 하면서 더 많은 마나를 저장할 수 있게 되었으면 현재의 폴리모프로도 케이는 적어도 한 달 정도는 인간의 모습을 유지할 수 있을 거예요. 그런데도 굳이 폴리모프를 새로이 배워야만 할까요?"

에르데미안의 말에 케이는 잠시 생각에 잠겼다. 에르데미안의 말대로였다. 지금의 자신이라면 한 달은 너끈히 인간의 모습으로 버틸 수 있었다. 그리고 앞으로 깨달음만 더한다면 그 기간은 점점 늘어날 것이다. 하지만 그래도 더 나은 폴리모프를 익히고 싶은 마음에는 변화가 없었다.

왜 그런 것일까? 케이는 곰곰이 생각해 보았다. 이제는 더 이상 연연하고 집착할 것이 없는데도 이 집착은 어디서 온 것일까? 그리고 답을 찾았다.

"그건… 기분이 나빠서입니다."

"기분이 나쁘다뇨?"

의외의 대답에 에르데미안은 눈이 동그래져서 되물었다.

"그러니까 제가 알고 있는 폴리모프를 유지하자면 끊임없이 제 몸에서 마나가 사용되죠. 제 경지가 높아져 사용되는 마나는 줄고 제 몸에 있는 마나는 늘어났지만 그 사실만은 변함없습니다. 에르데미안님께서는 그런 느낌을 모르시겠지만 가만히 있는데도 몸에서 마나가 쉬지 않고 새어 나간다는 것은 상당히 기분 나쁜 일이죠. 커다란 호수에서 실개천이 하나 흘러 나가고 하루 정도의 비에 그만한 물은 다시 채워진다 하더라도 그 물이 새어 나가는 느낌이 무척이나 불쾌하거든요."

케이의 대답에 에르데미안은 이해할 수 없다는 표정으로 고개를 갸웃거렸다.

"그것이 그렇게 기분 나쁜가요? 케이의 마나가 증가할수록 그런 것은 거의 느껴지지 않을 텐데……."

"흠… 뭐라고 설명드려야 할까요. 흠……."

에르데미안이 그 느낌을 알 수 없다고 하자 케이 역시 어떻게 설명해야 할지를 몰랐기에 난감해했다.

"아!"

순간 설명할 방법을 찾았는지 케이는 탄성을 질렀다.

"에르데미안님, 혹시 레어 안에 본체로 현신할 만한 공간이 있습니까?"

케이의 물음에 에르데미안은 영문을 모르겠다는 얼굴로 대답했다.

"물론이죠. 가끔은 본체로 돌아가 수면에 들어야 하기에 모든 드래곤의 레어에는 그만한 공간이 있답니다. 그리고 레어에서는 항상 본체로만 있는 드래곤도 있죠. 저야 마법 실험을 한다고 인간으로 폴리모프한 모습을 즐기는 거지만."

"그럼 그곳으로 가서 현신해 주실 수 있습니까?"

"알겠어요."

케이에게 무슨 생각이 있을 거라 생각한 에르데미안은 영문을 몰랐지만 순순히 케이의 청을 들어주었다. 에르데미안의 텔레포트로 둘은 거대한 광장에 도착했다. 넓디넓은 광장에 케이는 탄성을 질렀다.

"와~!"

'이거 정말 엄청 넓은걸. 잠실 주 경기장만 하려나……?'

"그럼 폴리모프를 풀도록 하죠."

그 말과 함께 에르데미안은 밝은 빛에 휩싸였다.

에르데미안의 몸에서 퍼져 나온 밝은 빛이 사라지며 나타난 에르데미안의 본체는 광장을 가득 채우며 그 거대한 위용을 뽐내고 있었다. 광장을 채우던 빛을 대신하여 케이에게 어둠이 덮쳐 왔다. 갑작스레 주변이 어두워진 데 놀란 케이가 고개를 들며 또다시 탄성을 질렀다.

"와~! 엄청난걸요."

케이 주변이 어두워진 것은 에르데미안의 거대한 몸에 천장의 수없이 많은 라이트 볼이 가려지며 생긴 그림자 때문이었던 것이다. 이미 드래곤의 본체를 한 번 본 케이였지만 갓 1,000살을 넘긴 어린 드래곤인 일라나의 본체와 9000년의 세월을 뛰어넘고 그 수명의 한계에 도달해 가는 에르데미안의 본체는 비교가 되지 않았다. 그저 엄청나다는 말 외에는 다른 말은 떠올릴 수조차 없었다.

"자, 케이의 부탁대로 현신했어요. 이제 어쩌면 되는 거죠?"

에르데미안의 의지가 울려 퍼지자 케이는 번뜩 정신을 차렸다.

"에르데미안님, 그럼 잠시 실례 좀 하겠습니다."

케이의 대답에 의미를 모르겠다는 눈으로 에르데미안은 그 거대한 머리를 갸웃거렸다. 그때 케이는 신법을 사용하여 에르데미안의 등에 올라탔다. 그런 케이의 행동에 에르데미안은 깜짝 놀랐다. 태어나서 지금까지 일만 년에 가까운 시간을 보낸 그녀였지만 지금껏 본체로 현신한 그녀의 몸에 올라탄 존재는 단 하나도 없었기 때문이다. 그런 그녀의 기색을 눈치 챘음인가, 케이가 어색하게 입을 열었다.

"하하, 죄송합니다, 에르데미안님. 위대한 존재께 이런 결례를 범하다니. 그런데 에르데미안님, 제가 올라서니 어떤 느낌이 들죠?"

케이의 물음에 에르데미안은 당혹한 빛을 지우고는 잠시 생각에 잠겼다.

"글쎄요. 어떻게 말로는 표현하기가 힘들군요. 하지만 그다지 유쾌하지는 않아요."

그녀의 대답에 케이는 빙긋 웃으며 에르데미안의 몸 여기저기를 움직이기 시작했다. 때로는 빠르게 때로는 느리게 때로는 무겁게 때로는 가볍게.

그렇게 쉼없이 에르데미안의 몸 방방곡곡(?)을 누비고 다녔다. 그런 케이의 움직임에 따라 에르데미안의 눈에도 기이한 빛이 점차 진해져 갔다. 그런 에르데미안의 기색을 눈치 챘음인가. 그 기이한 빛이 가득 차 절정에 이르렀을 때쯤 케이는 그녀의 몸에서 훌쩍 뛰어내렸다. 그리고는 재빠르게 입을 열어 에르데미안에게 물었다. 조금이라도 지체했다가는 그녀가 어떤 반응을 보일지 몰랐기 때문이었다.

"에르데미안님, 제가 몸 위를 움직였을 때는 어떤 느낌이었지요?"

"무척이나 귀찮고 불쾌한 느낌이군요. 대체 왜 그런 행동을 한 거죠?"

화가 난 기색이 역력한 대답이었다. 드래곤이 본체로 현신하면 직접 말을 할 수 없기에 의지를 음성으로 직접 전달했다. 이것을 용언(龍言)이라 하는데 의지가 음성으로 발현된 것이기에 드래곤의 감정을 알아차리기가 폴리모프한 상태에서 직접 말로 하는 것에 비해 무척이나 쉬웠다.

"하하. 에르데미안님, 일단 진정하세요. 에르데미안님의 몸에 비해 저는 무척이나 작은 존재입니다. 그리고 무게도 거의 안 나간다고 할 수 있죠. 그런데 그런 제가 에르데미안님의 몸에 올라간 것과 그 위에서 움직이는 것이 느껴지셨습니까?"

에르데미안이 상당히 화가 났다는 것을 알아차린 케이는 이마에 땀방울이 송송 맺힌 채로 그녀에게 물었다.

"아무리 크기가 작고 무게가 가볍다고 해도 충분히 존재감은 느낄 수 있어요. 드래곤의 피부가 무척이나 단단해서 오러 블레이드가 아니면 잘리지 않는다고 하지만 또 그에 비할 수 없이 섬세해요. 인간의 촉각에는 비할 수 없을 정도로 예민하죠. 전투 중에는 그 감각을 적절히 통제하는 것뿐이에요."

"그렇군요. 폴리모프를 펼쳤을 때 제가 느끼는 느낌도 그것과 비슷하죠. 완전히 같을 수야 없겠지만 거의 비슷하다고 보시면 됩니다. 제 몸에 쌓아둔 마나에 대해서는 무척이나 예민하게 느낄 수 있죠. 그런 마나가 아무리 작은 양이지만 쉬지 않고 흘러 나간다면 정말이지 불쾌하답니다. 지금 에르데미안님께서 이렇게 쉽게 화가 나신 것처럼 말이죠. 지금까지야 방법이 없으니 참고 지냈지만 이제 방법이 있는데 일부러 참을 필요야 없는 것이죠."

빙긋 웃음을 지으며 대답하는 케이의 모습에 에르데미안은 나직이 한숨을 내쉬며 다시 인간으로 폴리모프했다.

"후우~ 과연 그런 것이로군요. 정말 그런 느낌이라면 폴리모프를 하는 내내 꺼림칙하겠어요. 하지만 케. 이. 케이의 행동은 상당히 불쾌했어요. 미리 말이라도 해주고 할 것이지 헌신하라고 한 다음에 다짜고짜 제 몸 위에 올라서다니요."

에르데미안은 이해하겠다는 말을 했지만 그 말에는 가시가 숨어 있는 것이 아니라 눈에 보일 정도로 분명하게 드러나 있었다. 케이는 그녀의 반응에 그저 어색하게 웃을 뿐이었다.

"그럼 새로운 폴리모프를 만들도록 하죠. 하지만 나를 불쾌하게 한 대가로 폴리모프에 몇 가지 제약을 걸도록 하겠어요."

빙그레 웃으며 에르데미안이 말했다. 제약을 걸겠다는 그녀의 말과 함께 그녀의 얼굴에 떠오른 화사한 미소가 케이의 눈에 사악하게 비친 이유는 무엇일까?

"제, 제약이라뇨? 구체적으로 어떤……?"

제약이라는 말에 케이는 떨리는 목소리로 물었다.

"흠… 마나가 새어 나가는 느낌이 무척이나 기분 나쁘다는 것은 제가 간접적으로 느꼈으니 시전할 때만 마나를 소모하도록 해드리죠. 대신 폴리모프를 한 상태에서는 케이가 가진 전체 마나의 40퍼센트 정도는 사용하지 못하도록 묶어두겠어요. 케이가 마나를 심장이 아닌 배꼽 부근에 모은다는 것도 알고 있으니 그 부분의 마나를 묶어놓도록 하는 마법을 첨가하겠어요."

그 말에 케이는 눈을 부릅떴다. 앞으로 일리나를 혼내줄 일도 남았는데 마나의 4할을 사용하지 못한다니… 케이에게는 청천벽력 같은 소리였다.

"생각 같아서는 9서클의 마법도 사용하지 못하게 하고 싶지만 케이에게 알려줄 9서클 마법이 있으니 그것은 참기로 하죠."

이미 혼이 빠져 버린 케이는 뒤에 덧붙인 에르데미안의 말은 듣지 못했다.

"그럼 전 이만 마법 수식을 만들도록 하죠. 시간이 제법 걸릴 것 같으니 케이는 레어를 둘러보든지 수련을 하든지 알아서 해요. 호호호홋."

에르데미안이 남긴 웃음소리는 맑고도 경쾌한 음색이었지만 케이의 귀에는 세상 어느 악마의 웃음소리보다도 사악하게 들렸다.

'젠장. 내공, 아니, 마나의 4할을 못 쓰게 묶어버리면 일리나를 상대할 때는 다시 늑대로 현신해야 하는 건가? 그리고 혹시라도 전력을 다할 일이 생기게 되면 인간들 앞에서 내 모습을 드러내야 하는 것인가? 이런… 자신의 몸에 올라타서 이리저리 돌아다녔다고 이런 제약을 두다니… 치졸한 드래곤 같으니.'

속으로 원망하면 어쩔 것인가? 이미 항구 떠난 배요, 정류장 떠난 버스요, 하늘로 날아올라 간 비행기인 것을. 그렇게 케이는 에르데미안의 사악한 마음 씀씀이를 원망하며 하루를 보냈다.

"케이, 마법 수식을 완성했어요."

케이가 멍하니 앉아서 에르데미안을 원망하기 시작한 지 정확히 만 하루가 되는 때에 에르데미안의 목소리가 들렸다.

"자, 여기 있어요."

말과 함께 에르데미안이 건네준 종이에는 마법 수식이 빼곡히 적혀 있었다. 그토록 원하던 마법의 수식을 얻었으니 응당 기뻐서 눈물이라도 흘려야 하건만 지금 케이의 모습은 무덤덤했다.

"어라? 그토록 고대하던 마법 수식인데 반응이 영 좋지 않네요. 왜 그러는 거죠?"

케이의 담담한 모습에 그 모습의 원인 제공자인 에르데미안이 모르겠다는 듯이 물었고 케이는 그 소리에 속으로 절규했다.

'크윽. 누구 때문에 그러는 건데⋯⋯.'

"설마⋯ 케이, 제가 40퍼센트의 마나를 묶었다고 삐친 거예요, 지금?"

에르데미안의 날카로운 질문에 케이의 몸이 흠칫 굳었다.

"호오~ 역시 그런 것이로군요. 케이, 보기보다 속이 좁네요. 사실 케이의 힘은 무척이나 위험해요. 세상에 무질서와 혼란을 불러올 수 있는 힘이죠. 그렇지 않아도 주신의 신탁이 내려온 지금 케이와 같은 존재는 이미 발현시킨 미티어 스윔보다도 위험하다구요. 그래서 약소하나마 제가 제약을 준 거죠. 사실 케이 정도면 6할 이상의 마나를 사용할 일도 없잖아요? 드래곤과 싸운다면 모를까, 그 외에는 케이를 감당할 수 있는 존재가 없을 텐데요?"

'바로 그 드래곤과 싸우려고 하니까 그렇죠.'

일라나에게 설욕할 기회만을 벼르던 케이는 속으로 말을 삼켰다.

에르데미안이 말을 할 때마다 케이는 움찔움찔하다가 신탁이라는 말에 놀라 그녀를 쳐다보았다.

"신탁이라니요? 드래곤에게도 내려온 것인가요?"

케이의 물음에 에르데미안은 당연하다는 듯 고개를 끄덕였다.

"주신의 신탁은 열두 대신 모두 알게 되죠. 그리고 카이카얀님께서 레시노아에게 전해주었죠. 저는 레시노아에게 통신 마법을 통해 들은 것이고요. 이래 뵈도 나이가 나이인지라 그런 중대한 일은 저에게 알리지요. 뭐, 알려준다고 해도 별다른 조치를 취하지는 않지만요. 그리고 엘프나 드워프처럼 신은 섬겨도 신관이 없는 경우에는 아마 신탁이 내려가지 않았을 거예요. 사실 우리 드래곤이 신탁을 직접 받게 된 것도 레시노아가 성룡이 된 이후니까요. 하지만 이번 신탁은 주신께서 한 인간에게만 은밀히 내린 거라 아마 알고 있는 존재는 몇 안 될 거예요."

에르데미안의 대답에 케이는 수긍했다. 그리고 하필이면 그 신탁을 받은 유일한 인간이 바볼랏이라는 사실에 한탄했다. 아직은 신탁이 암시하는 존재가 자신이라는 것을 에르데미안이 눈치 채지 못한 것 같아 다른 한편으로는 안심하기도 했다.

"그리고 그 신탁이 가리키는 게 케이라는 것도 알지요. 이계에서 왔다는 것이나 인간이 아니되 인간이라는 것이나, 그리고 제가 직접 겪은 케이나 이 모든 것을 종합해 볼 때 케이밖에 없더군요. 그래서 제약을 가하기로 한 거예요. 뭐, 폴리모프만 풀면 별 소용이 없는 제약이기는 하지만요."

늦은 생강이 맵다더니 안심하며 가슴을 쓸어 내리자마자 튀어나온 에르데미안의 말에 케이는 묘한 얼굴을 했다.

"그 수식 안 익혀도 돼요?"

그런 케이의 얼굴을 보며 에르데미안이 넌지시 물었다.

"필요없으면 태워 버릴까요?"

그렇게 말하며 손끝에 작은 파이어 볼까지 생성시켰다. 그 모습에 케이는 머리를 손에 들린 수식이 적힌 종이에 처박았다. 에르데미안은 그 모습을 기분 좋은 웃음을 띤 채로 지켜보았다.

어느 순간 케이는 수식을 다 외웠는지 삼매진화로 종이를 태워 버리고는 가부좌를 틀고 앉았다. 머리 속에서 수식을 정리하고 이해하려는 모양이었다. 그렇게 상당한 시간이 흐르고 케이는 눈을 뜨고 일어났다.

"언폴리모프, 폴리모프."

연이어 터진 두 가지 시동어와 함께 케이는 밝은 빛무리 속으로 사라졌다가 다시 나타났다. 빛무리가 일기 전과 한 치도 틀림없는 똑같은 모습으로. 하지만 케이의 표정은 전혀 달랐다. 무엇이 즐거운지 싱글벙글 웃음을 짓고 있었던 것이다.

"이거 정말 색다른 기분이군요. 폴리모프를 유지하고 있는데도 마나가 소모되지 않다니 정말 기분 좋은걸요."

케이의 말에 에르데미안도 같이 웃었다.

"그래요? 전 마나가 빠져나가는 기분을 아주 잠.시.만 느껴서 지금 케이의 심정을 완전히 이해하지는 못하겠어요."

에르데미안은 잠.시.라는 말을 강조하며 지난날의 일이 완전히 풀어지지 않았음을 보여주었다. 그리고는 생각났다는 듯이 덧붙였다.

"아! 깜박하고 말을 안 했군요. 이번에 만든 폴리모프는 10서클의 수식을 사용한 거예요. 10서클의 수식을 이용하여 9서클로 풀어냈으니 9서클 러너부터는 사용할 수 있겠지만 10서클에 이르지 못하고는 수식을 고치지는 못할 거예요. 그러니까 수식을 손봐서 마나에 제한을 둔 제약을 풀려고 하지 말아요. 잘못 손댔다가는 어떤 일이 벌어질지 모르니까요."

에르데미안이 덧붙인 말에 케이의 표정은 다시 한 번 일그러졌다. 사실 수식을 손보겠다는 생각을 내심하고 있었기 때문이다. 케이가 알기로 마법의 끝은 9서클 마스터였고 케이는 지금 그 경지에 도달했다. 그렇다면 아직 새로운 수식을 창안하는 것은 어렵더라도 다른 존재가 만들어놓은 수식을 수정하는 것 정도는 할 수 있을 거라 생각했기 때문이다.

그런데 10서클의 수식이라니! 10서클이라는 서클이 존재한다는 것조차 알지 못했던 케이의 얼굴은 처참하게 일그러질 수밖에 없었다.

"10서클의 마법이 존재한다는 말입니까?"

얼굴이 구겨지는 것은 구겨지는 것이고 궁금한 것은 궁금한 것이기에 케이가 물었다.

"예, 존재해요. 호호. 비록 우리 신께서 우리 드래곤에게만 허락한 경지입니다만 분명히 존재하고 또 우리 드래곤만이 익히고 사용할 수 있죠. 인간은 절대로 익힐 수가 없답니다. 늑대인 케이 역시 익힐 수 없어요. 정확히는 드래곤 외의 어떠한 존재도 익힐 수 없으니까요."

한 치의 흔들림없이 확고한 에르데미안의 말에 케이는 허탈하게 고개를 끄덕였다. 10서클이 존재하는 것은 큰 문제가 아니었다. 익히면

되는 거니까. 하지만 인간은, 아니, 드래곤 이외의 존재는 선천적으로 익힐 수 없도록 정해진 경지라니 케이는 허탈하지 않을 수 없었다.

"케이, 다시 한 번 말하지만 제가 건 제약에 너무 기분 나빠하지 말아요. 뭐든지 얻는 것이 있으면 잃는 것이 있으니까요. 그리고 케이는 이번에 얻은 것만 있지 않았나요? 예전의 폴리모프였다면 본신 마나의 5할도 채 사용하지 못했을 텐데요."

에르데미안의 말도 맞았기에 그걸로 위안을 삼는 수밖에 없었다. 그리고 10서클이라는 경지가 존재한다는, 다른 인간들은 모르는 사실을 알게 되었다는 것도 하나의 위안거리라면 위안거리였다.

"자자, 케이, 표정 풀어요. 그 보상이랄 건 아니지만 제가 서비스로 다른 9서클 마법을 하나 알려줄 테니까. 이것도 아마 인간들 사이에서는 존재하지 않는 마법일 거예요."

그 말에 케이는 크게 숨을 몰아쉬고는 고개를 끄덕였다.

"이 마법은 아공간(我空間)을 만드는 마법이에요. 일전에 보니까 케이 일행이 여행할 때 짐 때문에 고생할 거 같던데 아닌가요?"

"뭐, 그건 모든 여행자들의 공통된 사항 아닌가요?"

"그건 그렇지요. 하지만 제가 보물을 담으라고 건네준 가방을 기억하나요? 그런 가방만 있다면 짐 때문에 고생할 일은 거의 없죠. 하지만 이번에 제가 가르쳐 줄 아공간 생성 마법은 차원 사이의 틈을 이용해 케이만이 사용할 수 있는 공간을 만드는 것으로 케이의 재량에 따라 그 공간의 크기는 무한정 커질 수 있죠. 물론 차원의 틈에 영향을 줄 수 있는 마법 자체가 9서클의 마법이라 인간 중에는 수식을 가르쳐 줘도 사용할 수 없을 거예요."

"대단하군요. 하지만 서클에 비해서는 활용도가 떨어지는 것 같아요. 물론 아공간이라는 것이 무척 대단한 것이고 이용할 곳도 많습니다만 굳이 그것을 위해 9서클이 되려고 하기에는 상당히 노력이 아까울 거 같은 마법이군요."

에르데미안의 설명에 상당히 놀라워하다가 인간에게는 서클 대비 성능비가 낮은 것을 느낀 케이의 말이었다.

"물론이죠. 드래곤인 제가 심심풀이로 만든 마법이지만 말이죠. 자, 그럼 이 마법의 수식은……."

그렇게 케이는 엄청나게 어렵지만 자신에게는 그 난이도가 별로 문제가 되지 않는 무척이나 유용한 마법을 배웠다.

"음, 이제 이걸로 케이와 나의 일은 모두 끝난 건가요? 그동안 즐거웠는데 무척 아쉽군요. 혼자인 것보다는 친구가 있다는 게 무척이나 즐거운 일이네요. 늦었지만 저도 다른 친구를 찾아보도록 할까요?"

어느새 둘 사이의 일은 모두 끝났고 곧 헤어져야 한다는 것을 인지한 에르데미안이 말했다. 그런 그녀의 말속에 케이의 가슴을 울리는 단어가 있었으니 그 말은 '친구'였다. 9000년을 살아온 저 대단한 존재가, 종족의 특성상 외로움도 크게 타지 않는 드래곤인 그녀가 자신을 친구라 부른 것이었다.

"저를 친구라 하셨나요, 에르데미안님?"

"물론이죠, 케이. 케이를 친구로 여겼기에 이런 호의를 베푼 것이었는데 케이는 저를 친구로 느끼지 않았나요?"

에르데미안은 오른손 검지로 턱을 짚으며 물었다.

"사실은 그렇습니다."

케이의 대답에 에르데미안은 무척이나 실망한, 그리고 우울한 얼굴을 했다.

"에르데미안님이 너무나 대단한 존재라 제가 과연 친구의 자격이 있나 자신이 없었기 때문이죠. 하지만 에르데미안님이 저를 친구라 인정해 주셨으니 이제는 저도 에르데미안님을 친구로 여기겠습니다."

뒤이어 나온 케이의 말에 에르데미안의 얼굴에는 화사하게 꽃이 피었다.

"친구라는 존재는 태어난 이후 처음이로군요. 무척이나 기쁜걸요."

두 달이라는 시간은 드래곤에게는 찰나에 지나지 않는 짧은 시간이다. 하지만 드래곤의 특성상 에르데미안에게 있어서 두 달 이상의 시간을 함께한 존재는 해츨링 시절 그녀의 부모뿐이었다. 물론 브로스넨과 레시노아와 몇 년에서 몇십 년의 시간을 보냈지만 그것은 서로의 필요에 의해 고집으로 버틴 시간이었다. 그사이에 별다른 대화가 있었을 리 없었고 서로에 대한 이해 또한 없었다. 유희 시절에 함께한 인간들도 있었지만 그들과 함께했던 것은 어디까지나 유희일 뿐이었다.

그녀가 드래곤으로서 대화를 하며 서로에 대한 이해를 쌓아간 존재는 케이가 유일했다. 그랬기에 친구라는 말을 서슴없이 한 것이며 케이의 말에 기쁘다는 말을 저렇게 진실한 얼굴로 하는 것이다. 본디 고독한 존재로 창조된 드래곤에게는 무척이나 이례적인 일이었다.

그렇게 기뻐하는 에르데미안의 모습에 케이는 그저 웃음 지을 뿐이었다. 에르데미안의 모습에서 진운과 종리수를 떠올렸음인가, 웃음 띤 케이의 눈은 아련한 추억에 물들어 있기도 했다.

"자, 케이, 이제 그만 떠나야 하지 않나요? 일행이 기다릴 텐데요."

에르데미안의 말에 케이는 상념에서 깨어났다.

"그렇군요. 이만 가봐야지요. 아, 그전에……."

케이는 이제 불꽃 마을로 가야지 하고 생각하며 마을의 좌표를 떠올리다가 무엇인가 생각난 듯 그것을 멈췄다.

"왜 그래요, 케이?"

"아, 에르데미안님, 제가 궁금한 것이 있어서요."

케이가 머리를 긁적이며 말문을 열었다.

"그게 뭐지요?"

"사실 제가 드래곤이 브레스를 사용하는 것을 본 적이 있습니다. 그때 마나의 움직임도 알게 되어서 제가 늑대의 모습일 때 한 번 따라해 보았습니다. 정말이지 위력이 엄청나더군요, 마나의 소모도 적고. 한데 드래곤은 예외없이 하루에 세 번밖에 사용하지 못한다고 알고 있어서요. 그 정도의 마나 소모라면 그렇게 힘들지도 않을 것 같던데 왜 그런 것인지……."

케이의 물음에 에르데미안은 의외라는 얼굴을 했다.

"드래곤이 브레스를 사용하는 것을 보았다고요? 무척이나 보기 힘든 일일 텐데… 아니, 그것을 지켜보고 살아남았다니… 대단하군요, 케이."

에르데미안의 놀랍다는 얼굴에 케이는 그저 웃음만으로 답했다.

"흐음, 이건 드래곤들에게도 상당한 비밀에 속하는 것인데… 하긴 하루에 세 번밖에 사용하지 못한다는 것은 이미 누구나 아는 것이니 그 이유를 안다고 달라지는 것은 없겠죠. 그리고 케이는 친구이기도 하니. 다만 이건 다른 이들에게는 알리지 말아요. 별로 대단한 것은 아니지만 그래도 이 정도는 해줄 수 있겠죠?"

웃으며 묻는 에르데미안에게 케이는 고개를 끄덕여 주었다.

"신께서 드래곤을 창조한 이유가 세계의 균형을 바로잡을 만한 강대한 힘을 지닌 존재가 필요해서였죠. 그래서 카이카얀께서 부여한 권능이 브레스였어요. 하지만 그 엄청난 강대함이 오히려 세상의 균형을 깰 수도 있었죠. 그래서 또 다른 제약을 두셨는데 바로 그 제약이 드래곤 하트예요. 드래곤 하트는 그 중심에서 정확히 세 부분으로 나누어져 있어요. 그리고 일단 브레스를 사용하면 그중 한 부분의 마나는 무조건 모두 소비하게 되죠. 그리고 그 마나가 다시금 다 차는 데는 하루의 시간이 걸려요. 두 번을 사용하든 세 번을 사용하든 마지막으로 브레스를 사용한 시점에서 하루가 지나야 드래곤 하트의 마나는 다시 모두 찬답니다. 이것도 제가 케이에게 건 제약처럼 그렇게 대단한 제약은 아니에요."

"그렇다면 브레스를 사용할 때 마나의 양을 조절할 수 없고 절대적으로 정해진 양을 소비하게 된다는 말인가요?"

케이가 이해하겠다는 듯 고개를 끄덕이며 질문을 했다.

"물론이에요. 하지만 그때 드래곤 하트에서 소비된 마나와 브레스의 위력과는 전혀 상관이 없죠."

"예? 그건 또 무슨 말이죠?"

"브레스의 위력은 주위로부터 끌어 모은 마나의 양에 따라 결정돼요. 그리고 나이가 많은 드래곤일수록 더 많은 마나를 끌어 모을 수 있고요. 드래곤 하트의 마나는 그렇게 모은 마나를 브레스의 형태로 변환시켜 주고 드래곤의 피부 색에 따른 고유 속성을 부여하는 것으로만 쓰이죠.”

“허, 그건 굉장히 놀라운 사실인데요? 무한한 마나를 담고 있다는 드래곤 하트의 3분의 1에 달하는 마나가 소모되면서 쓰이는 용도가 고작 그런 것이라니. 아무튼 정말 감사드립니다. 무척이나 궁금했거든요.”

“호호, 뭘요. 무척이나 궁금해한 것을 돌아가기 전에야 생각해 내다니 그 말에 별로 믿음이 안 가는군요.”

“하하, 그럴 수도 있는 거지요.”

에르데미안의 말에 케이는 머쓱하게 웃었다.

“아, 케이, 뭐 더 필요한 것은 없나요? 필요한 게 있으면 뭐든지 가져가도록 해요.”

에르데미안 역시 조금 전의 케이처럼 이제야 생각났다는 듯이 말했다.

“아닙니다. 지금 이 망토 하나면 충분한걸요.”

“그래요? 하지만 검 한 자루 없이 괜찮겠어요? 케이는 검법을 익혔다고 하지 않았나요?”

“아, 불꽃 마을에 제 검을 만들어준다는 드워프가 있어서요. 그리고 에르데미안님의 창고에는 그런 종류의 검은 없더군요.”

검은 필요없냐는 에르데미안의 물음에 케이는 플라이언트 소드를 만들어주겠다던 하이달로그를 떠올리고는 에르데미안의 호의를 사양했다.

“그래요? 그럼 앞으로 혹시라도 필요한 것이 있으면 언제든 찾아오도록 해요. 제 드래곤 하트만 빼고는 뭐든 들어줄 수 있는 것은 들어

줄 테니까요. 처음 생긴 친구에게 이 정도밖에 못해주다니 무척 아쉽
네요."

아쉽다는 표정으로 말하는 에르데미안을 보며 케이는 살짝 웃었다.

"하하, 마음만으로도 충분히 감사합니다. 그럼 저는 이만 가보도록
하겠습니다."

말을 마친 케이는 일단 망토를 벗어 에르데미안에게 배운 대로 만든
아공간에 집어넣었다. 그리고는 늑대의 모습으로 폴리모프한 후 텔레
포트의 시동어를 외고는 빛과 함께 사라졌다. 그리고 케이가 사라진
자리를 섭섭한 얼굴로 쳐다보는 에르데미안만이 덩그러니 남아 있었
다.

제 16 식

자유 도시,
아르스 노바

자유 도시, 아르스 노바

"이야~ 이제야 여행다운 여행이 되겠는걸요, 케이."

말 위에 앉아서 얼굴에 쏟아지는 햇살에 연신 웃음 지으며 바볼랏이 입을 열었다. 무엇이 그리 기분 좋은지 바볼랏은 아까부터 싱글벙글이었다. 퓨어와 함께 말에 탄 세린 역시 싱글벙글 웃고 있었다. 말이 두 마리밖에 없는 관계로 옆에서 말의 속도에 보조를 맞추며 걸어가고 있던 케이가 즐거움에 빠져 히죽거리는 바볼랏을 쳐다보았다.

"그렇게 기분이 좋은 거야, 겨우 아르스 노바라는 도시에 들른다는 게?"

"아니, 케이가 몰라서 하는 말이라구요. 아르스 노바가 얼마나 유명한 관광 명소인데요. 물론 드워프와의 거래를 위해 만들어진 도시지만 그 드워프라는 존재 때문에 관광 명소가 되기도 했죠."

"드워프라면 이미 불꽃 마을에서 충분히 봤잖아."

바볼랏의 대답이 마음에 안 드는지 케이가 퉁명스레 대답했다.

"드워프의 마을에서 보는 드워프와 아르스 노바에서 보는 드워프는 다르죠. 특히나 드워프가 만든 예술품이 나열된 상점들이 빼곡히 들어선 곳이 아르스 노바인걸요. 게다가 아르스 노바는 우리가 지금껏 들른 도시 중 가장 큰 곳이라구요."

바볼랏은 지금껏 작은 성이나 마을만을 지나며 숲에서 들에서 야영을 하던 따분하기 이를 데 없는 여행 길에 지쳐 있었다. 그러다가 드디어 도시다운 도시에서 관광다운 관광을 하며 여행자의 운치를 마음껏 즐길 수 있다고 생각하자 입가로 터져 나오는 웃음을 참지 못하고 연신 히죽거리고 있었다.

케이 일행은 아르스 노바를 목적지로 잡고 불꽃 마을을 떠났다. 처음 케이가 텔레포트를 이용해 하이달로그의 집에 나타났을 때는 하이달로그와 다이알타, 그리고 하이알로그의 부인 이렇게 세 드워프는 무척이나 놀랐었다.

늑대인 케이가 갑자기 집 앞에 빛과 함께 나타났으니 어찌 놀라지 않겠는가?

바볼랏이 나서서 자신들처럼 에르데미안이 마법을 사용해 보내준 것이라고 설명하자 다들 고개를 끄덕였다. 그리고 과연 무엇 때문에 에르데미안이 제법 긴 시간 동안 케이를 데리고 있었는지 무척이나 궁금해했다.

하지만 그들은 말 못하는 늑대에게 물을 수도 없고 그저 궁금해할 뿐이었다. 케이가 말을 할 수 있다는 사실을 몰랐기에.

케이가 돌아왔을 때 하이달로그가 아직 플라이언트 소드를 완성하지 못했기에 검이 완성될 때까지 2주 정도 더 기다리다가 길을 떠나게 되었다.

하이달로그가 검집도 휘어지게 만들어 허리띠처럼 허리에 찰 수 있었다. 그래서 그는 지금 허리에 마치 허리띠인 양 검을 착용하고 있었다. 이제 검도 받았겠다 다시 여행길에 오르려고 하는 일행에게 심각한 문제가 나타났다. 그들에게는 이제 목적지가 없었던 것이다.

사실 케이가 좀 더 좋은 폴리모프를 얻기 위해 떠난 여행이었고 그 목적은 달성했다. 덤으로 뛰어난 보물까지 얻으면서. 그러니 이제 어딘가로 가려고 해도 갈 곳이 없었던 것이다.

여기서 일행은 심각한 고민에 빠지게 되었다. 그냥 각자가 떠나온 곳으로 돌아가느냐, 아니면 한동안 그저 목적없이 대륙을 떠도느냐? 그 결론은 당연히 만장일치로 후자로 났다. 그러자 이번에 떠오른 문제는 어디로 가느냐였다. 일단 떠돌아다니며 여행을 하기로 했으면 눈앞의 목적지가 필요했던 것이다. 그리고 그 목적지는 바볼랏의 강력한 주장에 힘입어 아르스 노바로 결정났기에 지금 일행은 그곳을 향해 가고 있는 것이었다.

사실 그동안 바볼랏의 의견이 거의 받아들여지지 않았기에 이번에는 특별히 중요한 것도 아니고 해서 바볼랏의 말을 따르기로 했다. 그 외에도 바볼랏을 제외한 나머지 일행은 대륙에 대해 잘 모르기에 그러기도 한 것이고.

바볼랏의 설명에 따르면 아르스 노바는 제국에서 가장 유명한 자유 도시라고 했다. 자유 도시란 통치하는 영주가 없는, 국왕 또는 황제 직할 도시로 각 국가에 적게는 한두 개씩 있다고 했다. 그리고 아르스 노바의 경우 생긴 지 3,000년이나 흐른 유서 깊은 도시라 했다.

물론 그 시작은 작은 마을이었고 그때는 이 땅의 주인이 후디스 제국이 아니었다. 작은 마을로 시작한 아르스 노바도 어느 영주의 영지에 속해 있었던 것이다.

제일 처음 마을이 생겼을 때의 이름이 라미텐이라 했다. 그렇게 라미텐 마을이 생기고 이 마을이 속한 영지는 그때 당시 있었던 국가 안에서 뜨거운 감자로 떠올랐다. 그럴 수밖에 없는 것이 드워프와 거래할 수 있는 대륙의 유일무이한 마을이 있는 영지였던 것이다.

그 말은 곧 엄청난 돈덩어리가 되는 마을이라는 소리였다.

드워프제 장신구나 무기는 그 값을 헤아릴 수가 없었고 상거래에 별 관심이 없는 드워프들은 자신들의 작품을 인간의 기준보다 싼 가격에 팔았다. 물론 드워프의 눈에는 실패작이거나 그다지 뛰어나지 않은 것들이었지만 인간들에게는 그것만 해도 가치가 엄청났다.

즉, 드워프가 대단치 않게 여기는 것이기에 비교적 싸게 살 수 있고 그것을 매우 비싸게 팔아먹을 수 있는 것이다. 그리고 이러한 막대한 이익이 보장되는 거래가 일어나는 곳이 라미텐 마을이었고 이 마을은 영지에 속해 있었다.

영지에서는 영주가 왕이었기에 그 마을의 드워프와의 거래를 영주가 통제할 수 있었다. 물론 드워프들을 통제하지는 못했지만 드워프의 물건을 사고 그들이 필요로 하는 물품들을 내줄 인간들을 통제할 수 있었기에 모든 영주에게 이 땅은 황금알을 낳는 거위였다.

인간의 욕망을 생각한다면 그것은 예정된 결말이었다. 그 영지를 놓고 영주들 간의 싸움이 일어나게 된 것. 서로 동의한 영주들 사이에서 자신의 영지를 걸고 일어나는 결투나 전쟁 등과 같은 싸움은 모든 국가에서 국법으로 허락되어 있기에 라미덴 마을에 눈 먼 영주들은 이 도박과도 같은 제로 섬 게임에 빠져 들어갔다.

모두 얻느냐, 모두 잃느냐. 이렇게 영주들이 라미덴 마을을 둘러싸고 영지 싸움을 벌이고 있는 동안에도 드워프와의 거래를 통해 라미덴 마을은 꾸준히 덩치를 키우며 꾸역꾸역 성장해 갔다. 그리고 어느 순간 더 이상 마을이라 부를 수 없는 규모로 커져 도시가 되었다. 그것은 라미덴이 생기고 불과 100년 만에 일어난 일이었다.

척박하기 그지없는 빌로우 노스 산맥의 끝 자락 드워프의 산 아래 아무것도 없던 땅에서 도시가 생기는데 흐른 시간이 불과 100년이라니 그 당시의 상황으로는 거의 혁명적인 일이었다.

그렇게 크기가 커지자 라미덴을 포함한 일부의 땅이 국왕에 의해 다른 영지로 선포된 것이 1,000년 전의 일이었다. 무려 2,000년 동안이나 귀족들의 영지로 귀족들 사이에 암투가 벌어지던 땅을 국왕이 빼앗아 버린 것이다.

사실은 국왕으로서도 두려웠다. 그 땅에서 나오는 어마어마한 부로 귀족이 세력을 키우는 것이.

귀족을 견제하기 위해 취한 조치였지만 그것이 국왕의 목을 졸랐다. 이미 한 귀족 가문이 라미덴을 소유한 지 500년이 흐른 상황이었다. 그런 어마어마한 땅을 특정 귀족 가문이 500년 동안이나 소유하도록 놓아둔 왕가의 행동도 정말 멍청한 짓이었다. 500년이나 놔두었으면 계속해서 놔둘 것이지 또 그것을 빼앗은 왕은 더 더욱 멍청했다.

라미덴이 위치한 영지는 산맥을 끼고 있어 본디 척박한 땅이라 수도에서 거리가 무척이나 멀었다. 그랬기에 충분한 세금만 보내면 수도에서는 별 신경을 안 썼다. 라미덴만큼은 중앙에서 관리를 파견해 드워프와의 거래량을 지켜보고 세금을 책정하는 데 활용하였지만 그 영지의 다른 땅은 신경을 쓰지 않았던 것이다. 정말로 멍청한 왕가라 아니할 수 없었다.

그런 왕국이 어찌 2,000년이 넘는 세월을 이어져 왔는지… 아니, 어쩌면 라미덴 덕에 2,000년의 세월을 유지한 것인지도 몰랐다. 모든 귀족들의 관심은 라미덴에 집중되었고 약 1,500년의 세월 동안 귀족들은 서로 먹고 먹히며 세력을 스스로 죽여왔던 것이다. 그런 균형이 깨진 것은 500년 전, 그 영지가 완전히 한 가문의 소유로 굳어졌을 때부터였다.

그 가문은 그때부터 영지를 뺏기지 않기 위해 끊임없이 뛰어난 기사와 마법사 병사들을 양성했다. 차고 넘치는 것이 돈인 영지였기에 왕가의 눈만 피한다면 그리 어려운 일은 아니었다. 그리고 멍청한 왕가의 눈은 라미덴에만 집중되어 있었다. 그랬기에 그 가문은 500년간 힘을 충분히 비축할 수 있었다.

자신의 영지를 노리고 다른 귀족들이 쳐들어오는 것을 막기 위한 목적에서 시작된 힘의 비축이었지만 그것은 어느새 왕국과 자웅을 겨룰 정도로 커져 있었다. 그리고 그때야 라미덴의 위험성을 눈치 챈 국왕이 영지에서 라미덴을 떼어내려 한 것이었다. 이미 충분한 힘을 가진 뒤였기에 결국 영주는 자신의 이익을 지킨다는 사소한 이유로 반란을 일으켰고 그 반란은 성공했다.

그 귀족가가 바로 후디스 가문, 현재 후디스 제국의 황가였다. 그렇게 힘을 쌓아 일어난 후디스 왕국은 차츰 영토를 넓혀 대륙의 이강이라는 제국의 위치에까지 이른 것이다. 제국을 세우는 기초가 되었던 라미덴의 위험성과 중요성을 후디스의 황제는 너무나 잘 알았기에 그곳을 황족의 영지로 하사하였다. 그리고 그 영지의 병사와 기사의 수를 쉼없이 감시했다.

자신들이 일어난 근본이었지만 자신들이 한 일을 다른 이가 하지 말라는 법은 없었다. 그것이 같은 핏줄을 가진 황가의 사람이라 하더라도. 하지만 끊임없는 엄격한 감시로 제국 건국 후 500년 정도는 잘 유지가 되었다. 그러나 500년 전 사단이 났다.

당시의 영주가 주변 귀족들을 끌어 모아 반란을 일으킨 것이다.

자신의 영지에서는 군사를 키울 수 없었지만 다른 변방 영지에서는 중앙의 눈을 속일 수 있다는 점을 이용했다.

제국은 넓은 영토만큼이나 변방에 대한 감시가 소홀해지고 정보도 늦었다. 하지만 변방이라면 보통은 척박한 땅이었기에 별달리 신경을 쓰지 않아도 큰 상관이 없었다. 반란을 일으킨 영주는 그 점을 주목한 것이다. 즉, 자신의 영지에는 예나 지금이나 돈은 차고도 넘쳤다.

물론 감시가 더욱 엄격해지고 세금도 오른 제국이 들어서기 전에 비할 바가 아니었지만 그래도 500년 가까이 모아온 부는 여기저기 돈 쓸 곳 많은 제국의 십수 년 치 예산과 맞먹었다. 그 부를 이용해 변방 영지 몇 곳의 영주를 포섭해 병사를 키워 반란을 일으킨 것이다.

제국의 황제가 크게 놀란 것은 두말할 것도 없었다. 하지만 제국은 제국인지라 그 반란은 실패로 돌아갔다. 그렇다 해도 황가가 받은 충격은 보통 큰 것이 아니었다. 같은 핏줄이라 믿었는데 그냥 믿는 것으로는 안심이 안 되어 감시까지 철저히 하였는데도 반란이 일어난 것이다.

결국 황제는 라미덴의 이름을 아르스 노바로 바꾸고 황제의 직할지인 자유 도시로 선포하였다. 그렇게 아르스 노바라는 이름의 도시는 500년 전에 탄생한 것이다.

'아르스 노바라······.'

바볼랏의 설명을 떠올린 케이도 히죽 웃었다. 제국이 일어나는 기틀이 되었다는 도시, 과연 어떤 도시인지 호기심이 일었다.

'그나저나 가까운 마을에 도착하는 대로 말이나 한 마리 사야겠군. 이렇게 혼자서 걷는 것도 여간 기분 나쁜 게 아냐.'

말이 걷는 속도에 보조를 맞추며 빠른 걸음으로 걷는 케이는 어서 빨리 마을에 도착했으면 하고 간절히 원했다. 그런 케이의 기원이 통했는지 멀리 마을의 모습이 아스라이 눈에 들어오기 시작했다.

"이제 마을이 보이기 시작하는군요."

역시 마을의 모습을 본 퓨어가 이야기했다.

"그래요? 그럼 어서어서 마을에 들어가자구요. 오늘 하루 푹 쉬고 말 한 마리 더 사서 내일부터는 빨리 달리도록 해요. 그러면 이틀만 더 가면 아르스 노바에 도착할 테니까요."

마을이 보인다는 퓨어의 말에 바볼랏이 희색이 만면해서 떠들어댔다. 사실 바볼랏은 케이가 인간의 모습으로 걷는 덕에 일정이 늦어져 은근히 불만이었던 것이다.

아르스 노바의 좌표를 몰라 텔레포트를 못한다고 한숨을 푹푹 쉬던 바볼랏이었다. 늑대인 케이가 얼마나 빨리 달릴 수 있는지 알았기에 좀 더 빨리 아르스 노바에 도착하고픈 바볼랏으로서는 이만저만 속이 타는 것이 아니었다. 만일 케이가 인간의 모습으로도 그에 못지 않게 빨리 달릴 수 있다는 것을 바볼랏이 안다면 어떤 반응을 보일까? 너무나도 뻔한 물음이라 그다지 흥미가 일지도 않는 케이였다.

'칫, 자기 좋은 일에는 저렇게 힘이 넘치는군.'

신나서 여정을 서두르는 바볼랏의 모습이 계속해서 밉게만 보이는 것은 케이의 성격 탓일까? 아니면 바볼랏의 행동이 불러온 당연한 결과일까?

두두두두.

요란한 말발굽 소리와 함께 세 필의 말이 힘차게 달리고 있었다. 세 필의 말 위에는 퓨어와 세린이 함께, 그리고 케이와 바볼랏이 각기 타고 있었다. 이제 얼마 후면 아르스 노바에 도착할 수 있기에 케이들은 마지막 박차를 가하고 있었다. 물론 조금이라도 더 빨리 아르스 노바에 도착하기 위한 바볼랏의 재촉 때문이었다.

빠른 속도로 말을 달린 덕에 일어난 먼지로 일행의 옷은 온통 먼지투성이로 몰골이 말이 아니었다. 하지만 그런 외양에는 별 신경을 쓰지 않는 듯 바볼랏은 말을 모는 데만 열중하고 있었다.

"바볼랏, 다시 봤는걸. 어떻게 이렇게 말을 잘 몰지?"

입을 열자 입속으로 들어오는 먼지 때문에 무척 찝찝했지만 지금 바볼랏이 보여주는 모습은 분명 의외였기에 케이가 물었다. 퓨어야 조화의 종족인 엘프이기에 너무나도 편한 모습으로 말을 타고 있었다. 말을 타는 것은 이번이 처음이라고 했지만 누구도 믿지 않을 승마 실력을 보여주면서 말이다. 세린 역시 퓨어가 돌봐줘서 그다지 힘들어하는 기색은 보이지 않았다.

말이 빠른 속도로 달리게 되면 상하로의 요동이 상당하기에 적절한 움직임으로 그 요동에 맞춰주지 않으면 허리와 등에 상당한 통증과 함께 무리가 가게 마련이다. 하지만 퓨어의 모습은 정말로 편안해 보였다.

케이 자신이야 중원에 있을 때 말을 탈 기회가 자주 있었다. 그곳의 주요 교통 수단은 말이었으니 말이다. 그러나 바볼랏이 저렇게 능숙하게 말을 타는 것은 정말 의외였다. 항상 힘들다고 징징 우는 소리만 해대던 그였기에 이번에도 처음에는 재촉해도 곧 승마에 지쳐 나가떨어질 거라 예상했기 때문이다.

"훗, 케이. 이 정도야 여행자로서의 기본이죠. 사실 엘프의 마을에 들어가기 전까지 전 말을 타고 여행을 했었답니다. 그러니 말을 타는 데 익숙할 수밖에 없죠."

당당하게 대답하는 바볼랏의 말에 케이는 고개를 끄덕였다. 잠깐 생각하면 알 수 있는 것을 먼지만 먹어가며 괜히 물어봤다는 생각이 들었다.

바볼랏처럼 제 몸을 움직여 이동하기 싫어하는 녀석이 그동안 신탁에 따른 여행을 제 발로 할 리 없다는 것을 간과하고 있었던 것이다. 분명 다른 교통 수단을 이용했을 터인데 홀로 여행하는 신관이 선택할 교통 수단이라고는 말밖에 없지 않은가?

그때 자욱이 인 먼지 너머로 희미하게 성벽의 윤곽이 보이기 시작했다. 케이는 자신만이 성벽을 알아보고 이제 곧 도착하겠구나 하고 생각했을 뿐 굳이 일행에게는 알려주지 않았다. 알려줘 봤자 바볼랏의 호들갑만 더할 뿐이라는 것은 뻔한 사실이었기 때문이다.

"아! 저기 아르스 노바의 성벽이 보이는 걸요! 자자, 좀 더 서두르자구요. 이제 조금만 있으면 도착한다구요. 책에서만 본 아르스 노바라는 도시가 과연 어떨지… 빨리빨리 가자구요."

어느새 아르스 노바의 성벽이 바볼랏의 눈에도 비칠 만큼 뚜렷해졌다. 그리고 그것을 본 바볼랏의 반응은 정확히 케이의 예상대로였고 일행은 바볼랏의 재촉에 속도를 더 높일 수밖에 없었다.

말을 마치고는 대답도 듣지 않고 혼자서 말의 속도를 높이며 박차고 나가니 덩달아 속도를 높여 따라가는 수밖에 없었던 것이다. 그런 바볼랏 덕에 말들만이 입에서 단내를 내뿜으며 고생하고 있을 뿐이었다.

"워워."

성문 앞에 다다르자 다들 말을 세웠고 곧 말에서 내렸다. 아르스 노바는 그 명성에 걸맞게 무척이나 큰 도시였고 하루에도 수많은 상단이 들어오고 나갔기에 성문 근처는 복잡했다. 그랬기에 말에서 내려 걸어서 성문 앞으로 가는 것이다.

"안녕하십니까? 저희 아르스 노바에는 어떻게 오셨습니까?"

케이 일행이 성문을 지날 차례가 되자 출입하는 사람들의 통제를 맡고 있는 경비병이 밝은 미소를 띠며 물었다.

"안녕하십니까? 수고가 많으시군요. 저는 헤이트론의 신관으로 현재 수련 여행 중에 있습니다. 그러다가 아르스 노바의 명성을 듣고 잠시 들른 것이지요. 이분들은 제 일행으로 여행자들입니다."

바볼랏이 대표로 나서서 점잖게 소개를 하고 방문 목적을 밝혔다.

"아, 헤이트론의 신관이셨군요. 저희 아르스 노바에 오신 것을 환영합니다. 부디 즐겁게 지내다 가십시오."

경비병은 밝게 웃으며 일행을 통과시켜 주었다.

"역시 대륙의 이강이라는 제국에서도 가장 부유한 도시이다 보니 기운이 넘치는군요. 경비병도 친절하고 말이죠. 좀처럼 보기 힘든 일인 걸요."

성문을 지나쳐 안으로 들어오면서 바볼랏이 말했다. 하지만 일행 중 누구도 제대로 된 성이라 불린 만한 곳을 들어가 본 적이 없었기에 그의 말에 그저 그런가 보다 하고 생각할 뿐이었다.

"일단 여관부터 잡도록 하지. 아르스 노바 안에서는 말을 타고 다니지 못한다고 하지 않았던가? 여관에서 좀 씻고 요기도 하고 도시 구경을 하자구, 바볼랏."

이미 성문을 지나온 이후부터 눈을 번쩍거리며 주위를 둘러보는 데 정신이 없는 바볼랏에게 케이가 말했다. 사실 지금까지 제법 강행군이라 할 만한 속도로 왔기에 구경에 몸이 달아 있는 바볼랏을 제외하고는 케이와 퓨어는 약간의 피곤함을 느끼고 있었다. 세린은 표시는 안 내고 있지만 무척이나 피곤으로 지쳐 있을 것이다.

"아, 예. 그러도록 하죠."

케이의 말에 바볼랏은 아쉽다는 듯 주위를 두리번거리는 것을 중단하고는 여관이 있을 만한 곳을 찾아보았다. 그리고는 곧 눈에 여관 간판이 하나 띄었다.

"아, 마침 저기 여관이 있네요. 저곳으로 가도록 하죠."

일행이 여관에서 쉬든 말든 자신은 혼자서라도 구경을 할 만반의 준

비가 되어 있는 바볼랏은 얼른 여관을 잡자는 생각에 눈앞에 보인 곳으로 걸음을 옮겼다. 그런 그의 어깨를 잡는 손이 있었다. 케이였다. 의아한 빛을 띤 바볼랏이 돌아보며 물었다.

"왜 그러는 거죠, 케이? 빨리 여관을 잡아야 하지 않나요?"

"그렇기는 하지. 근데 바볼랏, 우리가 성문을 지나온 지 얼마 되지 않았어. 그리고 나도 여기까지 오면서 주위를 유심히 살폈는데 여관은 저곳이 처음으로 나타나더군. 그 말은 저 여관이 성문에서 가장 가까운 여관이라는 말이겠지?"

여전히 바볼랏의 어깨에 손을 올린 채로 케이가 설명을 시작했다.

"그렇다면 그렇겠죠. 그런데 그게 무슨 문제죠?"

"이 아르스 노바는 사람들이 많이 찾는 곳이라며? 그럼 우리처럼 이곳을 처음 방문한 사람들도 많을 거야. 그리고 그 사람들도 저 여관을 보자마자 일단은 짐을 풀러 들어가겠지. 즉, 저 여관은 무지무지 복잡할 거라는 거지. 난 좀 조용한 곳에서 쉬고 싶다구. 그러니 좀 더 들어가 보도록 하지."

케이는 한국에 있을 때 가족들과 같이 경주 불국사에 갔던 기억을 떠올렸다. 불교 집안에서 자란지라 어릴 때부터 전국의 여러 절들을 관광을 겸해서 두루 돌아다녔었다. 불국사는 제법 자주 갔었는데 처음 갔을 때 급한 마음에 불국사에서 가장 가까운 식당에 갔던 것이 실수였다. 미어터지는 손님들. 그런 손님들에 아랑곳 않고 더 많은 손님들을 끌어 모으기 위해 식당 밖에서는 호객을 하고 식당 안은 형편없는 서비스와 맛없는 음식들.

실망이 이만저만이 아니었었다. 그 다음부터는 식당가에 들어서면 가장 깊숙한 곳까지 들어갔다. 제일 안쪽에 있던 식당은 한산하고 조용했으며 음식 맛도 좋았고 서비스도 만족스러웠다.

불국사와 가까운 곳에 있는 식당들의 전쟁터와 같은 분위기와는 무척 대조되었다. 그런 기억을 가지고 있는 케이였기에 바볼랏을 말리고는 먼저 발걸음을 떼어 다른 여관을 찾아 움직였다.

케이의 주장에 바볼랏은 어깨를 축 늘어뜨리고는 여기저기를 곁눈질로 보면서 케이를 따라갔고 세린은 그 모습에 킥킥거리면서 웃었다. 아르스 노바에 들어와서 여관을 찾아 움직이기를 한 시간여 마침내 케이의 마음에 드는 여관을 발견할 수 있었다. 그리고 그동안 바볼랏의 입은 상당히 앞으로 튀어나와 있었다.

그럴 것이 케이가 찾는 조건의 여관은 아르스 노바의 중심가와 성벽 사이의 중간 지점에 위치해 있었기에 지금까지 계속해서 중간 지점을 돌고 있었던 것이다.

성벽 부근에 가까이 있는 여관들은 아르스 노바에 막 들어온 여행객들이 지친 몸을 빨리 누이기 위해 북적일 것이고 시내 중심가의 여관은 중심가라 북적인다는 것이 케이의 설명이었다. 중심가의 여관에는 거래를 위해 아르스 노바에 자주 들르는 상단들로 복잡할 거라 했다.

결국 그사이 중간 지점의 여관들을 찾아 돌아다니게 된 것인데 역시 아르스 노바인지라 케이가 원하는 조용한 곳은 별로 눈에 띄지 않았다.

바볼랏은 더 이상 참지 못하고 돈이라면 많이 있으니 차라리 고급 여관에 들어가는 것이 어떠냐고 제안을 했지만 케이는 가볍게 씹었다. 그러니 입이 툭 튀어나와 투덜거릴 수밖에.

이렇게 큰 도시에는 처음 와본다면서 어디가 왜 복잡한지는 어찌 그리 잘 아냐며 투덜투덜거리며 케이의 뒤를 따르는 바볼랏의 모습은 처량 맞기 그지없었다.

"아, 저곳이 괜찮겠군."

앞장서서 걷던 케이는 마침내 마음에 드는 여관을 발견한 것인지 멈춰 서서 말했다. 케이의 시선이 간 여관은 '음악과 함께하는 휴식' 이라는 이름의 여관이었다. 여관의 이름대로 여관 안에서는 사람들의 기분을 좋게 해주는 음악이 은은하게 새어 나오고 있었다.

"어서오세요~ 말고삐는 이리 주세요. 제가 마구간에 잘 데려다 놓을게요."

케이가 여관 안으로 들어가려는 기색을 보이자 여관 앞에 서 있던 꼬마 하나가 쪼르르 달려오더니 케이와 일행에게서 말고삐를 넘겨받고는 마구간이 있는 곳으로 갔다.

"꼬마야."

케이가 그런 꼬마를 불렀다. 케이의 부름에 꼬마는 돌아보았고 케이는 손가락을 팅겼다. 그와 동시에 케이의 손에서 반짝이는 것이 팽그르 돌며 꼬마에게로 날아갔다. 그것을 본 꼬마는 싱긋 웃으며 말고삐를 잡고 있던 한 손을 놓고는 날아오는 것을 잡아챘다. 꼬마의 손바닥에 들어간 것은 1실버짜리 동전 하나였다.

"말들 잘 부탁한다."

케이는 그 말을 남기고는 여관 안으로 들어갔다. 여관은 생각대로 한산했다. 케이 일행 말고는 서너 곳의 자리만 차 있을 뿐이었다. 여관의 한쪽 벽에는 작은 무대가 있었고 그곳에는 한 소녀가 앉아서 하프를 켜고 있었다. 무척이나 듣기 좋은 음률이었다.

"어서 오세요. 식사를 하실 건가요, 숙박을 하실 건가요?"

케이가 들어서자 열일곱 정도로 평범해 보이는 소녀가 인사를 하며 물었다.

"숙박. 일단 2인실 두 개로 주고 목욕물 좀 준비해 줘요. 식사는 일단 씻고 나서 할 테니까요."

케이가 대답하자 소녀는 카운터로 보이는 곳에서 열쇠 두 개를 들고 왔다.

"열쇠는 여기 있습니다. 방은 2층에 있고요. 방 번호는 열쇠 옆에 있는 작은 나무 조각에 적혀 있어요. 그리고 식사는 1층에 내려와서 하시면 되고요. 2층에 공중 욕실이 남녀 구분되어 두 곳이 있으니 그곳에서 씻으시면 될 거예요. 그리고 숙박비는 2인실 한곳당 20실버씩입니다. 며칠 묵으실 예정이시죠?"

"흠… 아직은 모르겠는걸요. 이봐, 바볼랏. 이곳에 얼마나 있을 거지?"

일단 아르스 노바를 구경하자는 목적으로 오기는 했지만 얼마나 머무를지는 정하지 않았기에 케이는 바볼랏에게 물었다.

"글쎄요. 그리고 보니 그걸 생각하지 않았군요. 한 열흘 정도 머물면서 구경도 좀 하고 그동안 여행으로 지친 몸도 좀 쉬도록 하는 게 어떨까요?"

바볼랏의 대답에 케이는 고개를 끄덕였다.

"그럼 일단 열흘 정도 머무르도록 하죠. 일정에 따라 더 머무를 수도 있구요."

"알겠습니다. 그럼 이틀 정도의 숙박비는 선불로 주셔야 합니다만."

케이의 대답에 소녀는 생긋 웃으며 말했고 케이는 주머니에서 1골드짜리 금화를 꺼내 건네주었다. 소녀는 카운터에서 10실버짜리 동전 두 개를 거슬러 주었다.

"그럼 편안히 쉬세요."

웃으며 인사를 하는 소녀를 뒤로하고 일행은 2층으로 향했다.

"그럼 우산 씻고 나서 1층에서 보도록 하지."

케이가 말을 남기고 바볼랏과 방으로 들어가자 퓨어도 세린을 데리고 자신들의 방으로 들어갔다.

얼마 후 개운하게 씻은 일행은 말끔한 모습으로 1층 식당에 모여 앉았다. 어느새 창밖으로는 노을이 지는 것이 저녁때가 되어 있었다.

"이런, 벌써 저녁때인걸요. 하긴 점심을 먹고 나서 아르스 노바에 들어왔으니 시간이 이 정도 되는 것이 맞긴 하군요. 케이가 여관 잡는다고 시간만 안 끌었어도 제법 많은 곳을 구경할 수 있었는데……."

해가 지는 것을 보며 바볼랏이 투덜거렸다.

"이봐, 이곳에서 적어도 열흘은 머무를 건데 뭐가 그리 급해? 좀 여유를 가지라구. 바볼랏, 너 정말 신관 맞아?"

케이의 핀잔에 바볼랏은 입술만 삐죽일 뿐이었다.

"그리고 구경을 하고 싶으면 저녁 먹고 혼자라도 나가서 하면 되잖아. 설마 이 정도 규모의 도시가 해가 지자마자 쥐 죽은 듯 조용해지겠어? 뭐, 나는 저녁 먹고 올라가서 쉴 예정이지만 말야. 퓨어와 세린은 어때?"

케이의 말에 바볼랏의 표정은 조금 밝아졌다. 케이의 말이 없더라도 그럴 예정이기는 했지만 말이다.

"웅~ 난 방에서 쉴래요. 말 타고 오는 게 너무 피곤했어요. 퓨어 언니는요?"

"저도 쉬도록 하죠."

이렇게 바볼랏 혼자서 구경하는 걸로 결정을 보고 저녁 식사를 하고는 바볼랏은 여관 밖으로 케이와 퓨어 세린은 2층으로 이동했다.

밝은 햇살이 창문을 뚫고 방 안을 해맑게 비췄다. 햇살이 눈꺼풀을 두드리는 기세에 케이는 눈을 떴다. 그리고 기분 좋은 기지개를 켰다. 이렇게 푹 자보기는 정말 오랜만이었다. 어제 저녁을 먹고 방으로 올라와서는 두 시간 정도 운공을 하다가 일찍 잠자리에 들었었다.

바볼랏의 재촉으로 인한 빠른 이동이 알게 모르게 케이에게 피로를 만들어놓았던 것이다. 방 반대 편 침대에는 언제 들어왔는지 바볼랏이 대 자로 뻗어 자고 있었다.

그 모습에 고개를 절레절레 흔들곤 옷을 입고 1층으로 내려갔다. 상쾌한 아침 공기가 식당 가득 차 기분 좋게 해주고 있었다. 1층에는 이미 퓨어와 세린이 내려와 가벼운 아침 식사를 하고 있었다. 케이는 그녀들이 앉아 있는 자리로 가서 간단한 아침 식사를 주문했다.

"케이, 바볼랏은요?"

케이가 혼자 내려오자 퓨어가 물었다.

"글쎄? 어젯밤에 어딜 구경하고 돌아다녔는지는 모르겠지만 완전히 뻗어서 자고 있더군. 그나저나 우리도 구경을 다녀야겠는데 어디로 가는 것이 좋을까?"

이제 피로도 풀었겠다, 명소라는 이곳 아르스 노바에 왔으니 관광을 다닐 차례였다.

"오빠, 일단 중심가로 가봐요. 그곳에 볼 게 가장 많을 거 같아요."

빵을 우물거리고 있던 세린이 냉큼 삼키고는 말했다.

"그래? 그럴까?"

"그러시는 게 좋을 거예요. 아르스 노바에 명소는 많지만 일단은 중심가가 가장 화려하거든요."

케이가 주문한 아침 식사를 담은 쟁반을 가지고 온 꼬마가 끼어들며 말했다. 전날 일행의 말을 마구간에 넣어주었던 꼬마였다.

"아, 꼬마, 너로구나. 말들은 잘 돌봐줬니?"

"전 꼬마가 아니라 필이라는 이름이 있어요, 아저씨. 그리고 말들이야 당연히 정성껏 돌봐줬죠."

꼬마라는 말에 기분 나빠하는 듯했지만 싱긋 웃으며 필이 대답했다.

"그래? 고맙다, 필. 중심가 말고 다른 곳은 어디를 둘러보는 게 좋을까?"

식탁에 내려진 차를 한 모금 마시면서 왼손으로는 1실버를 필에게 퉁겨주며 물었다. 은빛 포물선의 궤적을 그리며 떨어지는 동전을 잽싸게 받은 필이 웃으며 말했다.

"흠… 무척이나 많은데요. 일단 드워프들이 왕래하는 북문이 있어요. 드워프의 산으로 올라가는 길목에 자리 잡은 문이라 그곳으로 드나드는 것은 드워프들뿐이에요. 아르스 노바에서도 가장 많은 드워프를 볼 수 있는 곳이라 명소 중 하나죠. 뭐, 드워프들은 자신들이 그런 구경거리가 된다는 것을 알면 무척이나 기분 나빠할 테지만 그곳에 가는 사람들도 조심하면서 지켜보거든요."

이종족인 드워프를 가장 많이 볼 수 있다는 것만으로도 명소가 되었다는 생각에 케이는 피식 웃었다.

"음… 그리고 동쪽 광장을 지나서 늘어서 있는 무기구점 골목이 유명하죠. 아르스 노바의 모든 무기구점, 방어구점, 여행 도구점들이 골목을 따라 쭈욱 늘어선 곳이거든요. 그리고 서문 근처에 있는 마법 도구점들도 유명하구요. 드워프들이 다루는 금속들 중에는 아만타이늄도 있고 또 그들은 보석이나 마나석도 많이 다룬대요. 그래서 마법 도구를 만드는 마법사들도 아르스 노바에 제법 있죠. 마법 도구를 만드는 재료로 드워프제의 도구들만큼 좋은 것은 없다나요? 그래서 이곳의 마법 도구의 품질은 로피탈과 함께 류블라드에서 가장 좋다고 해요. 로피탈의 마법 도구의 재료도 이곳에서 가지고 가는 것이 거의 60퍼센트라고 하더라구요. 아무튼 그래서 마법 도구점들이 모인 곳도 유명한 볼거리 중 하나죠."

"호오~ 그거 흥미있구나. 또 다른 곳은 없니?"

드워프들로 인해 유명해진 아르스 노바의 명소 중 하나가 마법 도구점이라는 이야기에 케이는 흥미를 느꼈다. 그리고 또 다른 곳을 더 알아볼 요량으로 필에게 물었다. 오늘 하루에 다 돌아볼 수는 없겠지만 그래도 이곳저곳 알아본 후 흥미로운 곳 순서로 돌아볼 생각이었던 것이다.

"음… 아, 맞다! 제가 아르스 노바에서 가장 유명한 명소를 깜빡하고 말씀 안 드렸네요."

필의 말에 케이의 눈이 반짝 빛났다.

"그래? 어딘데?"

"장소라기보다는 사람이에요. 마법사로 북문 근처에 작은 연구실 겸 마법 도구점을 가지고 있죠. 그런데 만드는 마법 도구가 모두 이상하고 해괴한 것들이라 괴짜 마법사라고 아르스 노바의 명물 중 하나가 되었죠."

괴짜라는 말에 케이는 강한 호기심을 느꼈다. 이미 케이는 많은 괴짜들을 접해보았다. 제나와 퓨어, 바볼랏. 그리고 괴짜 드래곤 에르데미안. 그런데 여기서 또 괴짜 마법사라는 이야기를 듣자 흥미가 그의 가슴을 콕콕 찌르며 샘솟아 올랐다.

"흠… 괴짜라… 어떤 마법 도구를 만들길래 그러는 거지?"

"몰라요. 다만 가끔 이 여관에 들르는 마법사 분들께서 귀중한 마나 석으로 별 쓸데없는 물건을 만든다고 욕하시는 걸 들은 적이 있어요."

필의 대답에 호기심은 더욱 커졌다.

"그래, 고맙다. 그럼 이만 가서 일해야지."

케이의 대답에 필은 빙긋 웃으며 빈 쟁반을 들고 다른 곳으로 갔다. 케이는 고소한 향이 은은히 퍼지는 빵 한 조각을 들어 입으로 가져갔다. 아침에 갓 구워냈는지 부드러운 것이 무척 맛있었다.

'흠… 어디를 가볼까? 그 괴짜 마법사가 가장 끌리기는 한데……'

"오빠! 오늘은 일단 중심가부터 구경해요. 이렇게 큰 도시의 중심가는 어떨지 너무너무 궁금하단 말이에요."

케이가 어디를 먼저 갈지 고민하는 것을 눈치 챘음인가, 세린이 중심가로 가자고 조르기 시작했다. 그런 세린의 모습에 케이는 절로 웃음이 나왔다.

몸이 약해 작은 마을에서 외출도 제대로 못하던 꼬마 아가씨였던 세린이다. 그런데 지금은 이 큰 도시의 중심가를 둘러보고 싶다며 얼굴이 빨갛게 상기되어 자신을 조르고 있다. 케이 자신이 전수해 준 오행심법 덕에 이제 보통의 평범한 아이 정도의 체력은 가지게 되어 저런 밝은 모습을 할 수 있는 것이었다. 그런 세린의 모습은 케이를 절로 흐뭇하게 만들어주었다.

"그래, 그럼 오늘은 중심가로 나가도록 하자."

케이는 자신의 호기심은 일단 뒤로 미루고 세린의 원부터 들어주기로 했다.

"퓨어도 같이 갈 거야?"

옆자리에서 조용히 차 맛을 음미하고 있던 퓨어는 케이의 말에 살포시 미소를 지으며 대답했다.

"예, 저도 이렇게 큰 인간들의 도시는 처음이니 나가서 둘러보는 것도 좋을 듯하네요. 그런 것도 경험이 될 테죠."

"좋아. 그럼 아침을 다 먹는 대로 준비하고 나가도록 하지."

케이가 기분 좋게 말했다.

"그럼, 바볼랏 씨는요?"

아직 일어나지 않은 바볼랏이 걱정되었는지 퓨어가 물었다.

"몰라, 그런 녀석. 혼자 일어나서 알아서 잘 다니겠지. 어제도 저녁 내내 혼자서 구경 잘 다닌 녀석인데 오늘도 마찬가지 아니겠어? 일어나 보고 우리가 없어도 별 신경 안 쓸걸?"

수프를 입에 떠 넣던 케이가 고개를 들어 퓨어를 보며 대답했다.

"그렇긴 하지만… 그래도 일어나서 아무도 없으면 많이 놀랄 것 같은데요."

입 안에 넣은 수프를 삼키고 케이가 입을 열었다.

"허, 그 녀석이? 그런 일 절대 없을걸. 뭐, 하지만 메모 정도는 남겨두도록 하지."

케이는 퓨어의 말에 바볼랏에게는 어림없는 반응을 기대한다는 듯 대답하고는 남은 음식들을 마저 먹었다. 접시를 깨끗이 비운 케이가 자리에서 일어났다.

"자, 그럼 이제 준비하고 나가볼까? 준비 마치거든 1층으로 내려오라구."

그렇게 말한 케이는 2층으로 올라가 세수와 양치를 하고 간단한 준비를 하고 내려와서 퓨어와 세린을 기다렸다. 약간의 시간이 흐르고 준비를 마친 둘이 내려왔다.

"이제 나가볼까?"

케이가 싱긋 웃으며 여관 문을 열고 밖으로 걸음을 내딛었다.

"이야~! 정말 사람이 많은걸요. 굉장해요!"

여태껏 이토록 사람이 많은 번화가는 본 적이 없었던 세린이 소리를 지르며 이곳저곳을 둘러보고 있었다. 그런 세린의 모습에 퓨어는 그저 잔잔히 웃고 있을 뿐이었지만 케이는 무엇인가 못마땅한 얼굴이었다.

바쁘게 구경을 하며 돌아다니는 세린 덕에 거의 끌려 다니다시피 하는 현 상황이 언짢았던 것이다. 하지만 퓨어는 그런 것에는 별로 개의치 않고 그저 담담히 웃으며 뒤를 따를 뿐이었다. 이런 번화한 곳은 퓨어 그녀도 처음이나 다름없는데 그녀는 별로 흥분한 기색도 없이 조용히 주위를 둘러볼 뿐이었다. 조화의 종족이라는 엘프다운 모습이라고 할까?

"세린! 제발 천천히 좀 가자."

바쁘게 이리저리 뛰어다니는 세린의 모습에 지친 케이가 결국은 입을 떼고 말했다.

"즐겁게 구경하고 있는 네 기분은 잘 알겠는데 그렇게 이곳저곳 정신없이 다니면 내가 힘들다구."

푸념 섞인 케이의 말에 세린은 잠시 멈춰 서서는 케이를 쳐다보았다. 확실히 케이의 얼굴에는 피곤한 기색이 역력했다. 이 정도의 시내 구경으로 피로해질 케이가 아니었지만 지금 케이가 느끼는 것은 정신적인 피로였다.

"저, 케이 오빠… 많이 힘들어요?"

들뜬 기분에 여기저기 구경하기에 바빴던 세린은 케이의 얼굴에 너무도 뚜렷이 나타난 피곤함을 읽고는 미안한 표정으로 입을 열었다. 세린에게 끌려 다니며 언짢고 피곤했던 것은 사실이지만 막상 저런 모습의 세린을 보니 괜시리 미안해지는 케이였다.

"휴~ 많이 힘들지는 않지만 좀 피곤하기는 하네. 어디 조용한 곳으로 가서 잠시 쉬었으면 하는데."

사람들이 모여 북적거리는 거리를 벗어나고 싶었기에 케이는 잠시 조용한 곳에서 쉬기를 권했다. 케이가 많이 힘들어한다는 것을 알기에 세린은 고개를 끄덕였다. 그런 세린의 승낙에 케이는 안도의 한숨을 내쉬었다.

'휴~ 이제 좀 조용한 곳에서 쉬겠군. 예전이나 지금이나 이렇게 사람이 많은 곳은 힘들다니까. 특히 이런 곳에서 여자 아이에게 이끌려

다니는 건… 사양이라구.'

속으로만 그런 생각을 한 케이는 앞장서서 걸어갔다. 가능하면 사람들이 적게 있는 곳을 찾아 걷다 보니 북쪽을 향하게 되었다. 그때 그들의 뒤쪽에서 누군가 그들을 부르는 소리가 들렸다.

"케이~ 세린~ 퓨어 양~"

그 외침에 셋 모두 누가 자신들을 부르는지 알아차렸고 잠시 멈춰서서 돌아보았다. 케이는 그렇게 돌아보며 살짝 한숨을 내쉬는 것을 잊지 않았다.

"헉헉, 겨우 찾았네요. 아무리 제가 늦게 일어났다고 하지만 저를 내버려 두고 셋이서만 나오다니 너무한 것 아닌가요? 헉헉."

뒤늦게 나타난 바볼랏이 급하게 숨을 몰아쉬며 입을 열었다.

"우린 네가 어제 밤늦게까지 무리해서 돌아다니는 것 같아 좀 쉬라고 배려해 준 거라구. 게다가 메모까지 남겨뒀잖아."

바볼랏의 말에 케이가 대답했다.

"아무리 그래도 그렇지요. 일단 한번 물어보기라도 했어야죠? 일어나서 얼마나 놀란 줄 알아요? 그리고 이렇게 복잡한 거리에서 찾아다닌다고 고생도 얼마나 심하게 했는지… 휴……."

아무래도 혼자만 남겨두고 일행 모두가 여관을 나선 것이 많이 섭섭한 듯 케이의 말에도 바볼랏은 궁시렁거렸다.

"알았어. 미안하게 됐어. 이제 됐냐?"

바볼랏의 궁시렁거림에 케이는 한 손으로 이마를 짚으며 입으로만 미안하다고 말했다.

"그런데 지금 어디로 가는 거죠? 이 길은 중심가를 벗어난 길 같은데요? 중심가에 볼거리가 얼마나 많은데 왜 이리로 가는 거죠?"

케이의 뒤를 따르며 점점 중심가에서 벗어나고 있는 것을 알아챈 바볼랏이 물었다.

"아, 지금까지 구경하다가 케이 오빠가 피곤해서 잠시 쉬려고 한적한 곳을 찾아가는 거예요."

바볼랏의 물음에 옆에 있던 세린이 대답했다.

"뭐야? 에이, 케이. 너무 약한 모습 보이는 거 아니에요? 케이 정도 되는 사람이 중심가 구경에 피곤해하다니 말이 되는 소리를 해요."

바볼랏이 살며시 웃으며 케이를 놀리듯 말하자 케이의 눈이 가늘게 찢어지며 한곳으로 집중되었다. 상당한 분노를 담은 채 바볼랏을 노려본 것이다. 그런 케이의 변화에 바볼랏은 놀라서 양손으로 자신의 입을 막고는 뻣뻣하게 굳어버렸다.

"아, 저기서 쉬면 되겠네요."

케이가 바볼랏에서 살벌한 기운을 내뿜고 있을 때 퓨어가 한곳을 가리키며 입을 열었다. 바볼랏에게는 그야말로 구세주의 목소리와도 같았다. 퓨어가 가리킨 곳에는 아름드리 나무가 커다랗게 자리 잡고 서서 보기만 해도 상쾌한 그늘을 만들어주고 있었다. 그리고 그 나무 앞에 자그마한 벤치도 하나 있는 것이 피곤에 지친 몸을 잠시 쉬어 가기에는 그만인 곳이었다.

"응? 아, 그래. 저기서 잠시 쉬다가 다시 중심가 구경을 나서는 게 좋을 것 같군."

퓨어가 가리킨 곳을 보던 케이도 그녀의 말에 동의했다. 언제 바볼랏에게 살기를 내뿜었냐는 듯이 발걸음을 빨리해 벤치에 팔을 걸치고는 편안한 자세로 풀썩 앉았다.

"헤헤."

그런 케이의 모습에 세린이 맑게 웃으며 케이 옆에 자리를 잡고 앉았다. 퓨어 역시 커다란 나무가 만들어주는 기분 좋은 그늘에 만족한 듯 미소를 지으며 세린 옆에 앉았다. 하지만 그걸로 끝이었다.

벤치의 크기가 그다지 크지 못해 바볼랏이 앉을 만한 자리가 남아 있지 않았던 것이다. 그것을 깨달은 바볼랏은 샐쭉한 표정으로 벤치 옆에 묵묵히 서 있었다. 그나마 나무 그늘 아래 있을 수 있다는 것에 감사하며.

"응? 이거 우리가 제법 많이 걸어온 것 같네요. 벌써 북문이 보이는 곳까지 왔다니 말이에요."

가만히 서 있기가 무료했던 바볼랏이 이리저리 두리번거리다가 북문을 발견하고는 입을 열었다. 그러고 보니 주변 이곳저곳에서 소수이지만 드워프들이 보였다. 드워프들은 주로 이른 아침에 아르스 노바를 드나들었기 때문에 많은 수가 보이지는 않았다. 그걸 알아차리고 다시 살피자 벤치의 높이도 낮은 것이 아마도 일행이 앉아 있는 벤치는 드워프들이 이용하기 위해 만들어놓은 것 같았다.

주위에 보이는 찻집들의 테라스에는 북문을 드나드는 드워프들을 구경하기 위해서인지 제법 많은 사람들이 앉아 있었다. 여관에서 필이라는 소년이 말해 준 내용대로였다. 케이는 필의 이야기에 생각이 미치자 주위를 두리번거렸다. 북문 근처에 있다는 괴짜 마법사의 마법 상점이 떠오른 것이다.

류블라드에 환생한 후 만난 괴짜라 칭해지는 존재는 무척이나 재미

있었다. 그리고 이번에는 또 어떤 신선한 재미를 느낄지 기대하면서 마법 도구점을 찾았지만 좀처럼 찾을 수 없었다. 북문 근처에는 드워프를 구경하기 위해 모이는 사람들이 대부분이라 상점들은 눈앞에 보이는 것처럼 2층에 테라스가 있는 찻집이나 식당들이 대부분이었다. 이런 곳에 마법 도구점이 있다면 당연히 눈에 떠어야 할 텐데 도통 찾을 수가 없었다.

케이가 그렇게 턱을 괴고는 벤치에 앉아 두리번거릴 때 어느새 나무 그늘 밖으로 나간 바볼랏의 외침이 들렸다.

"어라? 이런 곳에 마법 도구점이 있네요. 신기한걸요. 마법 도구점은 서문 쪽에 모여 있다고 어젯밤에 들었는데 이곳에도 하나 있네요."

바볼랏의 외침에 케이는 벤치에서 일어나 바볼랏이 있는 곳으로 걸음을 옮겼다. 그리고 자신이 찾고 있던 마법 도구점이 분명해 보이는 곳을 발견할 수 있었다. 바로 그들이 앉아서 쉬고 있던 나무 바로 옆의 건물이었다. 벤치에서는 그 건물의 옆면밖에 보이지 않았기에 그곳이 마법 도구점이라는 것을 알아차리지 못한 것이다. 그야말로 등잔 밑이 어둡다는 말을 실감한 순간이었다.

"흠… 잠시 이곳 구경을 좀 하도록 할까?"

갑작스런 케이의 제안에 퓨어와 세린은 말없이 벤치에서 일어섰다. 그동안 자신에게 끌려 다닌 케이에게 미안한 마음이 있던 세린이었기에 일어난 것이다. 뭐, 마법 도구점 구경도 세린에게는 무척이나 흥미로운 일이라는 것이 좀 더 정확한 이유였지만 말이다. 그렇게 그들 넷은 '히스티딘 마법 도구점'이라는 간판이 걸린 건물 안으로 발걸음을 옮겼다.

딸랑~

일행이 문을 열고 가게 안으로 들어서자 문 위에 달린 작은 종이 온몸을 흔들며 손님이 들어왔음을 알렸다.

"어서 오십시오."

방울 소리에 이 도구점의 주인인 듯한 자가 가게에 모습을 드러냈다. 그 주인의 모습을 본 일행은 모두 흠칫 굳었다. 주인의 피부 색이 검은색이었던 것이다. 새까만 흑색은 아니었지만 검은빛이 나는 짙은 고동색이라고 할까? 케이는 그런 주인의 모습에서 지구에 있던 흑인들을 떠올렸다.

"니아인이시군요."

그런 가게의 주인을 보고는 바볼랏이 입을 열었다. 가끔씩 신관다운 모습을 보여주는 바볼랏이었는데 지금이 바로 그런 순간이었다. 신관다운 박식함을 또다시 일행 앞에 유감없이 보여준 것이다.

"예, 그렇습니다만… 어떤 물건을 찾으시는지요. 미리 말씀드립니다만 일반적인 마법 도구들은 우리 가게에서는 팔지 않는답니다. 그런 것들을 찾으시려면 서문 쪽으로 가십시오."

짙은 피부 색 덕에 얼굴의 주름이 잘 보이지는 않았지만 대충 40대 정도로 보이는 얼굴이었다. 그런 그의 말에 케이는 고개를 끄덕였다. 과연 괴짜로 소문이 날 정도의 가게라는 생각에서였다. 손님들에게 미리 일반적인 마법 도구가 없다는 것부터 주지시키는 모습에서 벌써 남다른 점을 느낀 것이다.

"그럼 어떤 물건들이 있는지 볼 수 있을까요?"

케이가 앞으로 나서며 입을 열었다. 그런 케이를 돌아보던 주인은 잠시 흠칫 몸을 떨더니 케이를 유심히 살폈다. 그러다가 곧 가게 안의 다른 방으로 들어가더니 몇 가지 도구들을 주섬주섬 챙겨 들고 나왔다.

"뭐, 대단한 건 없습니다. 대충 이런 것들이지요."

주인은 그렇게 말하면서 탁자 위에 자신이 가져온 물품들을 올려놓았다. 보통은 마법 도구점이라 하면 일회용 스크롤이 주를 이루었다. 아니면 마법이 깃든 단검이나 반지, 목걸이 같은 물품들이었는데 가게 주인이 내려놓은 물건들은 그런 것들이 아니었다.

'이건 망원경인가?'

케이는 그 물건들 중 망원경같이 생긴 것을 집어 들면서 주인에게 물었다.

"이건 어떤 용도로 쓰이는 거죠?"

케이가 집어 든 것을 본 주인이 입을 열었다.

"그건 먼 거리에 있는 물체를 볼 때 쓰는 것이랍니다. 원이 큰 쪽을 바깥 쪽으로 하고 작은 원에다가 눈을 대면 되는 거죠. 그 양 끝의 원통에 제가 확대 마법을 걸어놓았죠. 그리고 그 옆의 작은 돌기는 그 마법을 유지시키기 위한 마나석이고요. 시동어를 외면 기능이 발현된답니다."

주인의 설명은 케이가 생각한 망원경의 그것이었다.

"호오~ 상당히 유용한 물건이군요. 특히 군사용으로는 더없이 유용하겠는걸요. 그런데 멀리 있는 물체를 확대해서 보는 마법도 있었던가요?"

케이가 흥미를 보이며 말을 하자 주인의 얼굴은 밝아졌다.

"정말 유용하다고 생각하십니까?"

주인은 케이의 손을 덥석 잡으면서 물어왔다. 지금껏 그가 만든 마법 도구들을 보면서 누구도 유용하다는 말을 해주지 않았던 것이다. 다만 비싼 마나석으로 쓸데없는 것만 만드는 괴짜라는 소리를 들었을 뿐. 그런데 자신이 만든 것을 인정해 주는 사람을 만났으니 그 기쁨에 겨운 행동이었다.

　"물론이죠. 멀리 있는 것을 볼 수 있다는 것은 무척이나 의미있는 일이죠. 특히 몬스터가 습격할 때나 전쟁할 때는 더없이 중요한 일이죠. 그런데 멀리 있는 사물을 확대해서 보는 마법은 제 기억에는 없는 걸로 알고 있습니다만."

　"아, 물론 없죠. 제가 만든 마법입니다. 4서클 정도의 수식을 사용하는 마법이라 그렇게 어렵지 않게 만들 수 있었지요."

　주인의 대답에 케이는 상당히 놀랐다. 이런 도구를 만들기 위해서 마법을 만들었다는 것도 놀라웠지만 4서클의 수식을 사용하는 마법을 어렵지 않게 만들었다는 말에 더욱 놀란 것이다.

　"실례지만 몇 서클인지 여쭤봐도 될지……."

　케이의 말에 주인은 유쾌하게 웃으면서 대답했다.

　"하하, 7서클 마스터랍니다. 그보다 다른 물건도 좀 보시죠."

　류블라드에서 40명 정도밖에 되지 않는다는 7서클의 마법사였다. 게다가 마스터의 실력을 가지고 있다고 한다. 7서클 마스터가 어떤 경지던가? 그런 경지를 태연히 웃으며 말하는 주인의 모습에 케이는 정신이 없었다. 하지만 주인은 그런 케이의 반응은 신경도 안 쓰고 다른 도구들을 보여주고 있었다.

　처음으로 자신이 만든 도구를 인정해 주는 사람이 나타나자 기쁜 마음에 다른 곳에는 전혀 신경을 쓰지 않고 있었다.

"자자, 이리로 와보시죠."

주인은 케이의 손을 잡아끌며 가게 안의 한곳으로 갔다. 그리고는 사람 키만한 크기의 나무 상자를 보여주었다. 나무 상자는 윗부분에 전체 크기의 1/3 정도 되는 크기의 상자 하나와 나머지 아랫부분의 상자로 나누어져 있었다. 주인은 아랫부분의 상자를 열었다. 가게의 문처럼 여닫을 수 있는 문이었다.

"자, 보시죠. 이 상자는 음식을 보관하기 위한 용도로 만든 거랍니다. 아래 칸에는 아이스 볼을 응용한 마법으로 시원한 상태를 유지할 수 있게 했죠. 그리고 위 칸에는 아이스 필드 마법을 응용해 얼려서 보관해야 하는 음식들을 넣을 수 있게 했답니다."

'냉장고로군.'

주인의 설명에 케이의 머리에 떠오른 생각이었다.

"그리고 이것은 음식을 보관하는 용도라서 항상 마법이 유지되도록 만들었답니다. 역시 마나석으로 가동이 되죠. 그리고 이것은."

말을 마친 그는 다시 그 옆에 있는 철제 상자로 케이를 인도했다. 직사각형 모양의 조금은 두꺼워 보이는 상자였다.

"1번 화이어."

주인이 외치자 상자의 오른쪽 부분에 불꽃이 솟아올랐다.

"어떻습니까? 이건 주방에서 요리를 할 수 있도록 만든 마법 물품이죠. 총 세 곳에서 불을 일으킬 수 있답니다. 화력의 세기도 4단계로 조절할 수 있죠."

주인은 신이 나서 도구들을 하나하나 보여주며 케이들에게 설명을 했다. 주인이 보여주는 도구들은 하나같이 케이로 하여금 지구에서의 전자 제품들을 떠올리게 해주었기에 흥미롭게 지켜보았다. 세린이나 퓨어, 바볼랏 역시 신기한 마법 도구들이었기에 반짝거리는 눈동자로 주인이 설명해 주는 도구들을 보고 있었다.

"어떻습니까?"

케이 일행에게 말할 틈도 주지 않고 마법 도구들을 설명하던 주인이 말을 멈추고는 케이를 돌아보며 물었다. 초롱초롱 빛나는 눈으로 케이를 바라보는 것이 어떠한 대답을 향한 무언의 압력 같았다.

"모두 훌륭한 도구들이군요."

케이는 진심에서 우러나오는 평가를 주인에게 들려주었다. 케이의 말을 들은 주인의 눈에는 눈물이 그렁그렁 맺혔다. 무려 3대에 걸친 노력이었다. 자신의 가문이 뜻한 바가 있었기에 그 뜻을 이루기 위한 노력이었고 드디어 처음으로 그 노력을 인정받았다. 일순 주인의 눈에 그렁그렁 맺혀 있던 눈물이 주르륵 흘러내렸다.

"으허엉~"

그러더니 결국은 주저앉아 울음을 터뜨렸다. 그런 주인의 모습에 케이들은 당황한 얼굴로 지켜볼 뿐 어찌해야 할지 갈피를 못 잡고 서 있었다.

얼마나 울었을까? 한참을 서럽게 울던 주인의 울음이 잠잠해지나 싶더니 어느 순간 멈췄다. 그제야 안도의 한숨을 쉰 케이는 주인에게 울음의 연유를 묻기 위해 허리를 숙였다.

풀썩.

그때 주인이 옆으로 쓰러졌다. 울다 지쳐 기절을 한 것인지 감정에 복받쳐 기절을 한 것인지 아무튼 주인은 정신을 잃고 쓰러진 것이다. 케이들은 난감하기 그지없었다. 가게의 주인이 갑자기 울다가 쓰러져 버리니 어찌해야 할지 종잡을 수 없었던 것이다.

어쩔 수 없이 주인을 가게 안의 방으로 옮겨 침대에 눕혔다. 주인의 허락없이 방에 들어가는 것이라 주저했지만 주인이 쓰러져 버렸는데 어찌하겠는가? 일단 데려다가 눕혀야 했기에 들어갈 수밖에 없었다. 그렇게 주인을 눕힌 후 방 한 켠에 놓인 탁자에 케이들은 둘러앉았다. 마침 의자도 충분히 있었다.

제   17   식

히스티딘
부자(父子)

히스티딘 부자(父子)

이름 모를 마법 도구점의 주인은 자신의 침대에서 고른 숨소리를 내며 잠들어 있었다. 기절이 편안한 수면으로 바뀐 것으로 보아 크게 걱정할 일은 아닌 것 같았다. 그렇게 방은 주인의 고른 숨소리만이 울려 퍼지며 조용한 침묵을 유지했다.

그때 케이의 입이 벌어지면서 그 침묵은 깨졌다.

"저기, 바볼랏. 아까 말한 니아인이라니? 어떤 사람들을 말하는 거지?"

케이는 류블라드에 환생한 이후 줄곧 백인들만 보아왔다. 아니, 정확히 말하면 지구에서 백인이라 불렸던 인종과 가장 유사한 모습을 한 사람들만을 보아왔던 것이다. 그러다가 이곳에서 흑인이라 생각할 수 있는 사람을 만났고 바볼랏은 그를 보고 니아인이라 불렀다. 충분히 호기심이 동할 만한 상황이었던 것이다.

아까는 자신의 호기심의 원천인 주인에게 이끌려 마법 도구들에 관한 설명을 듣는다고 차마 물어보지 못했지만 지금같이 분위기가 진정되자 호기심이 고개를 쳐든 것이다.

"흠… 케이는 류블라드의 지리에 대해서는 대충 배웠다고 했죠?"

"응."

"그런데 류블라드의 인종에 대해서는 배우지 않았나 봐요?"

"응."

두 번의 질문과 두 번의 대답. 케이의 대답에 바볼랏은 한숨을 내쉬었다.

"후~ 어찌 지리만 가르치고 인종은 가르치지 않을 수 있는지……."

류블라드의 인종에 관한 부분은 케이가 사라진 다음에 자일론이 배우게 되었으니 가르치지 않은 것은 아니었다. 다만 케이가 듣지 못했을 뿐.

"흠, 류블라드에 두 개의 큰 대륙이 있다는 것은 알죠?"

바볼랏의 설명이 시작되자 퓨어와 세린도 흥미있는 눈으로 바볼랏을 바라보았다. 그들도 궁금하기는 케이와 매한가지였던 것이다.

"블루덴과 그린젬 대륙이지."

케이의 대답에 바볼랏은 고개를 끄덕였다.

"그럼 세 개의 큰 섬도 알겠죠?"

"드래곤의 섬, 알류 섬, 니아 섬. 아!"

자신의 질문에 대답을 하던 케이가 탄성을 터뜨리자 바볼랏은 고개를 끄덕였다.

"맞아요. 니아인이란 바로 니아 섬의 원주민들을 지칭하는 말이죠. 지금은 그린젬이나 블루덴에서 이주해 간 사람들이 많지만 옛날에는 피부가 검은 사람들만이 니아 섬에 살았다고 해요. 지금도 니아의 왕족은 칠흑보다 검은 피부를 가지고 있죠. 처음 그들이 발견되었을 때 사람들은 그들을 마족의 후예라며 학살했죠. 아니, 학살하려 했죠. 하지만 그러지 못했어요."

바볼랏의 설명이 이어질수록 듣고 있는 셋의 얼굴은 흥미로 가득 차 갔다.

"니아인들이 강했기 때문이죠. 타고난 전사라고 할까요? 강인한 근육과 뛰어난 순발력, 그리고 지구력까지. 정말 그들의 신체는 전사로서 최상의 조건을 갖추고 있었죠. 그리고 그런 조건에 맞게 그들 한 사람 한 사람은 강인한 전사였죠. 결국 니아 섬에서는 전쟁 아닌 전쟁이 벌어졌다고 할까요? 하지만 세월이 흐를수록 결국은 사람들도 인정할 수밖에 없었죠. 그들은 피부 색만 다를 뿐 자신과 똑같은 인간이라는 걸요. 그리고는 결국 그 싸움을 끝내고 서로 어울려 살게 된 거죠. 뭐, 그런 겁니다."

시작에 비해 싱거운 결말에 셋 모두 맥 빠진 표정을 지었다.

"아무튼 용맹하기로는 류블라드의 어떤 민족도 따라갈 수 없는 사람들이죠, 니아인. 그래서 용병으로 떠도는 니아인을 블루덴과 그린젬 대륙에서 종종 볼 수 있죠. 하지만 7서클 마스터의 마법사가 있을 줄은 몰랐군요."

일행이 어떤 표정을 짓던지 관심없다는 듯 바볼랏은 자신의 말을 마쳤다. 그리고는 케이를 물끄러미 쳐다보더니 나직이 탄성을 터뜨렸다.

"아!"

그런 그의 탄성에 케이가 이상하다는 눈으로 쳐다보았다.

"왜 그래? 내 얼굴에 뭐라도 묻었어?"

"하, 아니요. 그저 케이를 보고 문득 떠오른 민족이 하나 있어서요. 정말 소수 민족이죠. 그리고 용맹이라는 면에서 니아인과 비교되는 유일한 민족이기도 하고요. 그들도 케이와 같은 노란빛을 띠는 피부와 검은 눈동자를 가지고 있어서요. 그리고 머리카락 색도 검은색이죠. 뭐, 케이는 은발이지만요. 케이의 얼굴과 눈을 보니 갑자기 생각이 나네요."

"호오?"

바볼랏의 말에 케이는 흥미를 느꼈다. 그의 말을 해석하면 결국 이곳에 황인종도 있다는 소리였기 때문이다.

"하지만 정말 소수 민족이랍니다. 그리고 그들은 그들의 터전을 잘 떠나지를 않아요. 그래서 보기가 정말 힘들죠. 저도 실제로 본 적은 없고 문헌에서 읽었을 뿐이니까요."

"그래?"

"호안 족이라고 부른다고 하더군요. 빌로우 노스 산맥과 어퍼 노스 산맥이 만나는 드래곤의 숨결 산 깊숙한 곳에 산다고 해요. 특히 활을 잘 다루고 검 또한 능숙하게 사용하는 용맹하기 이를 데 없는 민족이라고 하더군요."

이어진 설명에 케이는 묵묵히 생각에 잠겼다. 호안 족이라는 족속에 관해 흥미가 생겼기 때문이다. 일단 주로 백인과 유사한 인종이 주를 이루는 세계에서 자신과 같은 황인종이 있다는 것부터가 끌렸다. 거기에 활을 잘 다룬다는 이야기를 듣자 더욱 끌렸다. 케이는 언젠가 한번 드래곤의 숨결 산을 찾아야겠다는 생각을 가슴 한쪽에 조용히 갈무리해 두었다.

"으음."

바볼랏의 설명이 모두 끝나고 잠깐의 시간이 흐르자 가게의 주인은 약한 소리를 내며 몸을 뒤척였다. 그리고는 눈꺼풀이 조금씩 떨리더니 곧 정신을 차렸다.

"으, 어떻게 된 거지."

머리를 절레절레 흔들며 침대에서 몸을 일으키던 주인은 자신을 빤히 바라보는 네 쌍의 눈동자를 느꼈다.

"여러분은? 아, 아까 손님들이시군요. 그런데 제가 왜?"

"글쎄요. 서럽게 울더니 혼절해 버리시더군요."

그의 질문에 바볼랏이 짧게 대답해 주었다. 바볼랏의 말에 무엇인가 생각이 난 듯 그는 짧은 신음을 내뱉었다.

"으음… 이거 죄송하게 됐습니다. 손님들께 못난 꼴을 보여 드렸군요."

주인은 침상에서 내려와 케이들이 앉아 있는 탁자 옆 빈 의자에 몸을 의지했다.

"우선 제 소개부터 하죠. 전 알라닌 히스티딘이라고 합니다."

의자에 몸을 앉히며 주인은 알라닌이라는 자신의 이름을 밝혔다.

"흠… 히스티딘 씨, 좀 전의 그런 모습에 대한 연유를 여쭤봐도 될까요?"

바볼랏이 알라닌에게 직접 물었다. 그리고 다른 일행의 눈 역시 같은 물음을 알라닌에게 던지고 있었다.

"그냥 편하게 알라닌이라고 부르십시오. 그리고 다시 한 번 사과드립니다. 정말 못난 꼴을 보여 드렸군요. 하지만 너무나 감정에 복받쳤는지라. 저희 가문이 3대에 걸쳐 한 노력이 드디어 인정을 받았다는 생각에 그만……."

알라닌은 다시금 아까의 감정이 피어오르는지 고개를 숙인 채 조용히 말했다.

"저희 조부님께서는 후작의 작위를 가진 니아의 궁정 마법사셨습니다. 8서클 러너의 경지에 있던 분이셨죠. 마법에 대한 열정으로 마법을 연구하시던 분이었습니다만 국왕과의 견해 차이로 작위를 박탈당하고 니아에서도 추방당하셨죠."

알라닌의 이야기는 시작부터 무척이나 무거운 분위기를 풍겨냈다.

"조부님께서는 마법이란 사람들을 위해 쓰여야 한다고 생각하셨습니다. 사람들의 생활을 이롭게 하기 위한 학문이 마법이라 생각하셨지요. 그래서 궁정 마법사로 계실 때부터 그런 연구를 많이 하셨습니다. 아시다시피 마법 연구라는 것은 정말 엄청난 비용이 들어가는 것이죠. 그런데 그런 비용을 소모해 가면서 하는 연구라는 것이 그저 평민들의 생활 도구를 만드는 것이었으니 국왕이 화가 날 만도 했습니다."

알라닌의 이어지는 말에 모두 고개를 끄덕였다.

'널리 인간을 이롭게 한다. 홍익인간(弘益人間)이라… 이 세계에도 그와 비슷한 생각을 한 사람이 있었을 줄은 몰랐군. 이런 철저한 신분제 사회에서 말이야.'

알라닌의 조부가 가졌다는 마법에 대한 견해에 케이의 머리에 떠오른 생각이었다.

"니아에서 쫓겨난 조부께서는 대륙을 떠돌다가 이곳 아르스 노바에 자리를 잡으셨죠. 드워프의 산에서는 상질의 마나석도 채취가 된답니다. 드워프들이 필요로 하는 마법 도구들을 만들어주고 어느 정도의 마나석을 받는 거래를 하며 조부께서는 이곳에서 연구를 계속하셨고 그것이 아버지로, 그리고 저에게로 이어져 내려왔죠. 전 그런 제 아버지와 조부가 자랑스럽습니다. 그분들의 마법에 대한 생각이 맞다고 생각하니까요. 그런데 세상은 그렇지가 않더군요. 비싸디비싼 마나석을 쓸데없는 곳에 낭비한다고 하더군요. 전 조부로부터 이어 내려온 우리 가문의 마법에 대해 자부심을 가지고 있습니다. 하지만 주위의 시선은 견디기 힘들었습니다. 게다가 어느새 이곳은 아르스 노바의 명물 중 하나로 자리 잡았더군요. 괴짜 마법사의 집이라고요. 후~"

지금까지 자신의 처지를 이야기하자 서글픔이 느껴졌는지 알라닌은 가벼운 한숨을 내뱉었다.

"그러다가 드디어 저희 가문의 마법을 인정해 주는 손님을 만난 겁니다. 조부님부터 저에게 이르기까지 100년이 넘는 시간이었습니다. 그런 오랜 시간의 대가를 이제야 받았다는 생각에 눈물만이 나올 뿐이더군요."

잠시 숨을 고른 알라닌이 다시 입을 열었다.

"현재 마법사의 위치가 어떻다고 생각하십니까? 마법은요? 제가 볼 때 마법사는 전쟁 도구이거나 아니면 왕족과 귀족을 위한 전속 치료사 정도밖에 되지 않습니다. 그들이 만들어내는 스크롤이나 마법 도구는 모두 무기죠. 텔레포트 스크롤이나 통신용 수정구를 제외한다면 말입니다. 마법이라는 엄청난 학문을 그들은 단지 사람을 죽이는 것 말고는 사용할 생각을 하지 않습니다. 아니, 오히려 사람을 위해 사용하려는 저를 바보라고 하더군요. 여기 신관 분도 계십니다만 신관은 어떤가요? 수련을 위해 떠도는 수련 신관이 아니라면 평민들이 신관에게 치료를 받을 길이 제대로 있던가요? 신전의 신관들은 귀족이나 부호들을 치료하기에도 무척이나 바쁘더군요. 물론 모든 신관이 그렇다는 말은 아닙니다. 그만큼 평민들이 신관들의 신성력과 마법사들의 마법의 혜택을 못 받는다는 것이죠. 그들이 조금만 평민들에게 손을 뻗는다면 좀 더 살기 좋은 세상이 될 수 있는 데도 말이죠."

알라닌의 입에서 터져 나온 열변과도 같은 말을 바볼랏은 묵묵히 들을 뿐이었다. 신탁을 받은 후의 여행으로부터 무언가 느낀 것이 있었기에, 그리고 그것을 알라닌이 사정없이 후벼 팠기에 바볼랏은 그저 침묵하고 있는 것이었다.

"흠… 그 심정 충분히 이해가 가는군요. 분명 현재 각 국가들의 그런 모습은 정말 큰 문제죠. 아, 제 소개가 늦었군요. 케이라고 합니다. 그리고 이쪽은 세린, 여기 엘프는 퓨어, 저기 신관은 바볼랏이라고 합니다."

케이의 뒤늦은 소개에 알라닌은 고개를 끄덕이며 대답했다.

"아, 그러시군요. 이거 처음부터 너무 과한 말들을 쏟아낸 건 아닌지 모르겠습니다. 특히 바볼랏 씨 죄송합니다."

"아, 아닙니다. 저도 여행을 하면서 어느 정도 느꼈던 일들이니까요. 다만 이렇게 직접 듣게 되니 가슴이 아프군요."

알라닌의 사과에 바볼랏은 머리를 흔들며 대답했다. 그때 케이가 알라닌을 보며 입을 열었다.

"그런데 알라닌 씨, 분명 알라닌 씨의 의도는 충분히 이해가 가고 공감이 갑니다. 하지만 알라닌 씨께서 만든 마법 도구들은 평민들을 위해 만들었다고는 하지만 평민들이 사용하기에는 무척이나 비쌀 것 같군요."

케이의 물음에 알라닌은 어두운 얼굴로 고개를 끄덕였다.

"그렇습니다. 그동안 조부님과 아버지, 그리고 저에 걸쳐서 더 작은 마나석으로 더 효율적으로 마나를 사용할 수 있는 방법을 끊임없이 연구했습니다만 아직 그 길이 보이지 않는군요. 마나석만 하더라도 그 가치가 어마어마하니까요. 대부호나 귀족이 아니면 이런 도구들을 살 생각도 못할 겁니다. 조부님께서 이 일을 시작하실 때에 비해서 많이 나아지긴 했습니다만 아직은 멀었습니다."

어깨를 축 늘어뜨리며 힘없는 목소리로 대답하는 알라닌의 모습은 애처롭기 그지없었다. 그런 알라닌을 보고 있자니 도와주고 싶다는 생각이 케이의 뇌리에서 강하게 떠돌았다. 에르데미안이 사용하는 그 마나를 모으는 마법진이면 지금 알라닌이 당면한 문제를 충분히 해결할 수 있었다. 그러나 그 마법진은 너무나 위험했다.

세상에 알라닌과 같은 마법사만 있다면야 큰 문제가 없겠지만 사람의 욕심이란 그런 것이 아니다. 분명 그 마법진이 세상에 공개된다면 악용될 것이 뻔하기에 케이는 도와주고 싶다는 마음만 가질 뿐 어떻게 해줄 수가 없었다.

"저, 케이 씨, 실례지만 혹시 마법사이십니까?"

에르데미안에게서 받은 푸른 망토를 두르고 있는 케이의 모습은 마법사로는 보이지 않았다. 하이달로그에게서 받은 검은 케이의 허리에 허리띠처럼 매어져 있었기에 언뜻 보기에 케이는 그저 맨손의 여행자일 뿐이었다. 그런 케이에게 마법사냐고 물은 걸로 봐서 알라닌은 케이에게 무엇인가를 느낀 것이 분명했다.

"그건 왜 물으시는 거죠?"

갑작스러운 물음에 케이가 되물었다.

"글쎄요. 케이 씨를 처음 봤을 때 희미하지만 마나의 향기를 맡았다고 할까요? 아주 희미해서 알아차리기 힘들었지만 그 향기가 케이 씨는 저보다 뛰어난 마법사라고 말해 주는군요."

알라닌의 대답에 케이는 살짝 놀랐다. 현재 자신의 마나를 최대한 감추고 있었기에 디텍트 마나 포스를 사용하더라도 케이에게서 평범한 사람의 마나 이상은 느낄 수가 없었다.

"마나의 향기라니요?"

놀란 기색을 감추며 케이가 물었다.

"글쎄요. 저희 가문 사람에게만 전해 내려오는 능력이라고 할까요? 마나라는 것은 자연에 퍼진 에너지입니다만 일단 사람이 몸에 저장하고 수련하게 되면 그 사람의 특성에 맞는 향기를 풍기게 되죠. 우리 가문의 사람은 그런 향기를 맡을 수 있답니다. 그 향기는 많은 것을 말해 주지요. 제가 느끼기로는 케이 씨는 인간 이상의 존재 같군요."

살며시 미소를 지으며 대답하는 알라닌의 말에 일행은 모두 놀랄 수밖에 없었다.

"신기한 능력이군요."

정작 당사자인 케이는 담담하게 대답했다.

"그렇답니다. 이런 능력을 가진 저조차도 이해할 수 없는, 정말이지 신비한 능력이죠. 케이 씨라면 제 앞을 가로막고 있는 벽을 깨뜨릴 방법을 알고 계실 것 같습니다만……."

알라닌 역시 담담한 어조로 케이에게 자신의 벽을 깨뜨릴 방법을 물어왔다.

"알고는 있습니다만 말씀드릴 수가 없군요. 스스로 찾아가시라 말씀드릴 수밖에 없는 저의 입장을 헤아려 주십시오."

케이는 담담한 기색을 유지하며 대답하려 했지만 그의 얼굴로 안타까워하는 감정이 살짝 흘러나왔다. 그런 케이의 모습에 알라닌은 묵묵히 고개를 끄덕였다.

"그런가요? 하긴 3대에 걸친 가문의 숙원은 스스로 이루어야지요. 남의 손을 빌려 이룬다면 조부님과 아버지를 뵐 면목이 없을지도 모르겠군요."

케이의 거절에 알라닌은 그저 미소 지으며 대답했다.

"하면 다른 부탁을 드려도 될지요?"

"말씀해 보시죠."

"저에게는 어린 아들이 하나 있습니다. 저기 세린 양 또래죠. 제가 지금까지 마법을 가르쳐 와서 현재 3서클 러너의 수준은 된답니다."

알라닌의 말에 케이의 표정이 살짝 변했다. 그의 아들이 이룬 성취에 놀란 것이다. 세린의 나이 이제 겨우 열두 살이었다. 그 또래라면 열 살 내외라는 소리인데 그 나이에 3서클 러너를 이루다니 무척이나 놀라운 일인 것이다. 그리고 케이의 표정을 변하게 한 또 다른 원인은 알라닌의 부탁이 대충 짐작이 되었기 때문이다. 분명 그의 아들을 자신에게 부탁하리라. 그렇지 않다면 아들 이야기를 꺼낼 이유가 없었다.

"케이 씨 일행은 지금 여행 중이신 걸로 보입니다만 제 아들을 함께 데려가 주실 수 있는지요? 케이 씨와 함께 여행을 다닌다면 분명 얻는 것이 많을 것 같습니다."

역시나 케이가 예상한 말이 알라닌의 입에서 흘러나왔다.

'거절해야 해. 난 여행을 하려고 나온 거지 애들을 돌보려고 자일론을 떠난 게 아냐. 어쩌다 세린을 데리고 다니게 됐지만 이번만큼은⋯⋯.'

그렇게 생각을 마친 케이가 입을 열었다.

"저, 아직 어린 나이라면 여행을 따라나서기에는 힘들 텐데요."

완곡하게 거절의 의사를 내비치는 케이의 말에 알라닌은 눈을 빛냈다.

"저기 세린 양도 아직 어리지 않나요. 게다가 여자 아이구요. 제 아들도 충분히 버틸 수 있을 겁니다."

"하, 하지만 아직 어린 나이에 부모를 떠나 홀로 여행한다는 것은⋯⋯."

단호한 알라닌의 말에 케이가 더듬거리며 다시 한 번 입을 열었다.

"제 아들 발린은 이제 열두 살입니다. 그 정도 나이면 자랄 만큼 자랐다고 봐도 무방하지요. 걱정 마십시오. 아이는 어릴 때부터 강하게 키워야 하는 법입니다."

강경한 목소리로 말을 마친 알라닌은 케이를 빤히 바라보았다. 그런 알라닌의 눈을 마주 보던 케이가 슬쩍 시선을 피했다. 알라닌의 승리인 것이다.

"휴~ 알겠습니다. 하지만 저희 여행길은 많이 힘들 겁니다. 아드님께 어떤 일이 생길지 장담할 수 없어요. 그래도 괜찮으시겠습니까?"

"케이 씨의 몸에서 나오는 마나의 향기가 저에게 말해 주는군요. 케이 씨와 함께라면 아무 문제 없을 거라고요. 제 아들을 잘 부탁드립니다."

그런 알라닌의 말에 케이는 고개를 흔들며 승낙하는 수밖에 없었다.

"휴~ 알겠습니다. 저희가 데리고 가지요."

'젠장! 이렇게 마음이 약해서야. 이런 가게에는 처음부터 들어오는 게 아니었어. 앞으로 어쩌지?'

케이는 속으로 외쳤지만 이미 엎질러진 물이었다. 영락없이 애 하나를 떠맡을 수밖에.

'케이라는 자는 인간이 아냐. 드래곤도 아니고. 하지만 확실한 것 한 가지는 9서클 마스터라는 거야. 그의 마나가 말해 주고 있어. 발린이라면 그에게서 많은 것을 배울 수 있을 거야. 어쩌면 우리 가문의 숙원을 이룰 수 있을지도……'

마나의 향기를 느낀다는, 정말이지 신비하기 이를 데 없는 능력으로 알라닌은 이미 케이의 경지를 알아채고 있었다. 그랬기에 아직은 어린 그의 아들을 억지를 쓰다시피 해서 케이에게 떠맡긴 것이다.

"발린은 지금 명상을 하러 드워프의 산에 들어가 있습니다. 몬스터가 거의 없는 산이니 수련을 하기에는 안성맞춤이죠. 죄송하지만 내일 다시 찾아주시겠습니까? 오늘 밤에 제가 아들에게 이야기해 놓겠습니다."

알라닌의 말에 케이는 힘없이 고개를 끄덕이며 자리에서 일어났다. 그리고는 밖으로 나가기 위해 방을 나와서 가게로 걸음을 옮겼다. 가게를 나가려는 찰나 무언가 생각이 난 듯 알라닌을 돌아보며 물었다.

"저, 알라닌 씨. 멀리 있는 물체를 보는 것 말고 작은 물체를 확대해서 보는 도구는 없나요?"

케이의 물음에 알라닌은 곧 가게 한쪽으로 가더니 무엇인가를 찾기 시작했다. 그리고는 곧 작은 원통을 가지고 왔다.

"케이 씨가 말씀하신 겁니다."

알라닌이 작은 원통을 케이에게 건네주자 케이는 그것을 들어 이리저리 살펴보았다.

"얼마나 확대가 가능하죠?"

"글쎄요. 최대한으로 하면 400배 정도까지는 확대가 가능할 겁니다."

알라닌의 대답에 케이는 고개를 끄덕이더니 그 원통을 품에 넣고는 가게를 나섰다.

"그럼 내일 뵙죠, 알라닌 씨."

알라닌의 가게를 나오자 이미 해는 서쪽 지평선으로 저물어가고 있었다.

"이런, 시간이 제법 많이 흘렀네요."

바볼랏이 붉게 물든 하늘을 보며 입을 열었다.

"그러고 보니 배고파요."

세린이 허기를 느끼고는 케이에게 말했다. 아르스 노바 중심가를 구경하면서 점심을 먹고는 어느새 저녁이니 배가 고플 만했다. 케이들은 여관으로 향하는 발걸음을 빨리했다. 그런 케이의 마음은 반강제로 떠안게 된 발린이라는 아이 덕에 무겁기만 했다.

"어서 오세요~ 도시 구경은 즐거우셨나요?"

케이들이 여관에 들어서자 필이라는 소년이 싱글벙글 웃으며 인사를 했다. 사람을 기분 좋게 해주는 웃음을 지을 줄 아는 게 무척이나 유쾌한 아이였다.

"아, 정말 재미있었어요."

필의 물음에 세린이 환하게 웃으며 대답했다. 세린에게 있어서 오늘 하루는 분명 무척이나 즐거운 날이었다. 케이에게는 우울한 날이었지만.

"저녁으로 먹을 만한 것 좀 챙겨줘."

기운 빠진 목소리로 주문하는 케이의 모습에 필은 고개를 갸웃거렸지만 곧 총총걸음으로 주방을 향해 사라졌다. 그리고 잠시 후 나온 저녁 식사를 케이는 돌을 씹어 먹듯이 먹었다. 그런 케이의 모습을 일행은 아무 말 없이 바라볼 뿐이었다.

알라닌과 이야기를 한 것도 케이였고 발린이라는 아이를 떠맡게 된 것도 케이였다. 나머지 일행은 그저 둘의 대화를 구경했을 뿐. 하지만 일행, 파티의 리더가 케이였기에 묵묵히 받아들였는데 정작 당사자가 저런 모습이라니…….

그렇게 저녁 식사가 끝나고 각자 방으로 나누어져 들어갔다. 퓨어와 세린은 공중 욕실로 향했고 케이는 멍하니 침대에 누워 있었다. 그런 케이를 물끄러미 바라보던 바볼랏도 하루 종일 뒤집어쓴 먼지를 벗겨 내기 위해 욕실로 향했다.

잠시 후 물에 불었던 흔적을 가진 뽀얀 얼굴로 바볼랏이 방에 들어왔다.

"케이, 이미 결정난 일인데 왜 그렇게 멍하니 있어요?"

케이의 모습에 한심하다는 듯 바볼랏이 입을 열었다.

"글쎄… 뭔가 당했다는 생각이 들어서 말야. 내가 왜 그 아이를 맡아서 데리고 다녀야 하는 거지? 알라닌이라는 사람 혼자서 감격해서 울다가 기절하더니 신세 한탄을 하면서 은근슬쩍 자식을 떠넘긴 것 같은데 왠지 내가 당했다는 생각이 강하게 드는걸."

케이가 한탄하며 말했다.

"글쎄요. 알라닌이라는 사람이 마나의 향기를 느낄 수 있다는 말은 무척 신기했어요. 아마 그 능력으로 케이에 대해 완전히 파악한 게 아닐까요? 케이가 9서클 마스터라는 거랑, 그리고 케이가 바보스러울 정도로 착해서 남의 부탁을 제대로 거절하지 못한다는 것 정도는 알아차린 것 같은데요."

바볼랏의 말에 케이는 고개를 돌려 그를 바라보았다.

"바보스러울 정도로 착해? 내가? 괴팍한 게 아니라?"

케이는 손가락으로 자신의 얼굴을 가리키며 황당한 얼굴로 되물었다.

"예. 케이는 정작 자신에 대해서 못 느낄지 몰라도 그동안 제가 지켜본 바로는 그래요. 물론 그걸 표현하는 방법이 좀 괴팍하긴 하죠. 크크. 하지만 알라닌이라는 사람한테는 제대로 걸린 것 같던데요."

바볼랏의 말에 케이는 다시 묵묵히 천장만 바라볼 뿐이었다. 그러다가 생각난 듯이 입을 열었다.

"참, 세린이랑 퓨어 방에 있으려나?"

"글쎄요. 왜 그러죠?"

"아, 세린의 병에 대해서 뭔가 시험해 보고 싶은 게 있어서."

케이의 말에 이번에는 바볼랏이 케이를 돌아보았다.

"세린의 병은 이제 거의 치료된 거 아닌가요? 이제 보통의 아이처럼 건강하게 다니던데 뭘 시험해 본다는 거죠?"

"아아, 내가 세린에게 행한 치료법은 미봉책일 뿐이야. 원인도 모르고 다만 상태만 호전시킨 거지. 제대로 된 치료라면 병의 원인을 제거해야 하는 거라구. 내 생각에는 그건 불가능할 거 같지만 말야."

케이의 말에 바볼랏은 고개를 갸웃거렸다.

"케이의 말은 통 이해할 수가 없네요. 병의 원인을 제거해야 제대로 된 치료라고 하면서 그것은 불가능할 것 같다고 하니. 그러면서 시험해 보고 싶은 것이 있다고 하고."

"지금 이해하려고 하지 마. 머리만 아플 테니까. 그동안 세린의 병에 관해 곰곰이 생각해 봤는데 몇 가지 짐작 가는 것이 있어. 첫 번째 짐작은 보기 좋게 빗나갔지만 말이야. 그중 한 가지를 시험해 보려고 하는 거야. 뭐 현재 상황에서는, 아니, 이곳 류블라드에서는 그것 말고 다른 경우로는 시험해 볼 방법조차 없으니까 말이지."

말을 마친 케이는 몸을 튕겨 침대에서 일어났다. 그리고 문을 열고는 퓨어와 세린이 있는 방 쪽으로 걸음을 옮겼다. 바볼랏은 그런 케이의 뒤를 황급히 따라나갔다. 케이의 알쏭달쏭한 말에 연신 고개를 갸웃거리면서.

똑똑.

"세린, 퓨어, 안에 있어? 들어가도 돼?"

"네, 들어오세요."

케이의 물음에 맑은 세린의 대답이 들려왔다. 세린의 대답을 들은 케이는 문을 열고는 안으로 들어갔다.

"케이, 무슨 일이죠?"

조금 전에 목욕을 마쳐 하얗게 빛나는 얼굴로 퓨어가 물었다. 보통 저녁 식사를 마치고 방에 들어가면 다음날 아침까지는 좀처럼 나타나지 않는 케이가 갑작스레 찾아온 것에 대한 의문이 가득 담긴 물음이었다.

"아, 세린 때문에. 세린의 병에 관해서 시험해 보고 싶은 것이 있어서. 얼마 전부터 생각했던 건데 방법이 없어서 못하고 있었거든. 그런데 마침 이곳에서 도구를 구해서 말야."

케이의 말에 퓨어는 알라닌의 가게에서 나올 때의 케이 행동을 기억해 냈다.

"그럼, 그 작은 원통이 그 도구인가요?"

퓨어의 물음에 케이는 고개를 끄덕였다.

"그래. 그동안 세린이 앓고 있는 병의 원인에 대해서 나름대로 생각을 하고 있었어. 그리고 몇 가지 원인을 가정할 수 있었는데 확인할 방법이 없었지. 그중 한 가지 가정에 대해서는 오늘 시험을 할 수 있게 된 거야."

케이의 말을 가만히 듣고만 있던 세린이 입을 열었다.

"저, 케이 오빠, 제 병은 이제 다 치료된 것이 아닌가요?"

"내가 처음 오행심법을 가르쳐 줄 때 이야기했잖아. 이건 어디까지나 임시 방편으로의 치료라고. 병을 치료하기 위해서는 그 원인을 정확히 알고 원인에 맞게 치료 방법을 선택해야지. 그 치료 방법은 병의 원인을 효과적으로 제거하는 방법이고. 그런데 나는 네 병의 원인을 모른 채 그저 병의 증상만으로 그것을 해결할 수 있는 치료법을 택했지. 이건 언제 다시 증상이 악화될지 모르는 불안한 방법이야. 그러니까 우선 네 병의 원인을 밝혀야겠지."

케이의 설명에 세린은 살짝 고개를 숙였다.

"그럼, 원인만 알면 제 병은 완전히 치료할 수 있나요?"

살짝 숙였던 고개를 들어 케이를 바라보며 세린이 물었다.

"아니."

너무 간결하고 확실한 케이의 대답에 세린은 풀썩 주저앉았다. 그리고 눈가에 습막이 서서히 차 올랐다.

"내가 생각하고 있는 네 병의 원인들 중 어떤 한 가지 경우라도 이곳에서는 완전한 치료가 불가능해. 혹시 신이라는 존재가 치료를 한다면 치료할 수 있을까? 어쨌든 완치는 불가능해."

케이의 단정적인 말에 세린의 눈에서는 결국 물방울 하나가 또르륵 굴러 떨어졌다. 퓨어는 그런 세린을 가볍게 안아 등을 토닥여 주었다.

"하지만."

뒤에 이어진 케이의 말에 셋의 시선은 케이를 향했다.

"원인만 확실히 안다면 발병은 막을 수 있어. 최악의 경우만 아니라면 말이지. 그리고 오행심법을 익힌 세린의 모습을 보니 그 최악의 경우는 아닌 것 같아."

케이의 말에 바볼랏과 퓨어는 안도의 한숨을 내쉬었다.

"케이, 발병을 막을 수 있다면 그건 치료할 수 있다는 이야기잖아요."

바볼랏이 따지듯 케이에게 물었다.

"아까도 말했지만 치료라는 건 병의 원인을 완전히 제거하는 거라구. 하지만 지금 세린의 경우는 그 병의 원인을 계속해서 가진 채로 다만 발병을 막으면서 지내게 될 뿐이야. 그러니까 완전한 치료라 할 수는 없는 거라구."

케이의 단호한 말에 바볼랏은 한숨을 푹 쉬며 물러났다. 바볼랏에게
있어서는 둘 다 치료의 의미로 받아들여졌기 때문이다. 그것은 퓨어와
세린도 마찬가지인 듯했다.

"저, 그럼 오늘 시험해서 케이 오빠의 예상이 틀린다면요?"

아직은 울먹임이 남아 있는 목소리로 세린이 물었다.

"글쎄… 계속 오행심법을 익히면서 다른 방도를 생각해 봐야겠지.
이제 충분한 대답이 됐니?"

세린은 고개를 끄덕였다.

"뭐, 대단한 시험은 아니야. 단지 세린의 피 몇 방울을 뽑아서 그걸
확대해서 볼 뿐이니까."

말을 마친 케이는 품에서 단검을 꺼내 들었다. 그리고 파이어 볼을
사용해 단검의 끝 부분을 달군 후 잠시 동안 식혔다. 완전히 식은 것을
확인한 후 단검의 끝으로 세린의 엄지손가락을 살짝 찔렀다. 세린은
따끔함을 느끼고는 얼굴을 찡그렸다. 그런 세린의 손가락 끝에서는 작
은 핏방울이 서서히 나오기 시작했다. 케이는 언제 준비했는지 하얀
종이 위에 그 핏방울을 떨구고는 알라닌에게서 받은 작은 원통을 핏방
울 위에 가져갔다.

그렇게 원통을 이곳저곳으로 옮기며 핏방울을 관찰하던 케이는 고
개를 끄덕이다 고개를 들었다. 그런 케이의 얼굴에는 환한 미소가 피
어 있었다.

"다행이군. 내 예상대로였어."

환한 미소를 지으며 케이가 입을 열자 나머지 일행의 얼굴도 밝아

졌다.

"그냥 지금처럼 오행심법만 열심히 수련하면 별문제는 없을 거야."

이제까지 케이가 조성한 분위기에 비해서 너무나 맥 빠지는 결론이었다. 하지만 세린이 더 이상 병에 시달리지 않게 되었다는 사실 하나로 일행은 안도했다.

"그런데 세린의 병은 무엇 때문인 거죠?"

퓨어가 안도하는 가운데 케이에게 물었다.

"흠… 설명하려면 좀 복잡한데……."

케이는 말끝을 흐렸지만 그를 바라보는 세 쌍의 눈동자로 인해 결국 설명을 시작했다.

"일단 인간의 피는 여러 가지 성분으로 이루어져 있어. 자세히 설명하려면 복잡하니까 그냥 그렇다고만 알아둬. 그중에 피를 빨갛게 보이도록 만드는 성분이 있는데 적혈구라고 하지. 이 적혈구라는 놈은 둥근 원반에 가운데가 오목하게 들어간 모양이야. 바볼랏, 그냥 그런 게 있다는 것만 알아두라니까. 자세하게 설명하려면 점점 더 복잡해지거니와 너는 이해도 못해."

케이의 설명에 무언가 물으려고 입을 오물거리는 바볼랏의 모습에 케이가 한마디 던졌다.

"사람은 숨을 쉬어야만 살 수 있지? 그건 공기 중에 있는 산소라는 성분을 인간의 몸에 필요한 에너지원의 하나로 사용하기 때문이야. 그리고 이 산소라는 성분은 좀 전에 말한 적혈구라는 녀석의 오목한 부분에 결합해서 사람의 몸속을 다니며 필요한 곳으로 들어가지. 그런데 가끔 선척적으로 이 적혈구라는 녀석의 모양이 이상해지는 병이 있어.

바로 세린의 병이 그거야. 자, 여길 보라구."

그렇게 말을 하며 케이는 그 원통을 바볼랏의 눈에 갖다대면서 바볼랏의 머리를 잡아 옮겨 핏방울 위로 오게 했다. 과연 그 원통을 통해서 핏방울을 보니 새빨간 원반 모양의 물체들이 보였다. 그리고 그 사이 사이에 낫 모양을 한 빨간 물체들도 보였다. 세린과 퓨어도 순서대로 그것을 볼 수 있었다.

"낫 모양으로 생긴 녀석을 봤지? 바로 그게 기형적으로 변한 적혈구야. 저런 모양의 적혈구는 산소라는 성분이랑 결합을 제대로 못해. 그러니 몸에 산소가 부족해지는 거지. 그 결과가 어지럼증이고 심해지면 기절이야. 이건 타고나는 병이라 치료법이 없어. 다만 내가 가르쳐 준 오행심법의 효능으로 온몸에 산소라는 것을 제대로 공급하게 된 결과 세린이 보통 사람처럼 생활할 수 있게 된 거야. 병의 원인을 제거하지는 못하지만 어쨌든 그 영향을 거의 무력화시킨 것이니 바볼랏의 말대로 치료라 하면 치료라 할 수 있을 거야."

케이의 말에 셋 모두 고개를 끄덕였다. 그러나 제대로 이해할 수는 없었다. 피가 여러 가지 성분으로 되어 있다는 말도 처음 듣는 것이고 공기가 에너지원이 된다는 것도 이상한 말이었다.

숨을 쉬지 못하면 죽는다는 것은 알고 있지만 그렇다고 숨 쉬기를 통해 받아들인 공기가 에너지원이라니 도통 이해할 수 없는 이상한 말들을 늘어놓은 설명이었기에 셋 모두 알쏭달쏭함을 느꼈지만 어쨌든 결론은 세린의 병은 이제 완전히 치유됐다고 보아도 되는 것이다.

그들이 원하는 대답은 세린의 치료였기에 케이의 그런 설명에도 고개를 끄덕이며 흡족함을 느꼈다.

세린의 병은 케이가 제갈효로 살았던 현대에서는 겸형적혈구빈혈증이라 불리는 병과 비슷한 병이었다. 이 병은 유전자 이상에 의해 나타나는 병으로 선천적으로 타고나는 치료가 불가능한 병이다. 완전히 똑같은 것은 아니었지만 케이가 알고 있는 겸형적혈구빈혈증과 거의 유사했기에 케이는 오행심법을 이용한 치료를 계속하면 별 지장 없이 세린이 생활할 수 있을 거라 결론을 내린 것이다.

"자, 그럼 나는 이만."

케이는 그 말을 남기고는 자신의 방으로 돌아갔다. 주저앉아 있던 세린의 눈에서는 다시 한 번 물방울이 또르륵 흘러내렸다. 하지만 조금 전의 물방울과는 그 의미가 전혀 달랐다. 병이 완전히 치료되었다는 기쁨이 승화되어 흘러내린 눈물이었으니.

오늘도 어김없이 해는 떠올랐고 상쾌한 아침이 밝았다. 이미 1층에는 세린과 퓨어가 일어나 내려와 있었다. 아침 햇살을 받은 세린의 얼굴은 지금껏 보아온 어느 때보다도 밝았고 화사하게 빛났다. 이제 병이 완전히 낳았다는 기쁨이 그런 밝은 얼굴을 만들어주는 것이리라.

2층에서 하품을 하며 바볼랏과 케이가 내려왔다. 잠이 덜 깬 듯한 바볼랏의 모습과 어깨가 처진 케이의 모습은 묘한 조화를 이루며 퓨어와 세린의 눈에 비춰졌다.

수프와 빵, 그리고 향기로운 차 한 잔으로 간단한 아침을 마친 일행은 씻고는 또다시 밖으로 나갈 준비를 했다. 모두 세린의 성화 덕이었다.

전날 오후 시간은 알라닌의 가게에서 시간을 보내는 바람에 구경을 못한 곳이 많다며 오늘 오전에는 다른 곳을 둘러보자고 재촉했기 때문이다.

그렇게 여관을 나선 일행이 향한 곳은 서문 쪽에 있다는 마법 상점 거리였다. 처음에는 함박웃음을 지으며 이곳저곳을 둘러보고 가게에 직접 들어가서 살펴보기도 하던 세린은 곧 시무룩해졌다. 이미 드래곤의 보고를 구경한 그녀에게 이런 마법 상점의 물품들은 시시했기 때문이다. 차라리 알라닌의 상점이 훨씬 볼거리가 많았다. 지금껏 들은 적도 없었던 신기한 도구들로 가득했기에.

그렇게 들떠서 나선 마법 상점 구경은 이렇게 시무룩하게 끝나 버렸다. 그리고 무기 상점 거리에는 가지 않기로 결정을 내렸다. 이미 마법 상점에서 겪었듯이 이곳의 무기 상점에 아무리 훌륭한 무기들이 있다고 한들 드래곤의 무기 창고만 못하다는 것은 뻔한 사실이었다. 에르데미안의 호의 덕에 눈만 엄청나게 높아져 버린 케이 일행이었다.

결국 이곳 자유 도시, 아르스 노바에서 볼 만한 곳이라고는 중심가와 알라닌의 상점뿐이었다. 하지만 두 곳 모두 이미 구경을 끝낸 상태라 아직 해는 남쪽 하늘에 이르지 못했지만 일행은 여관으로 돌아왔다.

여관에서 이른 점심을 해결한 케이들은 할 일 없이 그저 1층의 식당에 멍하니 앉아 있을 뿐이었다. 퓨어는 조용히 일어나 방으로 올라갔다. 오행심법을 수련하고 명상을 하기 위해서였다. 바볼랏은 어느새 책을 꺼내 들어 읽고 있었고 세린은 차를 홀짝이며 마시고 있었다. 케이는 그저 의자에 기대앉아 천장만 바라보고 있었다.

그러다가 지루했는지 세린도 곧 방으로 올라갔다. 아마 세린도 오행심법을 수련하려는 모양이었다. 그렇게 얼마의 시간이 흘렀을까? 계단에서 발소리가 들리며 세린과 퓨어가 내려왔다.

"케이, 이제 알라닌 씨의 상점에 가봐야 하지 않나요?"

퓨어의 말에 케이는 정신을 차렸다. 창밖을 보니 해는 어느새 서쪽 하늘로 서서히 내려오고 있는 것이 제법 늦은 오후였다.

"그런가? 발린이라는 아이를 데리러 가야겠군."

내키지 않는 듯 케이는 자리를 털고 일어났다. 여관을 나서 얼마를 걷자 어느새 히스티딘 마법 도구점 앞에 도착했다. 그때 어떻게 알았는지 문이 벌컥 열리며 알라닌이 나타났다.

"하하, 오셨군요. 어서 들어오십시오."

그렇게 알라닌에게 이끌리다시피 상점 안으로 들어가니 세린과 동갑이라는, 발린이라고 추측되는 아이가 있었다.

"발린, 어서 인사드려라. 앞으로 너를 데리고 같이 여행을 다니실 분들이다."

"아, 안녕하세요."

발린이라는 아이가 주저주저하며 인사를 했다. 일행은 묵묵히 그 인사를 받았다. 그리고 상점 안은 잠시간의 침묵이 감돌았다.

"자, 여기 발린의 짐은 모두 챙겨놓았습니다. 이만 데리고 떠나시지요."

침묵을 깨뜨리며 알라닌의 입에서 나온 말이었다. 이미 이야기는 모두 끝난 듯 알라닌과 발린 부자는 별다른 말 없이 서로를 잠시 일별할 뿐이었다.

"그럼, 발린을 잘 부탁드립니다."

그 말을 마지막으로 알라닌은 몸을 돌려 방 안으로 들어갔다. 그런 모습을 얼떨떨하게 지켜보던 케이는 고개를 절레절레 흔들 뿐 다른 행동은 할 수가 없었다.

"후, 발린이라고 했니? 그만 가자꾸나."

그렇게 다시 여관으로 돌아오는 길에 중심가에 접어들자 케이는 무언가 떠오른 듯 입을 열었다.

"난 잠시 여기서 볼일 좀 보고 들어갈 테니까 다들 먼저 여관에 가 있어."

그리고는 한쪽으로 조용히 사라졌다. 그렇게 사라져서 케이가 간 곳은 보석 상점이었다. 이미 에르데미안의 보석을 담았던 가방은 케이가 접수해서 자신의 아공간에 넣어둔 상태였다. 망토로 잠시 몸을 가렸다가 손을 망토 밖으로 빼내자 그곳에는 에르데미안에게 받은 마법 가방이 들려 있었다.

케이는 가방에서 보석 두 개를 꺼내고는 다시 가방을 망토 속으로 집어넣으며 아공간을 열었다. 가방을 다시 아공간에 넣어둔 케이는 보석 상점에 들어갔다. 다시 나오는 케이의 손에는 묵직한 돈주머니가 들려 있었고 그 주머니 역시 망토 속으로 들어가더니 아공간 속으로 사라졌다.

"흠… 이 망토 여러모로 편리한걸."

케이는 싱긋 웃으며 여관으로 발걸음을 옮겼다. 여관에 도착한 케이는 의외의 모습을 볼 수가 있었다. 동갑내기여서일까? 만난 지 얼마 되지 않은 발린과 세린이 어느새 나란히 앉아 이야기를 주고받고 있었던 것이다. 그 모습을 본 케이는 피식 웃었다.

'뭐, 좋게좋게 생각하자구. 좋은 게 좋은 것 아니겠어? 그냥 세린에게 친구가 생겼다고 생각하지, 뭐.'

세린을 여행에 끌어들인 것은 케이였다. 세린의 모습에서 전생의 여동생 란이의 모습을 보았기 때문인지 같이 여행을 하게 되었다. 그동안 어른들 틈에서 홀로 끼어 따라다니느라 많이 힘들었을 것 같았다. 세린이 그런 내색을 안 했을 뿐.

사실 케이의 실제 나이는 세린보다 어리다. 이제 열 살이었으니. 하지만 세린은 이런 사실을 모르기에, 그리고 현재의 케이는 완벽한 어른이었기에 아이는 세린 하나뿐이었다.

원치 않게 억지로 맡게 된 아이였으나 세린과는 좋은 친구가 될 것 같았기에 케이는 그나마 웃음 지을 수 있었다(과연 좋은 친구로만 끝날까?).

두 아이의 대화는 주로 세린이 주도하고 있었다. 원래 밝은 성격인데다가 어제의 일로 더욱 기운이 넘쳤다. 그러나 발린은 아직은 낯선 환경에 많이 움츠러들어 있었다. 그 모습을 잠시 지켜보던 케이는 말없이 2층으로 올라갔다.

어느새 해는 뉘엿뉘엿 그 모습을 감추고 저녁이 찾아왔다. 케이는 1층으로 내려와 적당한 자리를 찾았으나 아직도 세린과 발린이 있었기에 그곳으로 걸음을 옮겼다. 식당의 한쪽에는 아직도 듣기 좋은 하프 연주가 이어지고 있었다. 잠시 후 바볼랏과 퓨어도 내려왔다. 그사이에 잠이 들었기에 바볼랏의 머리는 상당히 헝크러져 있었다. 저녁 식사를 마치자 그렇게 또 하루가 끝나고 있었다.

다음날.

이미 세린과 발린은 제법 친해진 듯했다. 어색하게 굳어 있던 발린의 모습도 제법 편하게 풀어졌다. 그런 아이들 틈에서 신이 난 것은 바볼랏이었다. 발린이 이곳 아르스 노바 사람이었기에 셋은 아르스 노바 이곳저곳을 돌아다니기 바빴다. 전날은 구경할 곳이 별로 없다는 것을 깨닫고 투덜거렸으나 역시 토박이 안내인이 있으니 무언가 달랐다.

보는 것마다 새롭고 신기했다. 그리고 생각도 못했던 곳으로 발린이 안내했다. 그렇게 셋은 아르스 노바에서 즐거운 시간을 보냈다.

그때 케이와 퓨어는 각자의 방에서 가부좌를 틀고 앉아 명상에 잠겨 있었다.

발린 덕에 아르스 노바 이곳저곳을 구경할 수 있게 된 세린과 바볼랏의 강력한 주장에 의해 일행은 처음 아르스 노바에 들어왔을 때의 예정대로 열흘을 머물렀다. 발린이 합류하고 일주일을 더 머문 것이다. 일행 중 약간 황당해한 것은 발린이었다. 아버지로부터 당장이라도 아르스 노바를 떠날 것 같은 이야기를 들었었지만 일주일간 아르스 노바 이곳저곳을 구경 다녔으니 발린이 황당함을 느낄 수밖에. 물론 케이와 퓨어는 그 일주일 동안 명상과 수련을 반복했다. 사람들이 모두 잠든 밤에 잠시 대련을 하기도 하면서.

그렇게 아르스 노바에서 각자 기억에 남는 시간을 보내고 성문을 나섰을 때 케이들은 여행의 방향을 동쪽으로 잡았다. 별다른 이유는 없었다. 다만 세린이 바다를 보고 싶어 했기에 가장 가까운 바다로 가는 길을 잡은 것이다.

제   18   식

홍수(洪水)

홍수(洪水)

어느새 가을로 접어든 날씨는 사람들에게 시원한 바람을 선사하고 있었다. 가을의 시원한 바람을 반으로 가르며 빠르게 달리는 말 네 필이 있었다. 바로 케이 일행이었다. 발린이 다행히 말을 탈 줄 알았기에 아르스 노바에서 말 한 필을 더 구해 모두 네 필의 말로 여행을 하게 된 것이다.

아르스 노바를 떠난 지 하루. 그동안 발린은 별다른 말이 없었다. 세린과 쉬는 동안이나 식사하는 동안에나 대화할 뿐 아직 다른 사람에게는 어색함을 느끼는 것 같았다.

짙고 어두운 갈색의 피부와 검은 곱슬머리를 한 선한 듯 보이는 눈매를 가진 발린은 무척이나 낯을 가리는 아이였다. 엘프인 퓨어도 제대로 보지 못할 정도로.

또래의 남자에 비해서는 작은 키인 발린은 덩치도 왜소했다. 몸이 아파서 제대로 자라지 못한 세린과 비슷한 덩치였으니. 왠지 니아인답지 않은 외모였다. 그리고 그런 외모가 그의 성격에 영향이라도 준 것일까? 소극적이고 낯을 가리는 저런 행동은.

아르스 노바에서 동쪽 방향으로 하루 정도 달리니 끝없이 펼쳐질 것만 같은 평원은 어느새 끝이 나고 지평선 너머로 푸른 숲들이 보이고 있었다. 지금까지의 초원 지대를 지나 숲이 나타난 것이다. 숲이 가시권에 들어오자 눈에 띄게 달라진 모습을 보이는 것은 당연히 엘프인 퓨어였다.

얼굴 가득 넘치는 생기는 누가 보더라도 알아차릴 수 있을 정도라고 할까. 퓨어는 이미 숲이 눈에 보이기 전부터 저런 생기 넘치는 얼굴을 하고 있었다. 엘프는 숲의 존재를 느끼는 것인지 이미 일행 중 가장 먼저 숲의 존재를 알아차린 것이다.

"흠… 이런 평원에 갑자기 숲이라니 의외인걸."

"빌로우 노스 산맥과 드워프의 산의 영향인지 후디스 제국의 동북부 끝 자락은 제법 넓은 숲이 펼쳐져 있답니다. 여기서 보이는 부분은 그 숲이 남쪽으로 치우쳐 나온 부분이에요."

숲을 확인한 케이가 입을 열자 옆에서 나란히 달리던 바볼랏이 숲에 관한 설명을 했다.

"그럼 바다로 가려면 저 숲을 지나야 하는 건가?"

"일단은 그렇죠. 정동 방향으로 간다면 말이죠. 여기서 남쪽으로 좀 내려간 다음 다시 동쪽으로 가면 오마라는 도시를 거쳐서 바다에 이를 수 있어요. 물론 숲을 안 지나고요."

"그래?"

케이가 묻고 바볼랏이 답했다. 그런 둘의 대화를 듣던 퓨어의 얼굴에 초조한 기색이 떠올랐다. 엘프이다 보니 그녀는 숲과 좀 더 가까이 있기를 원하는 것이다. 숲이 전혀 없는 곳에서는 어쩔 수 없지만 이렇게 숲이 눈앞에 보이는데 돌아간다니… 케이는 그런 퓨어의 표정을 읽었다. 그렇게 아쉬운 감정을 얼굴에 절절히 떠올렸는데 알아차리지 않을 수가 없었다.

"아, 퓨어. 퓨어는 그래도 일단 숲을 거치는 쪽이 좋겠지?"

"예… 일단은……."

퓨어의 기색을 눈치 챈 케이가 묻자 그녀는 고개를 푹 숙이고 작은 목소리로 대답했다. 그런 대답이 뭐 그리 힘든 일이라고 고개까지 숙이고 작은 목소리로 대답하는지라는 생각을 하며 케이는 방향을 계속해서 동쪽으로 잡았다.

"케이, 숲을 가로질러 가려구요?"

계속해서 동쪽으로 달리는 케이의 모습에 바볼랏이 물었다.

"그래, 퓨어도 있고. 나도 상쾌한 숲 공기도 좀 마시고 싶고. 사람이 북적이는 아르스 노바에 있다 보니 저런 숲이 그리워지는걸."

"그래요? 그럼 일단 숲으로 들어가서 중간에 남쪽으로 내려와 오마에 들렀다가 바다로 향하죠. 오마는 일라나 강 옆에 있는 도시니 그곳에서부터 강을 따라가는 것도 제법 괜찮을 거예요."

케이의 대답에 앞으로 바다까지 가는 여정을 조정하며 바볼랏이 말했다.

"호~ 그게 좋겠는걸."

바볼랏이 제시한 여정에 만족했는지 케이는 슬며시 미소를 지었다. 그때 바볼랏이 한 손으로 머리를 치며 입을 열었다.

"아, 깜빡했네. 그 숲에는 몬스터들이 제법 있어요. 대부분이 드워프의 산에서 드워프들에게 쫓겨난 녀석들이죠. 일부는 빌로우 노스 산맥으로 일부는 그 숲으로 도망을 쳤다고 하더군요. 뭐, 케이에게는 별 문제가 안 되겠지만요."

미드 산맥을 벗어난 이후 단 한 번도 몬스터들과는 조우하지 않았기에 몬스터에 대해서는 별 신경을 쓰지 않고 있었다. 하지만 드워프의 산에서 쫓겨난 몬스터들이 후디스의 동북부 숲에 서식한다는 것을 기억해 낸 바볼랏이 일행에게 주의를 준 것이다.

일단 세린은 지금까지 몬스터들을 본 적이 없으니 미리 주의를 줄 필요가 있었다. 케이가 함께 있다면 큰 문제가 아니지만 그래도 몬스터와 마주친다는 것 자체가 열두 살의 여자 아이에게는 무척이나 무서운 일이다.

바볼랏이 몬스터 이야기를 꺼내자 발린은 고삐를 꼭 쥐었다. 그 손이 땀으로 흥건히 젖어 있음을 쉬이 알 수 있었다.

'응? 발린, 저 녀석 겁도 많은 건가?'

그런 모습을 눈치 챈 케이가 고개를 갸웃거리며 한 생각이다. 그러나 곧 머리를 좌우로 흔들며 그 생각을 떨쳤다. 몬스터가 나온다면 자신이 한 발 먼저 가서 처리하면 되는 것이다. 아이들에게 몬스터의 모습이나 그것들을 죽이는 장면을 보여줄 필요는 없었다.

언젠가는 보게 될 테지만 아직 이 아이들은 어리다는 것이 케이의 생각이었다. 그렇게 네 필의 말은 숲에 접어들었으며 서서히 속도를 줄였다.

　숲이 제법 울창해서 좌우로 넓게 벌여서 갈 수가 없었기에 케이와
바볼랏이 앞에 서서 나가고 그 뒤를 퓨어와 세린이 탄 말과 발린이 탄
말이 뒤따랐다.

　"흠… 이런 숲이라면 도적들도 제법 있을 것 같은데?"

　숲길을 따라가며 주위를 둘러본 케이의 말이었다.

　"뭐, 숲 자체만을 본다면 그렇게 생각할 수도 있겠지만 이 숲은 사람
의 왕래가 거의 없는 곳이에요. 간혹 경험을 쌓으려는 모험자 파티나
수련이 목적인 기사나 마법사들이 이 숲을 찾는 사람들의 전부인걸요.
이런 숲에서 영업한다면 그 도적들 굶어 죽는 건 시간문제라구요."

　케이의 말에 바볼랏이 피식 웃으며 대답했다.

　숲은 무척이나 고요했으며 천천히 걷고 있는 네 필의 말발굽 소리만
고요히 울려 퍼졌다. 나무 사이에서 불어오는 시원한 바람은 일행의
얼굴을 상쾌하게 씻어주고 지나갔다. 아직은 따갑던 햇볕도 울창한 나
무에 가려 비추지 않고 너무나 평화로운 분위기의 여정이었다.

　"그런데 이 숲의 몬스터는 어떤 것들이 나오지?"

　가만히 앞으로 가던 케이가 생각났다는 듯 바볼랏에게 물었다.

　"흠… 오크, 코볼트, 고블린 정도일 거예요. 가끔 트롤도 보인다고
는 하더군요."

　턱을 괴며 잠시 생각하던 바볼랏이 케이를 보며 대답했다. 그런 바
볼랏의 대답에 케이는 고개를 끄덕였다. 그 정도라면 별 어려움 없이
숲을 빠져나갈 수 있을 것 같았다. 뭐, 드래곤만 아니라면 지금 일행을
위협할 만한 존재는 없지만 말이다.

"하지만 오우거나 미노타우로스가 나온다고 해도 케이에게는 한 주먹거리도 안 되잖아요."

고개를 끄덕이는 케이의 모습을 보며 바볼랏이 한마디 덧붙였다.

"뭐, 그렇긴 하지만 그래도 그런 놈들이 나오면 세린이나 네가 신경이 쓰이거든."

케이가 피식 웃으며 한 대답이었다.

"에이~ 미드 산맥에서는 눈 깜짝할 사이에 해치우더니, 뭘요."

그런 케이의 반응에 어림도 없다는 듯 바볼랏이 다시 한 번 말했다. 그런 둘의 모습에 발린은 정신이 없었다. 발린은 어릴 때부터 마법사로서 교육을 받고 자랐다. 자연히 몬스터들에 대해서도 배웠다. 그리고 자신은 분명 트롤이나 오우거, 미노타우로스는 무척이나 조심해야 하는 몬스터라고 배웠고 그렇게 알고 있었다. 그런데 저 두 사람의 대화는 그런 녀석들 따위는 안중에도 없다는 내용이니 제정신을 유지할 수 있을 턱이 없었다.

그때 케이가 눈을 빛내더니 갑자기 앞으로 뛰어나갔다. 그러더니 곧 시야에서 사라졌다. 그런 케이의 모습에 세린과 발린은 무척이나 놀랐다. 발린은 무의식 중에 그 뒤를 쫓으려고까지 했다. 그러나 케이의 저런 모습이 무엇을 의미하는 줄 아는 퓨어와 바볼랏이었기에 그런 둘을 진정시키고는 조용히 현재까지의 속도를 유지하며 천천히 그 뒤를 따랐다.

"홋, 오크들인가."

일행보다 제법 앞서 달려와 어느 지점에 도착한 케이가 피식 웃었다. 그리고는 말에서 내려 옆의 숲으로 들어갔다. 나무 사이사이로 키

작은 나무와 풀숲이 제법 조밀하게 이루어진 곳으로 숨어 있기에 알맞은 모양이었다. 케이가 그쪽으로 다가가자 갑자기 풀숲이 꿈틀거리며 움직이기 시작했다. 그리고는 오크 일곱 마리가 그곳에서 튀어나왔다.

"인간. 구륵. 가진 거 먹을 거 다 내놔라. 구륵."

뛰쳐나온 오크들 중 한 마리가 외친 말이었다. 그런 모습에 케이는 양손을 앞으로 내밀어 들어 올리며 말했다.

"이거 어쩌지, 가진 게 없는데."

"인간. 구륵. 거짓말이다. 구륵. 다 내놔라."

"없어."

"빨리 내놓지 않으면, 구륵. 인간 죽인다. 구륵."

"없다니까."

케이는 다시 한 번 손을 들어 올리며 아무것도 없음을 보여주었다.

"구륵."

케이의 그런 말과 행동에 오크들은 거친 숨소리를 내더니 곧 케이에게 달려들었다. 그런 그들의 손에는 조잡하게나마 글레이브가 들려 있었다. 오크들이 달려들자 케이는 오른손을 허리춤으로 가져갔다. 그리고 케이의 손이 하늘 높이 들릴 때 그의 손에는 온몸을 요란하게 떨며 춤추고 있는 은빛 검이 들려 있었다.

"훗, 그럼 춤이나 한 사위 춰볼까? 은무(銀舞)."

은무, 하이달로그가 케이에게 선물한 플라이언트 소드에 케이가 붙인 이름이었다. 순은의 몸체가 부드러운 곡선을 그리며 너울거리는 모습에 은빛의 춤이라고 이름 붙인 것이다. 케이의 손이 부드럽게 움직일 때 그 손에 쥐어진 은무는 자신만의 움직임을 보이며 한 판 춤사위를 벌였다.

그 둘의 합작으로 펼쳐지는 은빛의 광채는 오크들을 휘감았고 곧 오크들의 몸은 조각조각나서 떨어졌다. 그리고 숲의 바닥에는 피가 홍건하게 고였다. 잔인한 살육의 한 장면이었지만 아직도 남아 있는 은무의 잔영은 이런 상황과는 상관없이 황홀한 아름다움으로, 그 모습을 지켜본 사람이 있었다면 넋을 놓을 유혹의 손짓을 하고 있었다.

"흠… 역시 좋은걸."

처음으로 은무를 사용한 케이의 소감이었다. 일곱 마리의 오크들을 한순간에 조각 내버린 은무는 언제 그런 일이 있었냐는 듯 순은빛의 나신을 뽐내고 있었다.

"그나저나 이 오크 시체들을 처리해야 할 텐데. 이 피 냄새는 상당히 불쾌한걸. 빨리 처리하지 않으면 세린이랑 발린이 이 냄새를 맡을지도 모른단 말야. 어떻게 하지? 마법으로 태우려니 숲이 탈 것 같고… 역시 묻어야 하나. 디그."

오크의 시체들을 묻기로 결정한 케이는 곧 시동어를 외워 땅을 팠다. 그리고 허공섭물의 수법으로 시체들을 구덩이로 모두 밀어 넣었다. 그리고 마법으로 흙을 덮었다.

"흠… 핏자국은 좀 남는걸. 그럼, 저것들은… 프리즈(Freeze)."

흙에 스며들어 아직 남아 있는 핏물을 발견한 케이는 프리즈 마법을 사용해 모두 얼려 버렸다.

"좋아. 이러면 우리 일행이 지나갈 때까지는 냄새가 안 나겠군. 됐어. 그런데 이렇게 일일이 마법으로 뒷처리하려니 좀 귀찮은걸. 나도 정령 마법이란 걸 배워볼까? 세린이 분명 땅의 정령도 있다고 했던 것 같은데."

세린은 케이가 에르데미안에게서 받은 정령 마법서를 드워프 마을에서 지내는 3개월간 완벽하게 탐독을 마쳤다. 그리고 틈나는 대로 엘리멘탈 링에서 정령들을 불러내어 정령 마법을 익히곤 하였다. 그러는 중 케이에게 정령에 관한 설명을 해주었었고 케이는 그것을 떠올린 것이다. 하지만 단지 몬스터 시체 처리용으로 땅의 정령을 이용하려 하다니…….

"흠… 역시 괜찮을 거 같아. 일전에 불의 정령은 가스레인지 대용으로 쓴 적도 있는데 말야. 좋아, 시간나는 대로 그 정령과 계약이란 것을 맺어야겠어. 뭐, 정령에게 간단한 일을 부탁하는 정도니 정령 마법을 따로 익힐 필요는 없겠지."

그렇게 정령과 계약을 맺기로 결정하며 말이 있던 자리로 돌아와 말에 올라탔다. 케이는 일행이 오기를 기다리며 자신이 온 뒤쪽을 바라보았다.

"케이~"

케이가 시야에 잡히자 바볼랏이 소리 높여 불렀다.

"그냥 천천히 오면 될 걸 뭘 소리치고 부르고 그러는지 원."

말들은 천천히 걸어 케이에게 다가왔고 케이는 그 모습을 지켜보고 있었다.

"무슨 일인데 혼자서만 그렇게 빨리 간 거예요, 오빠?"

"아, 몬스터가 있는 것 같아서 정찰 삼아 먼저 와본 거야."

세린의 질문에 케이는 싱긋 웃으며 대답했다. 그때 퓨어가 얼굴을 살짝 찌푸리는 것이 아직 공기 중에 약하게 남은 피 냄새를 맡은 모양이었다.

"자자, 빨리 가자구. 언제 몬스터가 나올지 모르니."

그런 퓨어의 모습을 지켜본 케이는 말머리를 돌려 일행과 나란히 서서는 재촉했다. 케이의 재촉에 다시 출발할 때 발린은 여기저기를 두리번거리며 불안해했다.

"응? 발린, 왜 그러지?"

발린이 불안해하는 모습을 보이자 케이가 옆으로 다가갔다.

"아, 아뇨. 조금 무서워서요."

발린의 대답에 케이는 피식 웃었다.

"훗, 걱정 마라. 설사 오우거가 나온다고 해도 내가 쓰러뜨릴 수 있으니까. 그럼 갈까?"

아무래도 케이가 미리 와서 나타났던 몬스터를 처리한 걸 눈치 챘는지 발린은 무척이나 불안해했다.

물론 몬스터가 나온다고 해도 엘프인 퓨어와 무척이나 강하다고 생각되는 케이가 있어 안전할 거라 믿었지만 그래도 열두 살의 아이. 몬스터라는 존재 자체가 두려운 것이었다. 그리고 이미 몬스터가 한 번 나타났다는 사실을 눈치 채고는 불안해하는 것이었다.

그렇게 한 아이가 불안해하는 가운데 말은 조용한 숲길 사이로 꾸준히 발을 놀렸다.

"케이, 어떤 녀석들이었죠?"

바볼랏이 케이에게로 다가와 작은 소리로 물었다. 케이가 처리한 몬스터가 어떤 녀석들이었는지 궁금했던 모양이다.

"아? 오크였어. 일곱 마리."

"흠, 그럼 그 하이달로그에게 받은 은무라고 이름 붙인 플라이언트 소드는 사용해 봤어요?"

바볼랏이 정작 궁금한 것은 바로 은무의 사용 여부였던 모양이다. 몬스터에 대한 이야기가 나오자마자 바로 묻는 걸 보니.

"그래, 무척이나 좋던걸. 손에 착 달라붙는 게 아주 좋았어."

은무를 사용했을 때의 감촉이 다시 살아나는지 오른손을 펴보며 대답하는 케이의 얼굴에는 한줄기 미소가 어려 있었다.

"그나저나 이 숲을 빠져나가려면 얼마나 걸리지?"

"오늘 저녁쯤이면 절반쯤 간 걸 거예요. 내일 아침부터는 남쪽으로 방향을 돌려 하루 정도 가면 숲을 빠져나갈 수 있을 거예요."

"그런가? 그럼 오늘은 숲에서 노숙인가?"

노숙을 해야 한다는 사실을 떠올린 케이는 걱정스런 얼굴로 발린을 돌아보았다.

마법사이기에 큰 기대는 안 했지만 그래도 겁이 상당히 많았다. 평원에서의 노숙도 힘들어하던 아이가 이런 숲 속에서의 노숙을 버텨낼지. 아니, 몬스터에 불안해하는 모습을 보니 잠이나 한숨 잘 수 있을지가 걱정이었다.

발린은 그런 케이의 걱정을 아는지 모르는지 불안해하는 가운데 세린 옆에서 이야기를 주고받고 있었다.

아직 어린아이들이 무슨 할 이야기가 많기에 저리도 이야기를 나누고 있는지 그것이 케이에게는 무척이나 신기하게 다가왔다.

산속이나 숲 속은 저녁이 일찍 찾아오는 법이다. 점심을 먹은 지 얼마 지나지 않은 것 같은데 벌써 주위가 어둑어둑해지기 시작했다.

"흠… 오늘은 이쯤에서 쉬어야겠는걸. 바볼랏, 이 정도쯤에서 쉬는 게 어때?"

"그러도록 하죠. 오늘 하루 동안 별탈없이 숲을 지나왔으니 내일부터는 일단 남쪽으로 이동하도록 하죠. 오마는 숲을 벗어난 다음 찾도록 하고요."

그렇게 야영을 결정한 케이 일행은 적당한 야영 터를 찾았다. 아무래도 숲 속이다 보니 다섯 모두가 머물 만한 공터를 찾는 일도 쉬운 것이 아니었다.

"실프."

케이가 이리저리 숲을 옮겨 다니며 야영 터를 찾고 있을 때 세린이 실프를 소환했다.

"근처에 우리 다섯이 머물 만한 공터를 찾아줄래."

세린의 반지가 빛나며 소환된 작은 어린 여자 아이 모습의 실프는 세린의 말에 고개를 끄덕이고는 어딘가로 사라졌다.

얼마가 지났을까. 다시금 일행 앞에 나타난 실프가 세린에게 손짓을 하며 천천히 한쪽으로 날아갔고 모두 그 뒤를 따라갔다. 10여 분쯤 걸었을까. 그들 앞에 넓지는 않지만 다섯은 충분히 머물 만한 공터가 모습을 드러냈다.

그곳을 확인한 세린은 활짝 웃으며 실프에게 말했다.

"고마워, 실프. 그럼 이만 돌아가도 돼."

세린의 말을 끝으로 실프는 정령계로 돌아갔다. 정령의 사용에 있어 엘프인 퓨어보다 더 능숙한 모습을 세린이 보여주고 있었다.

'홋, 엘프인 퓨어보다 오히려 세린이 정령을 더 잘 다룬다라… 재미있는걸. 사람들이 이 사실을 알면 어떤 표정을 지을까? 뭐, 그나저나 확실히 정령을 부리면 편리하군. 나도 배워둬야겠어.'

실프를 앞세워 편하게 원하는 장소를 찾자 케이는 다시금 정령 마법을 배우겠다는 각오를 다졌다. 그리고 케이의 마음속의 의문, 엘프보다 어린 인간 여자 아이가 정령을 더 잘 다루는 모습을 본 사람들의 반응에 대한 해답은 바로 옆에 있었다.

발린이 넋 나간 표정으로 세린을 바라보고 있는 것이었다. 발린의 저런 반응은 세린이 실프를 소환했을 때부터였다.

기실 마법 가문에서 태어나 체계적으로 마법을 배운 발린이기에 야영 터를 찾아 이리저리 움직일 때 정령에 관한 생각을 했었다. 마침 일행 중에 엘프도 있지 않은가.

'아, 그냥 저 엘프님이 바람의 정령을 소환해서 찾으면 한결 수월할 텐데.'

이런 발린의 생각을 들었음인가 어디선가 실프를 소환하는 소리가 들렸다. 그 소리에 반색을 한 발린은 퓨어가 있는 곳으로 돌아보았다.

하지만 퓨어에게서는 아무런 반응이 없었다. 갸웃거리며 고개를 돌린 발린의 눈에 들어온 것은 세린이 소환한 실프였다. 그때부터 발린은 저렇게 넋이 나가 있는 것이다. 세린은 그런 발린의 모습이 의아했는지 옆에서 콕콕 찔러보기도 하고 말도 걸어봤지만 별 반응이 없었다.

뭐, 그런 발린의 모습은 세린에겐 큰 상관이 없었다. 다만 실제로 정령을 사용했다는 것이 즐거울 뿐이었다. 에르데미안에게 받은 정령 마법서를 보며 기본적인 마법은 익혔지만 실제로 사용해서 일행에 도움을 준 것은 이번이 처음이었기 때문이다.

항상 도움만 받다가 자신이 무엇인가를 했다는 뿌듯함에 연신 세린은 입을 샐쭉이며 웃고 있었다.

"흠. 세린, 처음에는 그 반지가 별로 마음에 안 드는 것처럼 행동하더니 지금은 상당히 좋은가 보네?"

그런 세린의 반응을 옆에서 지켜본 바볼랏이 살짝 운을 띄웠다. 그 말을 들은 세린은 화들짝 놀랐다.

"뭐, 뭘요, 바볼랏 오빠. 제가 뭘 마음에 안 들어했다고 그러세요?"

사실 에르데미안이 퓨어가 선택한 검에 대한 설명을 해준 것을 들은 이후 세린은 케이가 골라준 자신의 엘리멘탈 링이 별로 마음에 들지 않았었다.

케이가 정령 마법서까지 구해주었지만 이미 너무 엄청난 위력을 가진 퓨어의 검이 부럽기만 한 아이다운 세린이었다.

퓨어가 얻은 것보다 더 좋은 것을 찾아주기를 원했지만 케이는 그런 세린의 기대에 배신의 도끼를 내려찍은 것같이 생각됐기 때문이다.

선물을 받은 후 드워프의 마을에 돌아와서 잠시 세린은 그것으로 꽁해 에르데미안에게 자신의 과거를 이야기한다고 땀을 뻘뻘 흘리고 있던 케이를 향해 투덜거렸었다.

바볼랏은 그 모습을 옆에서 지켜보았고 정령에 대해 설명해 주며 세린이 얻은 것이 인간들에게 있어 얼마나 엄청난 가치를 지닌 것인지를 이해시켰다. 그리고 정령 마법을 익히게 만든 것이다.

에르데미안에게 시달리던 케이가 그 사실을 알 리 없었기에 바볼랏의 말에 세린은 황급히 변명했다. 그래도 케이가 세린을 생각해 골라

준 엘리멘탈 링이었는데 세린이 마음에 들지 않아 투덜거렸다는 사실을 케이가 안다면 어떤 반응을 보일 것인지는 뻔했기에.

세린이 당황해 말을 얼버무리려 하는 모습에 바볼랏은 씨익 웃었다.

'사… 사… 사악해.'

바볼랏의 웃음을 본 세린의 머리 속을 가득 채운 생각이었다.

"응? 왜 그래, 둘 다? 어서 야영할 준비나 해야지?"

이미 둘의 대화를 통해 대충 상황 파악이 됐을 법한 케이였지만 모르는 척 넘어갔다. 그런 케이의 반응에 안도의 한숨을 쉬는 이, 세린이었고 아쉬움을 내뱉는 이, 바볼랏이었다.

'바볼랏 녀석, 이젠 사악함마저 보이는군. 저런 녀석이 신관이라니……'

모르는 척하며 넘어가는 케이 역시 세린과 같이 생각하고 있었다.

첫 만남에서는 세린에게 퉁명스러웠던 케이였지만 지금은 그런 모습을 보인 적이 있다는 것 자체가 의심스러울 정도였다. 케이에겐 세린이 계속해서 전생의 여동생 제갈란과 겹쳐 보였기에 점점 더 세린을 대하는 모습이 다정해지고 있었다.

"저녁을 먹으려면 일단 나무부터 구해야 하나?"

아무래도 아이가 둘이나 있었기에 간단한 건량과 육포만으로 식사를 하기에는 무리가 있었다. 그랬기에 상당한 양의 음식을 사서 보존 마법을 걸어 케이의 아공간에 보관해 두었다.

일단 케이는 9서클 마스터의 마법사였고 에르데미안에게서 여행에 유용한 여러 가지 마법을 배워두었다. 사실 보존 마법 정도야 이전 수준에서도 사용할 수 있었지만 그때는 아공간이 없었기에 가능한 짐을 줄여야 하는 상황이라 사용할래야 사용할 수가 없었다.

"아, 나무 구하지 않아도 돼요."

케이가 나무를 구하러 갈 차비를 하자 세린이 황급히 말했다. 세린의 손가락에 소중히 끼워져 있는 엘리멘탈 링을 본 케이는 빙긋 웃었다. 세린이 말하고 싶어하는 것을 알았기 때문이다.

세린의 의도를 알아챈 케이는 아공간에서 각종 요리 재료와 요리 도구를 꺼냈다. 그리고 솥을 야영 장소 중앙에 두었다.

케이가 모든 재료와 도구를 꺼내놓자 바볼랏이 능숙한 솜씨로 요리를 하기 시작했다.

"카사."

어느 정도 음식 장만이 끝나자 세린이 카사를 소환해 솥을 데우기 시작했다. 얼마나 시간이 지났을까? 솥에서 맛있는 냄새가 서서히 피어오르기 시작했다.

"흠, 냄새 좋은걸. 바볼랏, 역시 요리에 재능이 있어. 신관은 그만두고 식당이나 하는 게 어때?"

싱긋 웃으며 바볼랏에게 한마디 던지는 케이. 그리고 그 말에 인상이 험악하게 일그러지는 바볼랏.

"케이, 제가 비록 신전 주방에서 일한 경험이 있어 요리를 좀 한다고 하지만 전 어디까지나 헤이트론을 모시는 신관입니다. 그런데 신관을 그만두고 식당을 하라니요?"

"허, 네가 언제 신관다운 모습을 보여준 적이 있어야. 아! 딱 한 번 있군. 바포메트를 상대할 때의 신성 마법."

여전히 싱긋 웃으며 케이는 바볼랏에게 일침을 가했다. 그 말을 들은 바볼랏은 볼을 실룩이며 국자를 젓는 손에 점점 힘이 들어가더니 급기야 솥 안에서 소용돌이가 형성될 기세였다.

"케이 오빠, 그만 해요."

그 상태가 조금만 더 지속되면 저녁 식사가 모두 솥 밖으로 날아가는 불상사가 생길지도 모른다는 것을 눈치 챈 세린이 케이에게 한 마디했다. 세린의 말에 케이는 빙그레 웃으며 공터 한쪽의 나무로 가서는 털썩 주저앉았다.

그제야 바볼랏도 조금 진정을 했는지 얼굴이 조금 풀렸다. 자신도 자신이 신관답지 않다는 걸 아는지 모르는지 자신의 직업에 관한 이야기만 나오면 묘하게 흥분을 했다.

지금까지야 케이가 농담 삼아 한 말들을 웃으며 넘겼지만 신관을 그만두라는 말에는 불같이 흥분한 것으로 보아 정말 신관인 자신에 대한 자부심이 대단한 것 같았다.

식사 준비 과정에서의 일단의 해프닝이 그렇게 막을 내리고 조금 있자 요리가 완성되었다. 솥에서는 막 완성된 스튜가 향기로운 냄새를 풍기며 일행의 뱃속을 자극해 식욕을 불러일으켰다.

바볼랏은 케이가 한쪽에 꺼내놓은 그릇 가득 스튜를 퍼 담아 사람들에게 나눠 줬다. 퓨어, 세린, 발린 순서로 돌아갔고 그 다음에 가득 퍼담은 그릇을 받으러 온 케이를 살짝 무시하고는 바볼랏은 자신 옆에 그 그릇을 놓아두었다. 그리고는 바닥에 마지막 남은 스튜를 박박 긁어 담아서 주었는데 확실히 그 양이 다른 사람들에 비해 무척이나 적었다.

"이봐, 치사하게 먹는 거 가지고 이럴거야."

자신의 그릇을 뚫어져라 바라보던 케이의 불만 어린 음성이 튀어나왔다.

"남은 게 그것밖에 없으니 어쩔 수 없네요."

유들유들 웃으며 대답하는 바볼랏의 얼굴이 케이에게는 그렇게 밉살스럽게 보일 수가 없었다.

"쳇."

케이가 돌아서서 가자 바볼랏의 입가에는 한줄기 미소가 걸렸다. 그런 모습을 지켜본 세린과 발린은 스튜를 먹다 말고 킥킥거리며 웃었다. 케이에게 안 들리게 참는다고 참았지만 입가로 새어 나오는 웃음을 막을 수는 없었나 보다.

물론 그 새어 나온 웃음소리는 케이의 귓속으로 들어가 고막을 자극했고 그 자극을 인지한 케이의 얼굴은 시뻘겋게 달아올랐다. 그 모습을 지켜보고 있던 퓨어도 가느다란 한줄기 미소를 띠었다.

이렇게 2회전은 바볼랏의 승리였다.

스튜를 가장 빨리 먹은 사람은 케이였다. 양이 가장 적었으니 그럴수밖에 없었다. 입으로 연신 쳇쳇거리며 케이는 아공간에서 빵 한 조각을 꺼내서는 입에 베어 물었다. 스튜만 못하지만 어쩌겠는가, 아직 허기가 가시지 않은 것을.

'이거 더럽고 치사해서라도 요리를 배우던지 해야지, 원.'

생각하면 생각할수록 바볼랏이 괘씸해지는 케이였다.

'먹는 걸로 복수하다니 세상에서 가장 치사한 놈.'

케이는 먹는 것으로 인한 설움 역시 느끼고 있었다.

혼자 묵묵히 빵을 씹어 삼키는 케이의 심정이 어떻게 타 들어가는

지와는 상관없이 모두 식사를 마쳤고 빈 그릇은 세린이 한곳에 모아서는 운디네를 불러내 설거지를 마쳤다. 그 모습에 발린은 다시 한 번 고개를 갸웃거렸다.

엘프가 있는 일행에서 엘프가 아닌 인간 여자 아이가 정령을 부리는 것이 신기할 뿐이었다.

"발린."

정령을 이용해 세린이 설거지하는 모습을 신기한 듯 바라보고 있던 발린의 귀로 자신의 이름이 들렸다. 주위를 둘러보니 어느새 빵을 다 먹었는지 케이가 자신에게로 손짓을 하고 있었다.

"부르셨어요?"

케이에게로 다가간 발린이 조심스레 입을 열었다. 지금 케이의 기분이 상당히 안 좋다는 것은 일련의 상황으로 보아 확신할 수 있었다. 게다가 아버지에게 들은 당부가 있었기에 더욱 조심스러워졌다.

"네 아버지에게 이번 여행에 관한 이야기를 들었다고 했지?"

발린을 데려온 후 발린에게 아무런 말이 없던 케이가 이제야 그에게 관심을 가지기 시작했다.

"예."

"그래, 넌 아무런 거부감 없이 아버지의 말씀에 따른 거니?"

"예."

"정말?"

"예에……."

"정말이지?"

"예에. 에… 아니요."

계속되는 확인 질문에 발린은 눈물을 주르륵 흘리며 대답했다.

"무, 무서워요. 케, 케이님이 9서클 마스터의 대마법사시라는 건 알아요. 케이님이랑 함께 있으면 위험할 일이 없다는 것도요. 하지만 무서워요. 전 태어나서 드워프의 산이랑 아르스 노바를 벗어나 본 적이 없단 말이에요. 너무 무서워요."

눈물을 줄줄 흘리며 말하는 발린의 모습에 케이는 한숨을 쉴 수밖에 없었다.

'세린도 여행을 시작할 때 태연했는데 이 녀석은 왜 이러지? 에효~'

세린과 발린이 여행을 시작하게 된 동기는 완전히 달랐다. 그것이 이와 같은 차이를 만든 것이고.

세린은 자신의 병을 치유하기 위해 스스로의 의지로 여행을 시작했다. 그리고 발린은 가문의 숙원을 풀기 위한 아버지의 의지로 여행을 시작했고. 자의로 시작한 여행과 타의로 시작한 여행.

그 차이가 지금 발린의 눈에서 눈물을 짜내고 있는 것이다.

"자, 알았으니 이만 울음을 그쳐라."

짐짓 엄하게 옷을 입힌 말이 케이의 입에서 나왔다. 케이의 엄한 모습에 발린은 서서히 울음을 그쳤다.

"네 아버지가 왜 너를 나에게 맡겼는지 아니?"

발린은 눈물이 그렁그렁 맺힌 얼굴로 끄덕였다.

"케이님에게 마법을 배우라고 하셨어요. 케이님께서 가르쳐 주시든 안 가르쳐 주시든 어떻게든 배워오라고 하셨어요. 그것만이 우리 가문의 숙원을 풀 수 있는 길이라고요."

'영악한 녀석 같으니… 아니, 독한 녀석이라고 해야 하나?'

이 자리에 있지도 않은 알라닌이 떠오르며 케이는 머리를 절레절레 흔들었다.

"휴, 알았다. 너도 알고 있으니 내가 마법을 가르쳐 주도록 하마."

케이가 마법을 가르쳐 주겠다고 하자 발린의 얼굴이 환하게 변했다. 언제 울었냐는 듯이. 그도 마법사인지라 9서클의 마스터가 마법을 가르쳐 주겠다고 하자 기쁨이 절로 얼굴에 나타난 것이다.

"단!"

기뻐하고 있던 발린은 '단'이라는 조건이 뒤따름을 암시하는 말에 표정이 굳었다. 과연 어떤 조건이 걸릴지 몰랐기에 긴장하는 것이다.

"내가 너를 맡은 것은 결코 나의 의지가 아니었다. 너의 아버지의 수에 휘말려 나도 모르게, 그러니까 얼떨결에 떠맡게 됐다. 너도 알고 있지? 솔직히 말해 처음 여행에 나서 무서워하고 있는 너는 우리 일행에 짐덩어리야. 그러니 내가 곱게 마법을 가르쳐 주고 싶겠니? 어느 누구라도 마법을 가르쳐 주기 싫을 게다. 하지만 너 역시 나처럼 너의 아버지의 수에 휘말린 피해자이기도 하고 또 생각지 못했지만 세린에게 좋은 친구도 될 거 같으니 마법을 가르쳐 주도록 하마. 내키지 않은 걸 가르치는 거니 자세한 가르침은 기대하지 마라. 하루에 딱 한 번 네가 원하는 마법 한 가지를 펼쳐 보이마. 그럼 넌 그것을 보고 네 재주껏 마법을 훔쳐라."

"자자, 이제 빨리 출발하자구."

어느새 하늘 위로 해가 떠올라 아침을 알렸다. 바볼랏이 만든 수프와 빵으로 아침을 해결한 일행은 야영을 했던 곳 주변을 정리했다. 케이는 전날 밤 만일을 대비해 야영 터 주위에 설치했던 알람 마법과 결계를 해제했다.

발린은 옆에서 케이의 그런 모습을 유심히 지켜보았다. 전날 밤 케이로부터 '마법을 훔쳐라'는 말을 들은 이후 케이가 마법을 사용할 때면 유심히 보게 되었다.

발린은 전날 밤에 본 케이의 파이어 볼을 잊을 수가 없었다. 아마도 앞으로 한동안은 파이어 볼만 보여달라고 해야 할 것 같았다. 분명 케이는 한 번 보여준 마법은 다시는 안 보여준다는 말은 하지 않았으니 가능할 것 같았다.

현재 발린의 수준은 3서클 러너. 열두 살의 나이를 생각하면 정말 뛰어난 재능이다. 하지만 케이가 사용한 기본 마법인 파이어 볼은 분명 발린이 알고 있는 파이어 볼과는 달랐다.

아버지 알라닌의 이야기를 듣고도 반신반의했지만 발린은 케이에게 파이어 볼을 보여달라고 했었다. 그리고 경악했다. 케이가 보여준 파이어 볼은 자신이 알던 것과는 전혀 달랐다.

마법이란 수식을 계산하고 그 수식에 따라 마나를 배열해야 발현된다. 그런데 케이가 배열한 파이어 볼의 마나는 지금껏 대륙에 알려진 것과는 전혀 달랐다. 아니, 훨씬 효율적이고 위력 면에서도 더 강했다.

발린의 마법 수준을 고려한 케이가 쇼우 마나 포스(기억하시죠? 자일론이 마법을 배울 때 레이블이 사용한 마법. 상대에게 마나의 흐름이 보이도록 하는 마법으로 제자 수련용이죠)를 사용한 후 파이어 볼을 사용했기 때문에 발린은 마나의 배열을 자세히 볼 수가 있었다.

하지만 단지 본 것일 뿐 그 마나 배열을 이루는 수식을 이해하지 못했기에 당분간은 파이어 볼만을 보면서 그 수식을 연구해야 할 것 같았다.

주변 정리가 다 되자 다들 말에 올라 남쪽으로 향했다. 오마에 가기 위해서는 일단 남쪽으로 내려가 숲을 벗어나야 하기에 길을 남쪽으로 잡은 것이다.

말들이 한가로이 한 걸음 한 걸음 내딛고 있을 때 지금까지와 달리 발린은 조용히 생각에 잠겨 있었다. 그저 말이 가는 대로 몸을 맡긴 듯.

퓨어가 발린 옆으로 말을 몰아가 줬기에 세린이 몇 번이나 말을 붙여보았지만 발린은 묵묵부답이었다. 아무 반응이 없는 발린의 모습에 세린이 입술을 샐쭉이며 고개를 획 돌리는 것으로 그 시도는 끝이 났다.

'훗, 과연 어느 정도 재능은 있다는 것인가?'

깊이 생각에 잠긴 발린의 모습을 보며 케이는 가볍게 웃음 지었다. 사실 케이가 발린에게 제시한 마법을 가르치는 방법은 억지에 가까운 것이었다. 물론 수식을 가르쳐 준 후 자신이 직접 마법 시범을 보인다면 문제가 달라진다. 하지만 다짜고짜 마법을 딱 한 번만 보여주고 알아서 익히라니 이것은 아무리 천재라 해도 불가능했다.

케이 자신도 에르데미안이 이런 식으로 마법을 가르쳤다면 결코 배우지 못했을 것이다. 그런데도 불구하고 케이는 이런 방법을 제시했다. 하나의 시험이라고 할까? 케이는 분명 하루에 한 가지 마법을 한 번만 보여준다고 했지만 같은 마법을 다음날에 보여주지 않는다는 말은 하지 않았다.

즉, 하나를 깨달을 때까지 매일 볼 수 있는 것이다. 게다가 쇼우 마나 포스로 마나의 배열까지 확실히 보여줬다. 발린이 정말 재능이 있다면 무엇인가 얻는 것이 있으리라.

재능이 없다면 그냥 짐덩어리일 뿐. 아니, 세린 심심풀이용 친구라고 할까? 하지만 지금 깊이 생각에 잠긴 모습을 보니 마법에 관한 재능이 있는 것은 분명해 보였다. 그 수준이 단순한 재능인지 아니면 천재인지는 모르겠지만.

오늘 밤 발린이 케이에게 보여달라는 마법을 들으면 조금 더 확실해질 것이다. 발린이 케이의 의도를 깨달았는지 그러지 못했는지.

"응?"

골똘히 생각에 잠긴 발린을 보며 이런저런 상념을 떠올리던 케이의 감각에 무엇인가 잡혔다. 이런 숲에서 케이의 감각을 거슬리는 존재라면 몬스터밖에 없었다.

이번에도 케이는 먼저 가서 몬스터를 처리하려고 말을 조금 앞으로 나가게 했다. 그러자 퓨어와 바볼랏도 케이의 기색을 눈치 챘고 또 몬스터가 나타난 것을 알아차렸다.

"저, 케이."

케이가 말을 빠르게 몰아 앞으로 나가려 할 때 퓨어가 입을 열었다.

"응? 왜 그러지, 퓨어?"

"케이 정도의 실력이라면 굳이 몬스터를 죽일 필요는 없을 거 같아서요."

전날 케이가 있던 곳에 떠돌던 미미한 혈향을 느낀 퓨어는 아무리 몬스터라고 해도 무조건 죽이는 것은 마음에 걸렸던 모양이었다.

지금까지야 일행의 사정상 몬스터를 죽이지 않고 쫓아내는 것은 무리가 있었다. 그랬기에 퓨어도 몬스터를 죽인 것이고.

　하지만 지금이라면 달랐다. 본신의 능력을 어느 정도 발휘하게 된 케이라면 몬스터를 죽이지 않아도 될 것 같았다.

　'그러고 보니 미드 산맥에서도 굳이 죽일 필요가 없는 몬스터들이었는데.'

　케이의 능력을 다시 생각하자 퓨어는 과연 지금까지 자신들이 몬스터를 죽일 필요가 있을까란 생각이 들었다. 라이신과 함께할 때를 제외하고는 충분히 쫓아낼 수 있었는데 왜 그랬을까? 마물이라 불리는 몬스터라는 존재였기에 죽인 것일까?

　퓨어가 말하려고 하는 것을 이해한 케이는 고개를 끄덕이고는 말 허리를 찼다. 말은 빠르게 앞으로 내달렸다. 그런 케이의 뒷모습을 퓨어는 쓸쓸한 눈으로 바라보고 있었다.

　지금까지 생각지 못했던 것을 조금 전 자신이 한 말을 계기로 깨달은 퓨어였기에 지금껏 자신들이 죽인 몬스터들로 인해 오는 혼란이리라.

　"구륵. 조금 있으면 구륵. 인간 온다. 구륵."

　10여 마리의 오크가 나무 사이사이로 몸을 숨기고 있었다. 케이 일행이 도달하기만을 기다리며 몸을 숨기고 있는 것 같았다.

　"구륵. 오랜만에 온 구륵 인간이다. 구륵. 꼭 성공해야 한다. 구륵."

　그들은 케이 혼자 달려오고 있다는 사실도 모른 채 어서 자신들이 숨은 곳까지 다가오기만을 기다리고 있는 오크들의 모습에 왠지 모를

연민이 느껴지는 것은 지나친 감상일까?

어느새 케이가 탄 말이 이 불쌍한 오크들이 숨은 곳에 도달했다.

"흠, 숨어 있는 녀석들, 모습을 드러내는 게 어때?"

이번에는 말에서 내리지 않고 주위를 둘러보며 외쳤다. 그러자 수풀 사이에서 숨어 있던 오크들이 한두 마리씩 나오기 시작했다.

"구릌. 인간 혼자다. 구릌. 인간 더 있다고 하지 않았냐? 구릌."

무리의 대장인 듯한 오크 하나가 옆을 돌아보며 물었다.

"구릌. 분명 더 있었다. 구릌."

이런 오크들의 행동에 케이는 내심 어이가 없었다. 모습을 드러내 놓고는 지들 이야기에 빠져 있다니. 지금껏 만난 오크들 중 가장 어이 없는 녀석들이었다.

"인간! 구릌. 가진 거……."

케이 하나만 나타났지만 어쩔 수 없다는 듯 아까 그 대장으로 보이는 녀석이 케이를 향해 뭐라 외치려는 찰나.

이미 어이가 없어진 케이가 살기를 오크들을 향해 흩뿌렸다. 열서너 마리가 모여 있었는데 오크들은 그 살기를 받자 몸을 덜덜 떨었다.

오크 대장 역시 말을 채 끝마치지 못하고 몸을 부들부들 떨었다.

"크으. 구릌. 인간 아니다. 구릌. 으으으……."

마나의 4할이 묶여 전력을 다할 수 없다지만 자연검의 경지에 오른 케이의 살기였다. 오크가 감당할 수 있는 수준이 아닌 것이다. 오크들은 케이의 그 어마어마한 살기에 케이가 인간이 아니라 생각하는 듯했다.

"꺼.져.라."

나직이 뇌까린 케이의 한마디. 그리고 사라진 살기. 오크들은 뒤도 돌아보지 않고 사라졌다.

"휴, 진작 이렇게 할 것을 그랬나? 뭐, 어제는 은무를 사용해 보고 싶은 마음에 검부터 뽑고 봤는데 앞으로는 이렇게 처리하는 게 나을 거 같군. 흠, 미드 산맥에서도 이렇게 할걸 그랬나? 그때는 브레스랑 천랑태청수를 시험하려 했으니 별수없었지, 뭐."

그러고는 가만히 서서 일행이 뒤따라오기를 기다렸다.

"케이~!"

뒤에서 퓨어의 목소리가 들렸다. 그런데 케이를 부르는 그 목소리에는 무언가 다급함이 어려 있었다. 그 다급함에 놀라 자신이 왔던 길로 말을 몰아가자 곧 퓨어를 만날 수 있었다. 퓨어의 앞에 타고 있던 세린은 어디로 갔는지 없고 퓨어 혼자만 나타났다.

"케이, 방금 전 그건 뭐죠? 드래곤이 나타났나요?"

케이가 오크를 위협하기 위해 방출했던 살기를 퓨어도 느낀 모양이었다. 일행과는 제법 거리가 있었기에 자신이 탄 말만 보호하고 주위로 무차별적으로 뿌린 살기였는데 그것을 퓨어가 느낀 것이다.

역시 엘프다운 민감한 감각이었다.

"드래곤이라니 오크들을 쫓아낸다고 내가 살기를 뿌리긴 했지만 드래곤은 나타나지도 않았다구."

퓨어가 다급히 자신을 뒤따라온 이유를 알게 되자 피식 웃으며 대답했다.

"그런가요? 몬스터를 쫓기 위한 살기가 그 정도라니… 제가 느낀 그 기운은 말로만 듣던 드래곤 피어의 그것과 비슷했어요. 역시 케이는 대단하군요."

그렇게 말을 하는 퓨어의 얼굴에는 착잡함이 어려 있었다.

"지금까지 죽인 몬스터들 때문에 그러는 거야?"

퓨어의 얼굴에 어린 착잡함의 이유를 짐작한 케이가 물었다. 지금까지 몬스터를 굳이 죽일 필요가 없다는 것을 케이는 깨달았다. 그리고 그걸 깨닫는 계기가 된 것은 퓨어의 한마디였다.

그렇다면 퓨어도 깨달았으리라고 짐작하고는 묻는 것이었다.

"예."

착잡함이 씁쓸함으로 배어 나오는 가운데 퓨어는 고개를 끄덕이며 대답했다.

"흠… 역시 엘프라는 건가? 피할 수 없을 때는 몬스터를 죽이지만 피할 수 있는 상황에서 죽인 몬스터들 때문에 우울해한다라… 너무 어렵게 사는 거 아냐?"

씁쓸함 가운데 의문을 띤 눈동자로 퓨어가 케이를 바라보았다.

"엘프는 조화의 종족이라지. 자연의 규칙에 순응하여 조화롭게 산다고 그렇게 불린다고 들었어. 그리고 그 조화라는 것이 종족의 특징이라고. 내가 전생에서 아주 절실히 느낀 자연의 법칙이 있지. 바로 '약육강식(弱肉强食)', '적자생존(適者生存)'이야. 결국 강한 자가 살아남기 마련이고 그것이 자연의 규칙이자 법칙이야. 그리고 우리에게 덤빈 몬스터는 우리보다 약했지. 그랬기에 죽은 거야. 안 죽일 수 있는 것을 죽였다고 그렇게 마음 아파할 필요는 없다고. 언젠가는 자신보다 강한 존재에게 죽었을 테니까. 물론 자신보다 강한 존재를 만나지 않는다면 수명에 따라 죽겠지만. 만일 우리가 몬스터보다 약했다면 우리가 죽었을 거고 그것도 어쩔 수 없는 일이지. 라이신과 있을 때 바포메트와 만난 그 순간이 그랬지. 바볼랏이 아니었으면 정말로 죽었을지도 모르니까. 그게 자연의 생존 법칙이니까 너무 마음 쓰지 마."

담담한 목소리로 흘러나온 케이의 말을 퓨어는 끝까지 들었다. 그리고 그녀의 입술에서 새어 나온 한마디.

"궤변이에요."

피식.

퓨어의 말을 듣고 케이는 그렇게 웃는 것 이외 다른 반응은 보일 수 없었다.

"죽이지 않아도 되는데 죽이고 나서 자연의 생존 법칙이라니 궤변이에요. 하지만 그렇게라도 생각해야지 마음이 조금은 편해지겠네요. 이런 제 자신이 참 웃기네요."

그러고는 퓨어는 힘없는 미소를 지어 보였다. 그래도 조금 전보다는 조금은 상태가 나아진 듯했다.

'흠… 엘프들에게 불교를 전파하면 열렬한 반응을 얻을 수 있지 않을까?'

몬스터의 죽음에 우울한 모습을 보이는 퓨어를 보며 그것이 엘프라는 종족의 특성이라는 것을 알기에 전생의 불교가 떠오르는 케이였다.

"케이~!"

바볼랏의 목소리에 얼굴을 돌려보니 어느새 세린을 앞에 태운 바볼랏과 발린이 보였다.

갑자기 퓨어가 자신에게 세린을 맡기고 빠르게 달려나가자 바볼랏도 혹시나 하는 마음에 제법 빠른 속도로 뒤따라온 것이다.

"휴, 이제 숲을 벗어났네요."

바볼랏의 말과 함께 울창하던 나무도 이제는 보이지 않고 다시 후디스 제국의 평원이 눈에 들어왔다.

"흠… 역시 좀 더 동쪽으로 가야 오마에 도달할 수 있겠네요."

위치를 가늠하던 바볼랏이 동쪽 너머를 바라보며 말했다.

"흠… 그런가? 그럼 이제 숲도 벗어났으니 좀 빨리 달려서 가도록 하는 게 어때? 멀지 않을 것 같은데."

천천히 걸어서 숲을 통과한 후 넓은 평원이 눈앞에 펼쳐지자 달리고 싶은 욕구가 솟아나는 걸까? 케이는 일행에게 빨리 달려서 가기를 제안했다.

"발린이 따라올 수 있을까요?"

퓨어가 걱정스러운 눈으로 발린을 바라보고 있었다.

"따라올 수 있겠니?"

퓨어의 걱정에 케이가 발린에게 물었다. 그런 케이의 물음에 발린은 고개를 끄덕이는 걸로 대답을 대신했다. 고삐를 잡은 발린의 손에 힘이 들어가고 있었다.

"좋아, 그럼 오마를 향해 힘껏 달려볼까? 가자구, 이랏!"

말을 마친 케이는 쏜살같이 내달렸다. 그 뒤를 이어 바볼랏과 발린도 힘차게 내달렸다.

"세린, 괜찮겠지?"

퓨어는 따스한 웃음을 짓고 세린을 바라보며 물었다. 세린도 생긋 웃으며 고개를 끄덕이자 퓨어는 말의 목을 쓰다듬으며 귀에 대고 무어라 속삭였다. 그러자 퓨어의 말 역시 빠른 속도로 달려가기 시작했다.

먼지구름을 일으키며 네 필의 말이 평원 위를 빠르게 질주했다. 그 위로 느릿느릿 노닐며 흘러가는 구름의 여유로움은 바삐 달리는 여행자의 마음을 진정시켜 주는 것일까? 땅 위를 빠르게 달리는 말과 느긋이 흘러가는 하늘 위의 구름은 묘한 조화를 이루며 한 폭의 그림을 만들어가고 있었다.

"아, 저기 성벽이 보이는데 저곳이 오마인가요?"

엘프다운 시력으로 멀리 아스라이 보이는 성벽을 발견한 퓨어가 바볼랏에게 물었다.

"이곳에서 성벽이 보인다면 오마밖에 없어요. 아마 오마가 맞을 거예요."

성벽이 가까워지자 일행은 좀 더 박차를 가했고 먼지구름은 좀 더 크게 피어올랐다.

"워워."

성벽이 지척에 이르자 말을 세워 천천히 몰아갔다.

"흠… 그런데 성문이 좀 어수선한걸. 무슨 일이 있는 건가?"

성문 근처에 사람들이 바삐 왔다 갔다 하는 모습을 어렴풋이 본 케이가 중얼거렸다.

"그래요? 무슨 일일까요? 오마는 제법 평화로운 분위기의 도시라고 들었는데요. 뭐, 도착해 보면 알겠죠."

또각거리는 소리를 내며 느긋이 걸음을 옮기는 말등에서 어렴풋이 보이는 오마의 성문은 확실히 심상치 않은 분위기가 흘렀다. 성문 앞에 도착하자 성문 너머로 보이는 도시의 모습에 과연 무슨 일이 있었음을 확신하게 했다.

폭풍이 휩쓸고 간 듯 건물 여기저기가 부서져 도시 안이 엉망이었다. 성문 너머로 대충 보이는 것이 저 정도라면 과연 도시 안은 어떤 모습일지 상상이 되지 않을 정도였다.

"정지! 이 성은 오마입니다. 신분과 방문 목적을 밝혀주십시오."

사람들이 바쁘게 오가는 가운데 경비병이 딱딱하게 굳은 어조로 케이들을 멈춰 세웠다.

"저희는 여행자들로 저는 헤이트론을 모시고 있는 신관입니다. 헤이트론 성국 출신입니다. 그리고 이쪽은 제 일행이지요."

"아, 헤이트론 신전의 신관이시군요. 사실 저희 오마에 사고가 있었습니다. 그래서 도시 분위기가 이렇게 어수선한 거구요. 지금 복구 작업 중입니다만 끝이 안 보이는군요. 그럼 어서 들어가 보세요."

바볼랏이 신관이라고 하자 뻣뻣하게 일행을 대하던 경비병들이 사근사근하게 말했다. 바볼랏이 입고 있는 신관복을 알아볼 법도 했지만 빠른 속도로 평원을 내달려 오느라 뒤집어쓴 먼지 때문에 형편없는 몰골을 하고 있어서 한눈에 구분하기는 좀 애매했던 것이다.

아무래도 도시 안에 사고가 나도 큰 사고가 난 것 같은데 그러면 자연히 부상자도 많을 터. 신성력을 사용해 환자를 치료할 수 있는 신관의 존재는 이곳에서는 절실한 문제이기에 경비병들의 태도가 사근사근하게 바뀐 것이다.

"흠… 아무래도 성안에 큰 사고가 터진 것 같군요. 저 무슨 일인지 물어봐도 될까요?"

경비병들의 태도에 바볼랏이 물었다. 바로 성안으로 들어가 확인을 해도 되지만 일단 기본적인 정보는 얻어야 할 것 같아서였다.

"저… 그게 홍수입니다."

"예? 홍수라고요? 하지만 이곳에는 비가 전혀 안 왔을 텐데요."

경비병의 말에 놀란 바볼랏이 되물었다.

"예, 그러게 말입니다. 저 같은 놈이 무얼 알겠습니까만은 아무튼 성 남쪽에 있는 일라나 강의 제방이 무너지면서 성이 물에 잠겼지요."

한숨과 함께 터져 나온 경비병의 탄식에 바볼랏의 얼굴은 찌푸려졌다.

"그렇군요. 그럼."

말을 마친 바볼랏이 앞장서서 성문을 통과했고 케이와 발린, 퓨어가 그 뒤를 뒤따랐다.

"음… 그러고 보니 제법 땅이 젖어 있군. 진흙탕 정도는 아니지만 말야. 말 위에 타고 있어 신경 써서 보지 않아 알아차리지 못했는데 말야."

바볼랏의 뒤를 따르던 케이는 말발굽이 지나갈 때마다 움푹움푹 파이는 땅을 보며 말했다.

"일단 무너졌다는 제방 쪽으로 가보도록 하죠."

어두운 얼굴로 말을 한 바볼랏이 말을 조금 재촉해서 빠른 걸음으로 걷게 했다. 바볼랏의 무거운 분위기에 다들 말없이 그 뒤를 따랐다.

"아, 심하군요."

눈앞에 자리한 광경에 퓨어의 입을 비집고 튀어나온 말이었다. 제방이 무너진 곳에 도달한 일행의 얼굴에는 놀람이라는 감정이 자리 잡고 있었다. 마신의 발톱이 할퀴고 지나갔을까? 세찬 물살에 휩쓸린 그곳은 아무것도 없었다. 그저 공허한 폐허만이 남았을 뿐.

"이곳 오마는……."

그 폐허를 지켜보던 바볼랏의 입이 움직였다.

"류블라드에서 가장 길고 또 가장 넓은 강인 일라나 강 바로 옆에 위치한 도시입니다. 저 너머로 보시면 알겠지만 강 폭이 무척 넓죠. 처음 보는 사람은 바다로 착각할 정도로. 그래서 강 바로 옆에 붙은 오마 성은 반월형으로 지어졌습니다. 강을 등지고 북쪽으로 볼록 튀어나온 형태죠. 그리고 강 쪽으로는 제방을 쌓아놓았죠. 헤이트론이 우기에 접어들면 강의 수량이 늘어나기에 범람을 막기 위해서였죠."

조용하게 높낮이없는 어조로 바볼랏의 입에서 흘러나오는 말은 누구에게 하는지 알 수 없는 독백과도 같은 것이었다.

"일라나 강은 무척 긴 강이죠. 마케인 제국의 포스 산에서 발원해 카이렌을 거쳐 헤이트론을 감아돌아 후디스 제국으로 빠져나가는 네 개의 나라를 지나는 강이죠. 그 길이만큼이나 수량도 엄청나고요. 그리고 그 네 나라의 젖줄이기도 하죠. 그런 만큼 중요한 강이고 또한 사람들이 신성시 여기는 강입니다. 그런데… 그런데… 일라나 강으로 인해 이런 재앙이 생기다니……. 흑… 흑흑."

작은 흐느낌과 함께 굴러 내린 눈물방울로 바볼랏의 독백은 끝을 맺었다. 케이와 퓨어, 세린, 발린은 그런 바볼랏을 착잡한 얼굴로 바라볼 뿐이었다.

해가 서쪽 평원 아래로 모습을 감추려 할 때 붉게 물든 일라나 강은 슬픔에 잠긴 바볼랏을 위로하려는 것일까, 아니면 더욱 깊은 슬픔에 빠뜨리려는 것일까?

　사람들은 어떻게 지내든지 어김없이 아침을 알리는 해가 지평선 위로 얼굴을 내밀었다.

　케이들은 지난밤을 어떻게 보냈는지도 모른 채 아침을 맞이했다. 슬픔에 잠겨 하룻밤을 보낸 바볼랏의 얼굴은 초췌하기 이를 데 없었다.

　"바볼랏, 네 녀석 기분은 이해하겠다만 넌 신관이다. 네가 이렇게 실의에 잠겨 멍하니 있는 동안에도 네 녀석이 살릴 수 있는 생명이 죽어 가고 있을지 몰라. 이제 그만 정신을 차리라구."

　멍하니 넋이 나가 있는 바볼랏의 정신을 바로 잡을 요량으로 케이가 차갑게 내뱉었다. 하지만 요지부동, 넋이 나간 상태로 멍하니 있을 뿐이었다.

　"젠장, 멍청한 녀석."

　항상 쾌활한 얼굴로 파티의 분위기를 주도하던 바볼랏이었기에 이런 그의 모습은 케이에게는 참을 수 없는 일이었다. 매섭게 한번 쏘아붙인 케이는 냉정하게 몸을 돌려 걸음을 옮겼다.

　"다들 그 멍청한 놈 옆에 있지 말고 이리 와. 어쨌든 이곳에는 우리가 할 일이 널려 있다고. 그냥 못 본 채 지나가도 상관은 없지만 이런 곳에서는 도움을 주는 게 인지상정이라는 거겠지."

　가득 불은 강물이 그 넘쳐 나는 힘을 방출할 곳을 찾아 터뜨린 제방. 그곳으로 뿜어져 나온 광포한 기세의 강물이 쓸고 지나간 폐허는 정말 처참했다.

　그 처참한 모습을 본 케이는 다시 자신의 전생이 떠올랐다.

'쳇, 삼풍 백화점이 무너졌던 자리도 이랬을까. 도저히 못 봐주겠 군.'

자신 역시 상황은 좀 다르지만 재앙과 다름없는 사고 속에서 죽음의 공포를 느꼈던 적이 있었다. 그랬기에 이곳 오마의 사람들을 그냥 지나쳐 갈 수가 없는 케이였다.

마을 곳곳에 넘쳐 나는 병자들, 허물어진 건물 사이에서 신음하는 사람들, 하루아침에 갈 곳을 잃어 넋이 나간 사람들.

폐허로 변한 마을보다 폐허에 떠도는 사람들의 한숨과 고통, 슬픔이 이곳을 더욱더 어둡게 만들고 있었다.

마을 한 켠.

이전에는 무엇을 하던 곳인지 알아볼 수 없는 곳에 케이가 자리를 잡았다. 그리고 아공간을 열어 자그마한 천막을 쳤다.

"휴~ 해야 할 일이 많은 만큼 필요한 것들이 많겠어. 단순히 여행 준비 물품들만 준비해서 아공간에 넣어뒀는데 이곳에서 사람들을 도우 려면 물품들이 어마어마하게 필요하겠는걸. 퓨어, 나 잠시 아르스 노 바에 좀 다녀올 테니까 이곳 좀 부탁해."

"예."

"그럼, 다녀오지. 텔레포트."

퓨어의 대답을 들은 케이는 텔레포트를 사용해서 사라졌다.

"플라이."

아르스 노바의 상공으로 텔레포트 좌표를 잡았던 케이는 텔레포트 로 아르스 노바에 도착하자마자 플라이를 사용해 공중에 몸을 고정시

컸다. 그리고 서서히 밑으로 내려와 착지했다.

땅에 내려서자마자 케이는 곧장 시장으로 갔고 그곳에서 필요하다 싶은 물품을 닥치는 대로 사서 아공간에 집어넣었다. 돈 걱정은 없었다. 그에게는 에르데미안으로부터 받은 보석들이 남아돌았으니까.

뭐, 다 떨어지면 다시 에르데미안을 찾아가 좀 더 받아오면 된다. 그녀는 자신을 친구라고 불렀으니. 게다가 그들이 전에 받아온 어마어마한 양의 보석들도 그녀의 창고에서는 있을 때나 없을 때나 별 차이가 없었으니.

바로 옆의 도시인 오마가 홍수로 인해 막대한 피해를 입었는데도 불구하고 아르스 노바에서는 별다른 움직임이 없었다. 구호 물자를 모아서 보낼 준비도 하지 않았고, 아니, 아예 오마가 홍수로 인해 엄청난 피해를 입었다는 사실 자체를 모르는 듯했다.

그런 모습에 약간은 화가 남을 느낀 케이는 그 화를 닥치는 대로 물건을 사는 것으로 풀었다. 어차피 사야 할 물건이었기에 이렇게라도 하지 않으면 아르스 노바의 사람들에게 자신이 무슨 짓을 할지 몰랐던 것이다.

그렇게 시장 한곳을 거덜 내고 상인들에게 행복의 비명을 지르게 만들어준 케이는 곧 식료품점으로 발걸음을 옮겼다.

그리고 다시 음식들을 닥치는 대로 사서 아공간으로 밀어 넣기 시작했다. 음식들을 아공간에 넣을 때는 일단 보존 마법을 사용한 다음 넣었기 때문에 속도가 조금 더뎠다.

그렇게 시장 한 켠의 곡물 상점과 식료품점을 거덜 내고서야 케이는 시장을 벗어났다. 케이가 떠난 후 계산대 가득 쌓인 돈에 기꺼운 상점 주인들의 웃음소리만이 울려 퍼지고 있었다.

"텔레포트."

그 말과 함께 케이는 사라졌다.

천막 한쪽에 케이가 준비해 놓은 의자에 가만히 앉아 있던 퓨어는 자신의 앞에 밝은 빛이 나타나는 것을 보았다. 그 빛이 사라지자 케이가 나타났다.

"서둘러서 준비해 온다고 제대로 준비했는지 모르겠군. 그래도 일단 일을 시작해야지. 자, 나가자구."

퓨어와 세린, 발린을 데리고 천막 밖으로 나온 케이는 아공간에서 여러 가지 물품들과 도구들을 꺼내 커다란 천막을 치기 시작했다. 아직 어린아이인 세린과 발린은 큰 도움이 되지 못해 결국 케이와 퓨어 둘이서 거의 모든 일을 다했다.

천막이 완성된 후 천막의 입구를 들치고 케이가 안으로 들어갔다.

"자, 이제 이곳에 침대부터 들여놔야지."

다시 아공간을 열고 침대를 꺼내려던 케이의 시선이 바닥으로 향했다. 바닥은 아직 축축하게 젖어 있었다. 덕분에 약간 진흙탕으로 변해 발에 흙이 달라붙었다.

"젠장, 이걸 깜빡했군. 이건 위생상 별로 좋지 않은데. 결국 바닥부터 말려야 하나. 이런, 그럼 천막들을 걷어야 하잖아. 후… 시작부터 일일 꼬이는걸."

인상을 쓰며 스스로의 정신없음을 질책하는 케이지만 어쩔 수 없었다. 일단 천막부터 걷어야 했다. 결국 기껏 친 천막을 모두 걷어 다시 아공간에 넣었다. 그러자 다시 휑하니 폐허가 모습을 드러냈다.

"파이어 필드."

케이의 시동어와 함께 천막을 치려고 했던 공터에 불길이 치솟아올랐다. 갑작스레 치솟아오른 불길에 웅성거리며 모여 있던 사람들이 부리나케 달아났다.

공터에 천막을 쳤다 걷었다 하는 케이들의 모습을 보고 무슨 일인지 호기심에 모였던 사람들이 케이의 마법에 놀라 달아난 것이다. 얼마 동안이나 땅이 불타올랐을까?

한참 시간이 흐른 후 케이는 불타오르는 땅으로 성큼성큼 걸어 들어갔다. 그리고는 손으로 땅을 꼼꼼히 살펴보았다.

"흠… 좋아. 다 말랐군. 뭐, 불을 사용한 덕에 소독도 어느 정도 됐으려나."

케이의 그 말과 함께 불은 거짓말처럼 사라졌다. 그런 케이의 모습을 발린은 두 눈을 크게 뜨고 똑똑히 지켜보았다.

'역시 9서클 마스터의 대마법사 매지션 슈페리어의 능력은……'

발린은 케이가 자유자재로 주문없이 시동어만으로 펼치는 마법에 감동해 버렸다.

"자! 힘들겠지만 다시 천막을 치자구."

퓨어와 세린, 발린에게 말하는 것인지 스스로에게 말하는 것인지 큰 소리로 외친 케이는 아공간에서 천막을 칠 도구들을 하나하나 다시 꺼내기 시작했다.

어느새 천막은 다시 완성되었다. 곳곳이 부서진 폐허에 우뚝 솟은 새하얀 천막. 그 주위로 사람들이 하나둘 기웃거리기 시작했다. 케이의 마법에 놀라 모두 도망갔지만 새롭게 나타난 이 간이 건물에 궁금

중이 인 것이다.

사람의 호기심은 야누스의 두 얼굴과 같은 것이다. 그 호기심이 때로는 커다란 행운을 때로는 커다란 재앙을 가져오니 말이다. 하지만 어느 누구도 호기심의 유혹을 쉬 이기지 못한다는 면에서 호기심은 하나의 중독성이 강한 독이 아닐까?

지금 사람들은 그 독성에 이끌려 자신들에게 득이 될지 실이 될지 모르는 천막 주위로 모여들기 시작했다. 그리고 득과 실을 확신하지 못했기에 그저 근처 건물 잔해에 몸을 숨기고 힐끔거릴 뿐이었다.

그때 케이가 천막을 젖히고 밖으로 나왔다.

후닥닥.

사람들은 천막의 입구가 흔들리는 모습을 보자마자 최대한 폐허의 건물 잔해로 몸을 숨겼다.

"흠… 역시 낯선 것들은 경계하기 마련인가?"

눈에 보이지 않게 몸을 숨겼을 뿐 여전히 천막 주위에 많은 사람들이 있다는 것을 아는 케이는 여기저기 두리번거렸다. 아니, 사람들의 호흡 소리를 읽고 있었다. 잠시 입구 앞에 가만히 서 있던 케이가 발걸음을 옮겼다.

케이가 한곳을 향해 일직선으로 쭈욱 걸어가자 주변이 소란스러워졌다. 물론 숨어 있던 사람들은 최대한 조용히 있는다고 한 것이겠지만 케이와 같은 경지에 이른 인물에게는 소란스러움과 다를 바가 없었다.

원래는 비바람을 막아주는 집의 한쪽 벽이었던 듯한 건물의 잔해 앞에 케이가 걸음을 멈춰 섰다.

"거기, 뒤에 계신 분. 제가 잠시 뵈도 될까요?"

무뚝뚝한 음성. 결코 호의적이거나 살갑지 않은 음성이었다. 케이의 입에서 굵은 저음의 목소가 새어 나왔다. 그와 친한 사람이 들었다면 분명 무게감있는 듣기 좋은 목소리라 할 법했다. 그러나 아쉽게도 생면부지의 사람이 듣기에는 무척이나 무뚝뚝하기만 하고 심지어 적의도 찾을 수 있는 그런 분위기의 목소리였다.

후닥닥.

다시 한 번 주위가 소란스러워졌다. 그리고 많은 수의 사람들이 나타나 달아나기 시작했다. 얼마 전 케이의 손짓 한 번에 주위의 공터가 불바다가 되는 것을 사람들은 똑똑히 목격했다. 태어나서 마법이라고는 단 한 번도 보지 못한 사람들이 결코 볼 수 없는 수준의 마법을 이미 보았다. 그리고 그런 악마 같은 힘을 지닌 자의 목소리가 낮게 가라앉아 무뚝뚝하게 입에서 튀어나온 것이다.

그가 분명 자신들 때문에 기분이 나빠졌다고 생각한 이들은 자신들의 모습을 그 무서운 자가 보든 말든 달아나느라 정신이 없었다. 그 많은 사람들이 뒤도 안 돌아보고 줄행랑을 쳤다.

"흠… 왜 저러는 거지?"

자신의 말투에 사람들이 겁을 집어먹었다는 것을 알아차리지 못한 케이는 갸우뚱거리며 무너진 건물의 벽 뒤로 돌아갔다.

그곳에는 겁에 질려 이를 딱딱 부딪치며 부들부들 떨고 있는 한 사내가 있었다. 홍수가 터진 날 다친 것인지 한쪽 다리에 붕대 비슷한 천이 엉성하게 감겨 있었고 핏물도 제법 배어 나와 있었다.

"흠… 역시 생각대로 치료 상태가 엉망인걸. 상처도 곪은 것 같고."

사내의 상처를 확인한 케이는 눈살을 찌푸렸다. 그 사내는 여전히
겁에 질려 있었지만 케이는 그런 것에는 아랑곳하지 않았다.

"이 상처 누가 치료한 거죠?"

"저… 저… 소인은 아무것도… 제발 살려주십시오. 마법사님, 제가
잘못했습니다."

자신의 물음에 얼굴이 하얗게 질려 두 손을 앞으로 모아 싹싹 빌며
말하는 사내의 반응에 케이는 잠시 동작을 멈췄다. 갑작스러운 사내의
반응에 당황한 것이다.

"저, 왜 그러시는지 저는 당신을 해치거나 하려는 것이 아닙니다."

당황해서 입에서 새어 나온 말이라 그런 것인가? 처음 입을 열었을
때 케이의 음성에 묻어 나왔던 딱딱함이 어느 정도 사라져 있었다. 그
런 케이의 변화를 느낀 것인지 양손을 싹싹 빌던 사내는 그 동작을 멈
추고 슬며시 곁눈질로 케이의 얼굴을 슬쩍 훔쳐봤다.

"저, 정말, 소인을 해치시려는 게 아닙니까?"

떨리는 목소리로 확인하듯 묻는 사내의 모습에 케이는 슬며시 웃음
이 새어 나왔다. 자신에게 겁을 집어먹은 모습이 조금은 우스웠던 것
이다. 자신의 그런 분위기를 알지 못하는 케이는 그저 이런 그의 모습
이 순박하게 보여 웃음이 나왔다.

"물론 아닙니다. 다만 상처 치료가 엉망이라 제가 다시 제대로 치료
해 드리려고 하는 거죠."

케이의 대답보다는 케이의 얼굴에 살짝 걸린 미소가 더 믿음이 가는
걸까? 케이의 얼굴에 걸린 미소를 확인한 순간부터 사내의 얼굴은 편
안하게 바뀌었다.

"절 치료해 주신다고요? 하지만 마법사님께 치료를 받으려면 돈이 무척 많이 든다고 들었습니다만, 저는 가진 거라고는 아무것도 없는 놈입니다요."

얼굴은 편안해졌지만 케이가 치료해 주겠다는 말에 자신 같은 평민은 그런 호사는 언감생심 꿈도 못 꾸는 일이라고 고개만 저을 뿐이었다.

"제가 언제 돈을 받겠다고 했던가요? 게다가 마법으로 치료할 필요가 있는 상처도 아닌 것 같군요. 자, 따라오시죠."

케이는 사내의 한쪽 팔을 잡아 사내를 일으키고는 어깨로 부축한 후 천막으로 데리고 들어갔다. 그렇게 사내와 케이가 사라지자 다시 사람들이 한둘 모여들었다. 그리고 의혹에 물든 눈으로 천막 쪽을 바라보았다.

그 누구도 천막 가까이 다가가지 못한 채 주위만 뱅글뱅글 맴돌고 있었다.

"자, 여기 간이 침상 위에 누워보세요."

사내가 엉거주춤 침대에 올라가서 눕자 케이는 손을 재빠르게 놀려 다리에 감긴 천을 풀어냈다. 피와 고름에 엉겨 붙어 풀어내는 것이 제법 힘들었다.

"으… 으음."

피딱지와 고름과 엉겨 붙은 천이 다리에서 떨어져 나오며 다시금 피고름이 다리에서 새어 나오자 사내는 통증에 신음을 흘렸다. 얼굴 역시 심하게 일그러졌다. 비명을 지르면 눈앞의 마법사가 자신을 어찌할지 몰라 필사적으로 참는 듯한 모습이 역력했다.

"이거, 생각보다 심각한걸. 상처가 상당히 곪았어. 역시 이곳의 의학 수준은 형편없는 것인가? 세린, 운디네를 불러서 이곳 상처를 좀 씻어줘."

사내의 상처를 살펴보던 케이의 얼굴 역시 심하게 일그러졌다. 그다지 크지도 않은 상처를 제대로 치료도 하지 않고 방치한 탓에 심하게 악화되었으니 절로 화가 났던 것이다.

"운디네, 저 사람의 다리 상처를 깨끗이 씻어줘."

케이의 말에 세린은 즉시 운디네를 불러내서 케이의 말대로 했다.

운디네가 만들어낸 물줄기가 사내의 상처로 날아가 피와 고름을 깨끗이 씻겨냈다. 상처가 씻겨 나간 자리를 확인한 케이는 아공간에서 술을 한 병 꺼냈다. '드워프의 축제'라는 이름의 무척 독한 술이었다. 케이는 그 술병을 따서 술을 상처에 들이부었다.

"젠장. 치료를 하려고 해도 제대로 된 의약품이 없으니 이런 식의 응급 처치 정도밖에 못하는군. 소독약조차 없어서 술을 써야 하다니……."

투덜거리면서도 능숙한 솜씨로 사내의 다리 상처를 소독한 케이는 곧 아공간에서 붕대를 꺼내어 역시 능숙하게 잘 감싸 맸다. 그런 케이의 모습을 사내는 무척이나 신기하다는 눈으로 바라봤다.

마법사라는 존재가 대단한 능력을 지닌 신기한 사람이라는 것은 알았지만 푸른색의 망토에 손을 집어넣었다 뺄 때마다 하나하나의 물건이 나오는 것이 무척이나 신기했던 것이다.

도저히 저 망토 사이로는 들어갈 수 없을 것 같은 부피의 물건이 쏟아져 나오니 말이다.

"됐습니다. 큰 상처는 아니니 매일 소독해 주면서 깨끗한 상태만 유지해 주면 1, 2주면 나을 거예요. 그러니 내일 다시 오세요. 그리고 또 다친 사람들이 있으면 이곳으로 보내주시고요."

케이의 말에 침대에서 몸을 일으킨 사내는 자신의 오른쪽 다리를 만져 보았다. 단지 물로 씻어내고 술을 부은 것밖에는 없는 것 같은데 확실히 지금까지와는 달랐다. 당장은 큰 차이가 없는 것 같지만 뭔가 다르다는 것만은 느껴졌다.

사내의 눈에는 다시 한 번 신기하다는 감정이 짙게 일었다. 마법도 아니었다. 신성력도 아니었다. 치료사들처럼 약초를 사용한 것도 아니었다. 단지 물로 씻은 후 술을 사용해 한 번 더 씻어냈을 뿐이었다. 그런데 통증도 가라앉은 것 같고 확실히 느낌도 달랐다.

정말 신기한 경험이었다.

"정말 감사합니다, 정말 감사합니다."

사내는 침대에 앉은 채로 연신 고개를 꾸벅이며 감사하다는 인사를 했다.

"아, 별거 아니에요. 하지만 매일 치료받으셔야 합니다. 그러니 내일도 꼭 오시구요, 다른 사람들에게도 알려주세요. 상처를 입거나 병이 든 사람들에게요."

케이는 살짝 웃으며 사내의 인사를 받았다. 그리고 다른 사람들에게도 알려줄 것을 당부했다.

"예, 알겠습니다. 꼭 그리하겠습니다."

"예, 그럼 이만 가보세요."

사내는 침대에서 내려와 아직은 불편한 다리를 절뚝이며 천막 밖으로 나갔다. 나가면서도 연신 고개를 꾸벅이며 감사하다고 인사하는 것을 잊지 않았다.

"우와, 케이 오빠, 어떻게 그런 방법으로 치료할 수 있는 거예요?"

"케이, 약초도 사용하지 않고 치료를 하는 방법도 있는 건가요?"

"케이님, 대단해요."

사내가 천막 밖으로 나가자 세 곳에서 동시에 서로 다른 말들이 터져 나왔다.

"응? 이거 그냥 내가 아는 치료법이야. 너무 신경 쓰지 마."

케이는 무덤덤하게 별거 아니라는 듯한 표정으로 말했다. 그러나 그런 반응은 오히려 질문한 사람들의 호기심을 더욱 부채질하는 법. 세린의 표정이 심상치 않게 변했다.

그런 세린의 변화를 눈치 챈 케이가 선수를 쳤다.

"그보다 앞으로 사람들이 오면 계속 세린의 도움이 필요할 거 같은데 도와줄 수 있지? 일단 상처를 깨끗한 물로 씻어내야 하는데 그러기에는 운디네가 최고 좋은 방법이라서 말이야."

케이의 대답에 뭔가 더 물으려 입을 열던 세린은 그 맥을 끊어버리는 케이의 부탁에 어버버거리다가 고개를 끄덕이며 승낙했다. 하지만 그런 그녀의 얼굴은 무언가 억울하다는 기색이 역력했다.

"그런데 케이, 케이 정도의 실력이면 마법으로 치료하는 편이 더 좋지 않나요?"

케이의 치료 방법을 신기하게 생각하던 퓨어가 입을 열었다. 케이는 이미 9서클 마스터를 이룬 드래곤을 제외하고는 류블라드에서 최고의 마법사이다. 게다가 일반적인 인간들과는 달리 어마어마한 마나를 몸에 저장하고 있다. 그런 그라면 힐링이나 디스커버리를 사용하는 편이 훨씬 수월하고 효과도 빠를 터인데 마법을 사용하지 않고 신기한 방법을 사용해 치료를 했기에 물어보는 것이다.

"글쎄? 직업 정신이라고 할까? 왠지 마법을 사용해서 치료하고 싶지가 않더라고. 사람은 누구나 자신의 몸을 스스로 치료하는 능력을 지니고 있어. 마법을 사용하면 왠지 그런 능력이 약해질 것 같아서 말야. 그리고 무엇보다 내 전직이 있으니 어쩌겠어?"

퓨어의 의문에 케이는 한줄기 미소와 함께 답해주었다.

"그나저나 사람들이 들어오면 다들 좀 도와달라구. 이곳에는 치료에 필요한 약초 같은 것은 없으니 어디까지나 임시적인 응급 처치만 가능해. 그래도 제법 바쁠 것 같으니 사람들이 몰려들면 좀 도와줘. 발린은 사람들이 들어온 순서대로 기다리게 하고 세린은 정령을 이용해서 도와주고. 그리고 퓨어는 기다리는 사람들 중에서 상태가 위급하다 싶은 사람들을 찾아서 먼저 나에게 데리고 와줘."

"예."

이번에는 세 곳에서 같은 말이 튀어나왔다. 그 즈음 천막의 입구가 움직였다.

"저, 이곳에서 다친 사람들을 무료로 치료해 주신다고 해서 찾아왔습니다만……."

한쪽 팔에 붕대로 보이는 천을 동여 감은 40대 후반으로 보이는 여인이 들어왔다.

"이쪽으로 앉으시죠."

그렇게 오마에서 케이의 치료 활동이 시작되었다. 한 사람, 두 사람 케이의 천막을 찾기 시작했고 소문은 오마에 서서히 퍼져 나갔다.

곧 천막 앞은 사람들로 북적이기 시작했고 발린은 그 사이를 뛰어다니며 줄을 세우느라 정신이 없었다. 일부 과격한 사람들이 순서를 무시하고 난동을 피우기도 했다.

발린은 3서클 러너의 수준이지만 분명한 마법사였다. 그러나 난동을 피운 사람은 덩치는 크지만 일반 평민일 뿐이었다. 발린이 한 손 위에 파이어 볼을 살짝 캐스팅하자 곧 소란은 잠들었다.

그리고 사람들은 발린의 지시를 충실히 따랐다. 발린이 마법사라는 것을 알게 되자 어리다고 무시하던 사람들이 고분고분해진 것이다.

그렇게 발린이 질서 정연하게 사람들을 정리하고 퓨어가 그 사이사이를 돌아다니며 상처가 심한 사람이나 위독한 사람들을 찾아다녔다.

천막 입구의 상황이 이렇다면 천막 안 역시 정신없었다. 쉼없이 들어오는 환자를 치료하느라 무척이나 바빴다. 하지만 바쁘기만 한 것이라면 별문제가 되지 않았다. 케이는 일반적인 사람이 아니었으니까.

문제는 절대적으로 부족한 의약품이었다. 간단한 응급 처치 정도의 치료밖에 할 수 없었기에 심한 상처를 입고 들어온 사람들에게는 마법을 사용할 수밖에 없었다. 내키지 않았지만 현재로서는 방법이 그것밖에는 없었다.

물론 완치시키지는 않았다. 마법을 사용해 어느 정도 아물게 한 후 소독하고 붕대를 감는 식으로 치료를 했다.

"젠장, 이렇게 의약품이 부족해서야. 산으로 가서 약초라도 구해야겠군. 게다가 도구도 부족해. 이런 단검이나 조잡한 도구로는 제대로 된 치료가 힘들다고."

케이의 손은 환자의 상처를 치료하고 있었지만 입은 투덜거리고 있었다. 현재의 상황이 너무나 답답했기 때문이다. 한국에서 의사 생활을 할 때는 상상조차 하지 못했던 환경이었다. 아니, 명나라의 의료 수준도 이곳보다는 나았다.

신관과 마법사라는 존재가 이곳의 의학을 이토록 저급한 수준으로 남아 있게 한 것일까? 케이는 그냥 마법을 사용해 이곳에 모인 사람들을 모두 치료할까란 충동도 여러 번 느꼈다.

천막 밖에 얼마나 많은 사람이 모여 있는지는 느낄 수 있었다. 그리고 그 많은 사람 모두에게 치료 마법을 사용하는 것은 케이 자신에게는 가능했다. 물론 마나 고갈로 뻗어버리겠지만 말이다.

그러나 머리를 저었다. 상처라는 것은 아픔을 느끼며 천천히 나아야 하는 것이다. 상처를 회복하는 것이 얼마나 힘든 것인지 느껴야 한다. 그래야 이들은 자신의 몸을 좀 더 소중히 여기리라.

물론 이들이 몸을 마구 굴려서 이렇게 다친 것은 아니다. 홍수라는 천재지변으로 인해 이렇게 다친 불가항력적인 상처다. 그러나 마법이라는 이 세상 밖의 힘과 같은 그 힘을 이용해 손쉽게 상처를 치료해 버린다면 이들은 상처가 가지는 무게를 우습게 여길 수도 있었다.

그것이 케이가 마법을 꺼리는 이유였다. 생명이 위독하다면 어쩔 수 없지만 그렇지 않다면 상처를 치료하는 것이 얼마나 아프고 힘든 것인지 느껴야 한다. 그래야 몸의 소중함을 느낄 것이다.

그리고 또 하나 똑똑하고 눈썰미 있는 이가 있어서 자신의 치료 방법을 배운다면 이런 외과적 상처에 대해서는 어느 정도 적절한 처치법도 배우리라. 언제까지 자신이 이곳에서 이렇게 치료를 해줄 수는 없다. 이런 간단한 상처 정도는 그들 스스로 치료할 수 있게 해주고 싶었다.

그렇게 생각을 머리로 떠올리고 손은 환자를 치료하고 입은 현재의 상황에 대해 투덜거리고 있는 케이는 무척이나 바빴다. 정신없이 바쁜 가운데에서 시간은 잘도 흘러갔다. 어느새 해가 졌고 사위가 어둠에 잠겼다.

사람들은 밤이 되었음에도 꿋꿋이 자리를 지키고 순서를 기다렸다. 그러나 어느 순간부터인가 더 이상 천막 안으로 들어가는 사람이 없었다. 분명 천막에서 치료를 받은 사람은 나오고 있었지만 들어가는 사람은 없었다.

더 이상의 사람이 천막에서 나오지 않게 되었을 때 케이가 천막 입구를 젖히고 모습을 드러냈다.

"오늘의 치료는 여기까지입니다. 아직 치료를 받지 못한 분은 내일 다시 와주십시오. 치료에 필요한 약초와 도구를 준비해야기에 오늘은 여기서 치료를 마치도록 하겠습니다."

사람들은 묵묵히 케이의 말을 들었다. 그러나 일어나 움직이는 사람은 아무도 없었다. 케이의 말을 듣고 자리에서 일어났다가는 날이 밝은 후 다시 이곳에 와서 얼마나 기다려야 할지 몰랐기 때문이다.

그들은 그저 그렇게 앉아서 자신의 차례를 기다리고 있었다. 날이 밝을 때까지.

"케이, 이게 어떻게 된 일이죠?"

언제 온 것일까? 초췌한 모습의 바볼랏이 얼굴 가득 놀람을 떠올리고는 케이를 향해 물었다. 자신의 말에도 꼼짝 않는 사람들의 모습에 난감해하던 케이는 바볼랏의 말소리에 그를 돌아보았다.

"보는 대로."

케이의 대답은 간결하고 차갑기 그지없었다.

"케이가 이 천막들을 세우고 다친 사람들을 불러 모아서 치료해 주고 있었어요."

언제 다가온 것일까? 퓨어가 바볼랏의 물음에 답해주었다.

주르륵.

퓨어의 대답을 들은 바볼랏의 두 눈에서 눈물이 흘러내렸다.

"전… 전 무얼 하고 있었던 거죠?"

서서히 무릎을 꿇으며 바볼랏은 흐느끼기 시작했다.

"성스러운 강 일리나가 사람들에게 재앙을 주었지만 이미 지난 일인 것을… 이미 몰아쳐 지나간 재앙은 잊고 살아남은 사람들이 새로이 살 길을 찾아야 했는데… 신관이라는 전 무얼 했던 거죠? 단지 일리나만을 원망하며 그 강 앞에서 하루 종일 서서 무엇을 했던 걸까요?"

해질녘 바볼랏은 정신을 차리고 강가를 벗어났다. 그리고 구름같이 모인 사람들을 발견했다. 또 그들이 모인 곳의 중심에 있는 흰 천막도 보았다. 그리고 사람들 사이를 바쁘게 뛰어다니는 발린과 퓨어도 보았다.

바볼랏은 다시 멍하니 넋이 나가 버렸다. 저렇게 많은 사람들이 살아 있는데… 병들고 다쳐 신음하고 있는데 그 속에서 케이와 그의 일행은 저리도 힘들게 그들을 도와주고 있는데 신관이라는 자신은 무얼 하고 있었던 것일까?

자괴감이 밀려왔다. 처음에는 일리나에 대한 원망에 혼(魂)이 나갔다면 이번에는 자신에 대한 자괴감에 백(魄)이 나갔다.

정신을 차렸을 때쯤 케이가 나와 사람들에게 무어라 말하고 있었다. 정신없이 케이를 향해 걸음을 옮겼다. 그리고 케이의 차가운 한마디에 뒤이은 퓨어의 말에 눈물을 흘렸다. 무릎을 꿇었다. 서럽게 울었다. 괴로웠다. 스스로가 실망스러웠다. 스스로를 부수었다.

입은 의지와는 상관없이 움직였다. 가슴에 쌓여 있던 무언가가 서서히 빠져나가기 시작했다. 그리고⋯

해야 할 일을 깨달았다.

"정말⋯ 제 자신에게 면목이 없군요. 신관이라 자부하던 제가 이렇게 무기력하게 있었다니 말입니다."

이제 진정이 된 듯 눈물을 멈춘 바볼랏이 몸을 일으키며 말했다.

"이제 정신을 차린 건가?"

여전히 케이의 목소리는 쌀쌀했다.

"다행이에요, 바볼랏. 솔직히 아까 바볼랏의 모습은 바볼랏답지 않았어요. 이제라도 이렇게 제 모습을 찾아서 다행이에요."

어둠에 잠긴 밤에 싱그러운 미소를 띤 퓨어가 안도의 표정을 지었다. 어느새 곁으로 다가온 세린과 발린의 표정도 밝아져 있었다.

"저는 무얼 하면 되죠? 가만히 있어서는 안 되겠군요."

바볼랏이 케이를 보며 물었다.

"쳇, 따라와."

퓨어, 세린, 발린이 도와주었지만 솔직히 손이 딸렸다. 세린은 자신의 치료를 도와야 했고, 발린은 밖에서 사람들을 순서대로 줄을 세워야

했고 퓨어는 응급 환자를 찾아야 했다. 그사이 밖에서 기다리는 환자들을 돌봐줄 사람이 절실했다.

그때 바볼랏이 정신을 차리고 왔으니 케이도 내심 반갑기는 했다. 여전히 쌀쌀맞은 모습을 유지하고 있지만 말이다.

게다가 약초를 찾으러 가려면 엘프인 퓨어와 동행을 해야 했다. 발린과 세린만 이곳에 두고 가기에는 불안했다. 아니, 천막 밖에 진을 치고 앉아 기다리는 사람들이 불안했다. 둘에게 맡기고 가기에는 사람들이 너무나 많았다.

그리고 밤이 되며 차가워진 공기에 저들을 그냥 방치할 수도 없었다. 돌봐줄 사람이 필요했던 것이다.

케이는 아공간에서 수많은 음식 재료들과 모포를 꺼내놓기 시작했다. 커다란 솥도 여러 개 꺼냈다. 바볼랏은 묵묵히 그 모습을 지켜보았다.

"난 약초를 찾으러 다녀와야겠어. 퓨어를 데려가야 하니까 밖에 있는 사람들을 돌봐줘. 그리고 혹시나 알량한 신성력을 믿고 신성력으로 저들을 치료하려 하지 마라. 그러다간 네 녀석이 먼저 죽을 테니까. 위독한 환자만 신성력을 이용해서 상태를 진정시키는 정도로만 하라구."

제법 긴 말을 했지만 여전히 억양의 고저가 없는 쌀쌀하기만 한 말이었다. 그러나 그런 케이의 행동에는 아랑곳 않고 바볼랏은 고개를 끄덕였다. 그리고 세린과 발린을 불러 솥을 밖으로 내가기 시작했다.

그 모습을 본 케이는 고개를 끄덕이고는 퓨어에게 다가갔다.

"이곳은 저 녀석에게 맡겨두고 우리는 약초를 찾으러 가도록 하자구. 오늘은 정말 힘들었어. 의약품의 필요가 절실하다구. 내가 살던 곳

정도의 수준은 못 미치더라도 일단 약초라도 있어야겠어."

"알겠어요. 그럼 가도록 하죠."

"그래, 난 이 세계의 약초에 관해서는 잘 모르니까. 그럼 텔레포트."

퓨어의 대답을 들은 케이는 텔레포트를 사용해 천막 앞에서 사라졌다. 주위에 옹기종기 앉아서 긴 행렬을 이루고 있던 사람들은 무척이나 놀랐지만 바볼랏은 그곳엔 신경도 쓰지 않은 채 묵묵히 음식을 준비했다.

솥 밑에는 세린이 불러낸 카사가 하나씩 자리 잡고 열기를 뿜어내고 있었다. 운디네들은 솥에 물을 채우고 있었다. 사람들은 그런 정령의 모습을 신기한 듯 바라보느라 어느새 케이가 사라지는 모습은 잊어가고 있었다.

"이곳은?"

텔레포트로 이동한 곳에 도착한 퓨어가 주위를 둘러보며 입을 열었다.

"그래, 드워프의 마을이야. 약초를 찾기 전에 부탁할 것이 있어서."

그렇게 말한 케이는 곧장 하이달로그의 집을 향해 걸음을 돌렸다.

똑똑똑.

케이가 문을 두드리는 소리가 울려 퍼졌다. 그 소리에 문이 열리며 하이달로그가 문밖으로 모습을 나타냈다.

"흠, 처음 보는 얼굴인데 누구신지⋯⋯?"

"안녕하세요, 하이달로그님."

하이달로그가 케이의 위아래를 훑어보며 누구인지 기억을 더듬고 있을 때 퓨어가 앞으로 나서며 인사를 건넸다.

"아, 퓨어 양이로군. 그래, 어쩐 일인가? 그리고 이 청년은 누구고?"

퓨어를 발견한 하이달로그는 반색을 하며 그녀를 맞았다.

"전에 말씀드린 검을 쓰는 또 다른 일행이에요. 하이달로그님께서 만들어주신 검을 가진 사람이죠."

하이달로그의 궁금증을 풀어주기 위해 퓨어가 케이를 소개했다.

"케이라고 합니다. 처음 뵙겠습니다."

"아, 그래? 응? 케이라고? 케이라면……."

케이가 이름을 말하자 고개를 끄덕이던 하이달로그는 무언가 이상한 것을 느낀 것인지 눈을 가늘게 떴다.

"예, 저희 일행의 늑대와 같은 이름이죠. 그 녀석은 제 분신과도 같은 녀석이라 제 이름을 따서 지었거든요."

하이달로그의 반응이 무엇 때문인지 눈치 챈 케이가 이름에 관한 설명을 덧붙였다.

"아, 그런가? 그렇구먼. 이런, 손을 밖에 세워두다니… 어서 들어오게나."

하이달로그는 케이와 퓨어를 이끌고 안으로 들어갔다.

식탁 위에는 향기로운 내음이 감도는 차가 올려졌고 셋은 의자에 앉아 있었다.

"그래, 이렇게 갑자기 찾아온 용건이 뭔가?"

차를 내오고 자리에 앉은 후 하이달로그가 물었다. 드워프다운 직선적인 물음이었다.

"염치없지만 부탁드릴 것이 있어서 찾아왔습니다. 몇 가지 만들어주셨으면 하는 것이 있어서요."

직선적인 물음에 직선적인 대답이었다. 케이는 품에서 종이 몇 장을 꺼내 들었다. 그곳에는 핀셋이나 메스 같은 현대의 의료 기구들과 침이 그려져 있었다.

치료를 마치고 천막 밖으로 나오기 전에 마법으로 그려서 챙겨둔 것이었다.

"흠… 처음 보는 도구들이로군. 몇 가지는 낯이 익은 것도 있고 말이야. 그래, 이것들은 어디에 쓸 것들인가?"

몇몇 생소한 모양의 의료 기구에 하이달로그는 관심을 보이며 물었다. 케이는 그 물음에 대한 대답을 간결하게 했다. 그들에게 시간은 많지 않았기 때문이다.

오마의 홍수에 관해 간략히 이야기하고 자신의 의술에 대해 적절히 진실과 거짓을 섞어 설명했다.

케이의 짧은 이야기를 묵묵히 듣고 있던 하이달로그는 고개를 끄덕였다.

"좋네. 나쁜 일에 쓸 것도 아니고 사람들을 구하기 위해 쓴다니 도와줘야겠지. 내일 아침 일찍 찾아오게. 내 만들어둘 테니."

하이달로그는 흔쾌히 대답하고는 케이가 준 종이를 들고 작업실로 걸음을 옮겼다.

"배웅은 않겠네. 그럼 내일 보세."

하이달로그의 마지막 말을 들은 케이와 퓨어는 문을 나섰다. 그리고 숲을 향해 빠르게 내달렸다.

드워프의 산 곳곳에 숨어 있을 약초들을 찾기 위해서였다. 숲의 종족인 엘프는 약초에 관한 지식이 대단했다. 인간들의 사회에 치료사라 불리는 이들 모두 엘프들에게서 흘러나온 약초를 이용한 치료법을 행하는 사람들이었다.

엘프와의 교류가 거의 없었기에 엘프와 친분을 가지게 된 몇몇 여행자들에게서 조금씩 흘러나온 지식이었기에 치료사의 치료법은 조악하기 그지없었다.

하지만 엘프인 그것도 하이엘프인 퓨어의 약초에 대한 지식은 대단했다. 검에 미쳐 세월을 보내 엘프다운 모습을 보여주지 못한 퓨어였지만. 심지어 정령조차 제대로 다루지 못했던 퓨어였지만 그래도 엘프인지 숲에 관한 지식은 대단했다. 물론 그 지식의 범주에는 약초에 관한 지식도 포함되어 있었다.

산속을 얼마나 헤맸을까? 무척 많은 양의 약초를 찾아 케이의 아공간에 넣었다. 약초를 찾는 동안 케이는 류블라드의 약초에 대해 퓨어에게 배울 수 있었다. 지구의 것과 비슷하거나 같은 것도 있었고 또 생전 처음 보는 생소한 것들도 있었다.

그 모든 것들은 케이의 머리 속에 이해되어 한쪽에 쌓여가고 있었다. 서서히 동녘 하늘이 붉은 어스름을 보이고 있었다. 날이 밝아오자 케이와 퓨어는 멈춰 섰다.

"벌써 아침인가? 일단은 오마에 돌아갔다가 다시 하이달로그님께 들르도록 하지."

퓨어는 묵묵히 케이의 말을 따랐고 곧 텔레포트로 그들은 사라졌다.

밝은 빛에 휩싸이며 케이와 퓨어가 천막 앞에 나타났다. 갑작스레 밝은 빛이 한 공간에 나타나자 사람들은 웅성거리며 그곳을 쳐다보았다. 그리고 그곳에서 케이와 퓨어가 나타나자 웅성거림은 멎었다.

케이가 대단한 마법사라는 것은 이곳에 모인 사람들은 이미 누구나 아는 사실이었다. 얼마나 대단한 마법사인지 그 정도를 정확히 모를 뿐이지만.

바볼랏이 사람들을 잘 돌봤는지 모포를 몸에 두르고 수프를 홀짝이는 모습들이 눈에 띄었다. 세린과 발린이 바쁘게 뛰어다니며 사람들에게 수프가 담긴 그릇을 나눠 주는 모습도. 그리고 그 외에도 처음 보는 사람들이 열심히 뛰어다니며 모포를 나눠 주고 빈 그릇을 회수하는 모습도 눈에 띄었다.

"아! 케이, 돌아왔군요."

여기저기 걸린 솥을 번갈아 열심히 휘저으며 수프를 만들던 바볼랏이 케이와 퓨어를 발견하고 다가왔다.

"저들은?"

바볼랏이 다가오자 생소한 모습의 사람 몇몇을 턱 끝으로 가리키며 케이가 여전히 쌀쌀한 어조로 물었다.

"아, 저희를 돕겠다고 나선 사람들입니다. 상처도 별로 없고 몸도 건강해서 일을 맡겼습니다. 한 손이 아쉬울 때니까요."

어느새 충격에서 벗어났는지 바볼랏은 차가운 케이의 태도에도 유들거리는 웃음을 지어 보였다.

바볼랏의 대답에 고개를 끄덕인 케이는 천막 안으로 들어갔다. 아공간에서 수많은 수의 '드워프의 축제'를 꺼냈다. 그리고 몇 가지 도구를 꺼내어 어떤 장치를 만들었다. 그리고는 파이어 볼을 사용해서 술병들을 가열하기 시작했다.

"쳇, 일단 소독약부터 만들어야지. '드워프의 축제'가 독한 술이긴 해도 40도 정도밖에 안 돼. 에탄올 함량이 60퍼센트가 넘지 않으면 소독력은 거의 없는 거나 다름없으니 어제 치료는 정말 임시방편에 지나지 않았어. 이렇게 증류라도 해서 에탄올 70퍼센트의 소독약을 만들어야지."

케이는 중얼거리며 술병들을 가열했고 술병에서 새어 나오는 증기를 장치한 도구를 이용해 한쪽 병에 모았다. 그렇게 수십 병의 '드워프의 축제'를 동시에 가열했다. 물론 수십 개의 파이어 볼을 이용해서.

"휴, 일단 시간이 없으니 이 정도만 해야겠군."

어느 정도 소독약이 모이자 케이는 증류 작업을 마쳤다. 그리고 다시 그 모든 도구와 병들을 아공간에 넣었다.

"이제 하이달로그님에게 맡긴 물건을 찾아와야 하는 건가? 텔레포트."

케이는 불꽃 마을로 텔레포트를 했다. 마을에 도착하자마자 빠른 걸음으로 하이달로그의 집으로 향했다. 갑자기 밝은 빛에 휩싸여 나타난 케이의 모습에 마을의 드워프들은 어리둥절해했지만 그가 하이달로그의 집으로 향하는 것을 보고는 모두 관심을 거두었다.

똑똑똑.

"들어오게."

케이의 노크에 집 안에서 대답이 들려왔다.

끼익—

제법 시끄러운 소리를 내며 문이 열렸다. 문을 열고 케이는 성큼성큼 집 안으로 걸음을 옮겼다. 이미 식탁에 하이달로그가 앉아서 차를 마시고 있었다. 식탁 위에는 케이가 부탁한 물건들이 밝은 빛을 내며 곱게 놓여 있었다.

"여기 있네."

찻잔을 내려놓으며 하이달로그가 식탁 위를 가리켰다. 그러나 하이달로그가 말하기 전에 케이는 이미 그 물건 하나하나를 들어서 확인하고 있었다.

"정말 훌륭하군요! 대단하십니다!"

케이는 정말 마음에서 우러나오는 감탄을 토해냈다. 드워프의 솜씨는 이미 은무를 통해 겪어봐서 알았지만 그래도 역시 대단했다.

"허허, 뭘 그 정도 가지고 그러나. 자네가 준 도면대로 만든다고 노력은 했네만 제대로 됐는지 모르겠군."

케이의 감탄에 하이달로그의 얼굴에 밝은 웃음이 떠올랐다.

"아니요, 완벽합니다! 정말 감사합니다!"

"제대로 됐다니 다행이구먼. 자네, 바쁘지 않은가? 이만 가보게나. 나도 밤샘 작업을 했더니 졸리는구먼 그래."

기분 좋게 웃던 하이달로그는 늘어지게 하품을 하며 케이에게 손을 휘저었다. 그런 하이달로그를 보며 케이는 다시 한 번 마음에서 우러나는 감사를 표현하고는 텔레포트로 사라졌다.

"흠… 대단한 친구야. 텔레포트를 저리 쉽게 사용하다니. 근데 왠지 분위기가 낯설지가 않고 익숙하단 말야. 하~ 암, 정말로 자야겠어."

케이가 풍기는 익숙한 분위기에 고개를 갸우뚱거리던 하이달로그는 다시 한 번 입 밖으로 나온 늘어지는 하품과 함께 침실로 향했다.

다시 천막 안으로 텔레포트한 케이는 흠칫 놀랐다. 퓨어와 바볼랏, 세린, 발린이 천막 여기저기를 움직이며 무언가를 찾고 있었던 것이다. 그러다가 자신이 나타나자 모두 시선이 자신에게 고정되는데 그때 놀라고 말았다.

"케이, 갑자기 사라져서 놀랐어요. 어딜 다녀온 거죠?"

케이를 발견한 퓨어가 빠른 속도로 케이에게 물었다.

"아, 어제 하이달로그님께 부탁한 물건들을 찾으러……."

"그럼 그렇다고 말을 하고 갔어야지요. 갑자기 사라져서 걱정했다구요. 밖에 사람들도 어서 치료를 해달라고 하나둘씩 말하기 시작했고요."

케이의 말이 다 끝나기도 전에 다시 퓨어의 입에서 말이 쏟아져 나왔다. 갑자기 사라진 케이 덕에 상당히 놀랐던 모양이다.

"아, 알았어. 그러면 어서 환자를 보도록 하지."

평소 보지 못했던 퓨어의 단호한 모습에 더듬거리며 대답한 케이는 환자들을 볼 준비를 했다.

"참, 오늘은 퓨어도 옆에서 도와줘. 아무래도 약초에 대해서는 퓨어가 더 잘 아니까 말야. 그리고 바볼랏은 밖에서 사람들을 돌봐주고."

그렇게 케이가 일행에게 지시를 하자 다들 바쁘게 움직였다. 그리고 환자들이 들어오기 시작했다. 다시 바빠지기 시작했다. 그러나 전날 케이의 입에서 나오던 투덜거림은 거의 없어졌다.

조잡하게나마 '드워프의 축제'를 사용해서 만든 소독약도 있었고 약초들도 있었다. 다친 사람과 병에 걸린 사람 두루 치료할 수가 있었다. 그렇게 케이와 세린, 퓨어는 정신없이 환자들의 치료에 빠져들었다.

중간중간에 바볼랏이 선별해서 들여보낸 응급 환자들도 치료를 했다. 환자들의 치료는 순조롭게 이루어졌다.

동쪽 하늘을 밝게 비추던 해는 느릿느릿 움직이는 듯했지만 어느새 시간은 점심때를 넘어서고 있었다. 세린의 도움으로 바볼랏은 간단한 스튜를 만들었다. 도움을 주기 위해 자발적으로 나선 사람들의 손을 빌려 사람들에게 바볼랏은 자신이 만든 스튜를 식사로 나누어 주었다.

치료를 하느라 정신없는 케이와 퓨어에게도 한 그릇씩 돌아갔지만 그 둘은 스튜가 식어가는데도 먹을 시간도 없이 환자들을 치료했다.

이런 천막의 소문은 곧 오마 성 전체로 퍼져 갔다. 헤이트론의 신관이 있는 무료 치료소에 관한 소문에 사람들은 쉼없이 몰려들었고 케이는 정말 정신없이 바빠졌다.

어느새 몇몇 마을 여인들이 천막 안으로 들어와 케이와 퓨어를 돕고 있었다. 세린이 바볼랏을 돕기 위해 밖으로 나갔기에 정령 소환은 퓨어가 맡고 있었다. 그렇게 바쁘게 움직이는 둘의 모습을 본 바볼랏이 돕겠다고 찾아온 몇몇을 안으로 들여보낸 것이다.

케이와 퓨어는 치료에 열중해 있던 터라 천막으로 들어온 그녀들의 존재를 전혀 알아차리지 못하고 있었다. 어느 순간부터인가 치료를 끝낸 후 붕대를 감는 것은 다른 사람의 손으로 넘어가 있었는데도 그것을 알아차리지 못한 것이다. 그 정도로 그들은 바쁘게 사람들을 치료했다.

상처를 입고 온 사람들은 소독약으로 소독을 하고 퓨어의 조언으로 약초를 바르고 붕대를 감아주는 것으로 치료가 끝났다. 그리고 병이 있는 사람에게는 침을 놓았다. 침을 놓을 때 케이의 손은 눈에 보이지 않을 정도로 빠르게 움직였다.

그러던 어느 순간 자신들을 돕고 있는 여인들을 발견한 케이는 흠칫 놀랐다. 자신조차 천막 안에 환자 이외의 존재가 들어온 것을 알아차리지 못했기 때문이었다. 그 정도로 케이는 치료에 집중하고 있었던 것이다. 간호사와 같은 역할을 하고 있는 그녀들을 발견한 케이는 놀라는 한편 잠시 얼굴을 들고 허리를 펴고는 한숨을 돌렸다.

얼마 만에 이렇게 허리를 펴는 것인지 모를 정도였다. 이왕 허리를 편 김에 잠시 여유를 가지고 주위를 둘러보았다. 치료를 다 받고 천막 밖으로 나가는 사람들이 보였고 상처가 심해서 간이 침대 위에 몸을 누인 사람도 보였다. 침을 맞고 침대에 눕거나 엎드린 사람도 보였다.

간이 침대는 이제 거의 빈 곳을 찾을 수 없을 정도였다. 그러나 아직도 밖에는 많은 사람들이 순서를 기다리고 있으리라. 그런 생각에 다시 한 번 각오를 다지고 치료를 시작하려던 케이의 몸이 딱딱하게 굳었다.

놀란 듯 얼굴을 쳐든 케이는 다시 한 번 간이 침대를 둘러보았다. 그리고 얼굴이 일그러졌다.

"이런 젠장."

씹어 뱉는 한마디가 케이의 입에서 흘러나왔다.

"그걸 잊고 있었다니……."

험악하게 일그러진 얼굴로 씹어 뱉는 그의 말에는 묘한 자책감이 어려 있었다.

"왜 그러죠, 케이?"

갑작스레 케이가 내뱉은 말에 놀란 퓨어가 케이를 쳐다보았다. 그리고 그제야 그녀도 천막 안에 들어와 있는 생소한 사람들의 존재를 눈치 챘다.

"까맣게 잊고 있었어, 사람들이 너무 많이 몰려드는 바람에. 이런 수해 지역에서 주의해야 할 게 무언지 말이야."

잔뜩 일그러뜨린 얼굴로 케이가 한마디 한마디 내뱉었다.

"무슨 문제라도 생긴 건가요?"

"그래, 퓨어도 나와 같이 사람들을 치료하면서 뭔가 느끼지 못했어? 나도 너무 정신없어 놓치고 있었으니 할 말은 없지만 말야."

케이의 말에 퓨어는 얼굴을 갸웃거리며 주위를 둘러보았다.

"글쎄요… 저는 잘……."

케이가 무엇 때문에 그러는지 모르겠다는 표정으로 퓨어가 주위를 살폈다.

"아!"

그러다가 무엇을 발견했는지 낮은 탄성을 내뱉었다.

"그러고 보니 비슷한 증상을 보이는 사람들이 제법 되네요."

"그래. 젠장! 내가 왜 이걸 깨닫지 못하고 있었지? 수인성 전염병을 주의해야 한다는 것은 충분히 배우고 익혔으면서……."

퓨어가 알아차린 듯하자 케이는 다시금 자신을 자책했다.

"예? 케이, 수인성 전염병이요? 아니, 전염병이라구요?"

케이가 내뱉은 말 중 생소한 단어가 들리자 퓨어는 고개를 갸웃거렸다. 그러나 곧 전염병이라는 말을 알아차리고 놀란 얼굴을 했다.

"아, 그런 게 있어. 난 아무래도 다른 조치를 좀 취해야 할 것 같으니까 퓨어가 여기 환자들 좀 봐줘."

퓨어의 대답도 듣지 않고 케이는 서둘러 천막 밖으로 나갔다.

"세린! 어디 있어? 세린!"

"예, 케이 오빠! 저 여기 있어요."

케이가 다급하게 자신을 찾자 세린이 큰 소리로 대답하며 케이에게 달려왔다. 천막 주위에 모여 있던 사람들은 갑자기 케이가 천막 밖으로 모습을 드러내자 하나둘 그 주위로 모여들었다.

그런 그들의 눈에는 경외와 존경이 깊숙이 자리하고 있었다.

"세린, 사람들이 마시는 물은 어떻게 하고 있지?"

"예? 물요? 일단 여기 있는 사람들 중 몸이 성한 사람이 마을 우물에서 떠오는데요?"

"그래? 그럼 그 물 몽땅 버려. 그리고 네가 운디네를 소환해서… 아니, 운디네로는 부족하려나? 물의 중급 정령을 불러내서 사람들의 식수를 해결하도록 해. 아니, 식수뿐만 아니라 씻는 물도. 혹시 물이 모자라서 우물물을 쓰려거든 반드시 끓여서 식힌 후 사용하도록 해."

"예? 예."

쉬지 않고 빠르게 튀어나온 케이의 말을 얼떨떨하게 듣던 세린이 반사적으로 대답했다.

"그래, 부탁한다. 바볼랏!"

세린에게 말을 마친 후 케이는 멀리 보이는 바볼랏을 향해 달려가며 그를 불렀다. 바볼랏은 이제 활기 넘치는 얼굴로 사람들을 돌보고 있었다.

"예? 케이, 무슨 일이죠?"

사람들을 돌보던 바볼랏은 눈을 동그랗게 뜨고 갑자기 자신에게 달려온 케이를 쳐다보았다.

"지금 당장 따라와, 몇 가지 문제가 생겼으니까. 아, 그리고 힘 좀 쓸 수 있을 것 같은 사람들 좀 데리고."

자기 할 말만 한 케이는 몸을 돌려 다시 천막 쪽으로 돌아갔다. 그런 케이의 모습에 바볼랏은 영문도 모른 채 케이의 뒤를 따랐다. 자신을 도와줄 청년 몇을 대동하고는…….

케이는 이미 쳐놓은 천막 옆의 집들이 무너진 곳 앞에 서 있었다. 바볼랏과 그 외 청년들은 그런 케이의 뒤로 다가왔다.

"이곳… 이젠 필요없는 곳이겠지? 아니, 필요한 곳이라도 지금은 급한 상황이니 잠시 주인에게 양해없이 좀 빌려 써야겠어."

심하게 무너져 이전까지는 집들이 있었다는 흔적만을 보여주는 폐허 앞에서 케이는 담담하게 말했다.

"아이스 필드."

간결한 시동어. 그러나 그 시동어의 결과로 그 집들의 잔재는 급속도로 얼어가고 있었다. 케이의 뒤에 있던 바볼랏과 그 외 사람들은 자신들의 얼굴을 강하게 치는 한기에 몸을 부르르 떨었다.

집이 다 얼어갈 때쯤 케이는 또 나직이 다른 마법의 시동어를 외웠다.

"파이어 필드."

아이스 필드로 강하게 얼려 버린 후 바로 뒤이어 시전된 파이어 필드. 극히 짧은 시간 동안 생성되어 버린 엄청난 온도의 차이. 두 상극의 마법의 결과로 폐허에 있던 홍수의 잔재들은 순식간에 사그라져 먼지로 화해 가라앉았다. 가라앉던 먼지들은 아직 땅을 태우고 있는 파이어 필드의 열기에 녹아들어 결국은 사라져 갔다.

케이가 나직이 왼 단 두 마디에 처참하게 부서진 집들이 흉물스레 방치되어 있던 폐허는 깨끗한 공터로 옷을 갈아입었다.

"자, 이곳에 또 다른 천막을 치자구."

새로이 만들어진 공터를 흐뭇한 얼굴로 바라보던 케이가 입을 열고는 아공간에서 천막을 칠 도구들을 꺼냈다. 이 엄청난 일에 얼이 빠져 있던 마을 청년들은 케이가 던진 말에 화들짝 정신을 차렸다.

바볼랏을 선두로 청년들은 케이가 건네주는 도구들을 하나씩 받아 들고는 천막 치는 작업을 시작했다. 물론 케이도 이곳저곳을 돌아다니며 천막을 쳤다. 약간의 시간이 지나자 곧 첫 번째 천막과 비슷한 규모의 천막이 만들어졌다.

케이는 새로 완성된 천막 안으로 들어가서 휘장으로 구획을 나누었다. 그리고 다시 아공간에서 침대들을 꺼내어 천막 안에 배치했다.

"휴~ 대충 이 정도로 됐나."

이마에 살짝 맺힌 땀을 닦아내며 케이는 한숨을 쉬었다.

"케이, 천막에 침대가 모자랐던 건가요? 갑자기 새 천막을 치다니요."

일언반구의 설명없이 일을 진행하는 케이의 지시에 따라 묵묵히 새 천막을 친 바볼랏이 그 연유를 물었다.

"응? 아, 아직 설명 안 해줬나? 아직 첫 번째 천막에 여유는 어느 정도 있어. 침대에 뉘여놓고 치료할 만한 환자 수는 그리 많지 않거든. 뭐, 이렇게 몰려온 사람들 덕에 얼마 후에는 자리가 없게 되겠지만. 하지만 중요한 것은 그게 아냐. 내가 깜빡 잊고 있었는데… 아무래도 이곳에 전염병이 돌기 시작한 것 같아서 말야.”

전염병이라는 말에 바볼랏의 안색이 굳었다.

“전염병이라고요? 확실한 겁니까?”

“글쎄… 아직 확실한 것은 아니야. 하지만 비슷한 증상을 보이는 환자들이 여럿 있어. 난 아직 이곳의 병에 관해서는 제대로 알지 못해. 내가 있던 곳과는 다를 수도 있다구. 세린의 경우만 봐도 그렇고 말야. 비슷할지는 몰라도 같지는 않아. 그래서 아직은 추측할 뿐이야. 하지만 이런 홍수나 지진 같은 천재지변 뒤에는 전염병이라는 놈이 친구처럼 뒤따르거든.”

케이의 설명에 바볼랏의 얼굴은 더욱 딱딱해졌다.

“그럼 이 천막들은…….”

“그래. 전염병으로 의심되는 환자들을 격리 수용하기 위해 만든 거야. 이렇게 두 천막이 가까이 있고 많은 수의 사람들이 근처에 모여 있는 상황에서 얼마나 효과가 있을지는 모르겠지만…….”

일단 전염병에 걸린 것 같은 사람들의 격리 수용을 위해 천막을 따로 만들기는 했지만 케이로서도 그 효과에는 자신이 없었다. 세균이라는 놈들이 이 허술한 천막을 못 뚫을 리 없기 때문이었다. 그래도 없는 것보다는 낫겠지라는 생각으로 일단 천막을 새로 세웠다.

“자, 바볼랏. 이제 전염병으로 의심되는 환자들을 옮기자구.”

케이는 몸을 돌려 환자들을 옮기러 첫 번째 천막으로 걸어갔다.

“잠깐만요, 케이.”

바볼랏이 케이를 불러 세웠다.

"왜 그래?"

마음이 급해 서둘러 발걸음을 옮기던 케이가 바볼랏을 돌아봤다.

"확실히 이 정도로는 불안해요. 이 격리용 천막에 결계를 쳐야겠어요. 그 후에 환자들을 옮기도록 하죠."

"결계?"

"예, 전염병의 전파를 막는 결계가 있습니다. 물론 신성력을 이용한 결계죠. 그럼 지금 결계를 설치할 테니 잠시만 기다려 주세요."

곧 바볼랏은 천막 주위를 돌며 양손을 모아 중얼중얼거리기도 하고 땅에 특이한 문양을 그리기도 하면서 결계를 설치하기 시작했다. 그 모습을 지켜보고 있던 마을 청년들은 딱딱하게 굳어 있었다. 그들도 바볼랏과 케이의 대화를 모두 들었던 것이다.

이 세계에서도 전염병은 무서운 것이다. 아니, 현대의 지구보다 훨씬 더 공포스러운 악마와도 같은 존재다. 다친 것이라면 어떻게 치료가 가능하다. 병이 든 것도 마찬가지다. 하지만 전염병은 일단 한 사람이 걸리면 끝도 없이 퍼져 나가 마을 하나를 지워 버린다.

아니, 마을 하나를 지우는 것으로 끝이면 그것은 정말 축복이라 할 수 있을 정도다. 전염병을 치료할 수 있는 유일한 힘은 신성력. 치료 마법으로도 전염병은 치료가 불가능했다. 전염병이 어떻게 사람에게서 사람으로 퍼지는지 사람들은 몰랐다.

하지만 이것 한 가지는 알았다. 전염병이 퍼진 마을에서 최대한 멀리 도망가야 자신은 그 병에 걸리지 않는다는 것을. 그것을 알기에 마을 청년들은 딱딱하게 굳어 희미하게 떨고 있는 것이다.

그런 그들이 공포에 질려 도망가지 않는 이유는 딱 하나, 그들의 눈앞에서 열심히 결계를 만들고 있는 바볼랏이라는 신관의 존재 때문이었다.

바볼랏이 결계를 완성하자 청년들의 도움으로 일단 전염병에 걸린 것으로 의심되는 환자들은 격리되었다. 환자들을 나를 때 청년들의 얼굴은 겁에 질려 있었고 온몸은 땀으로 흥건히 젖어 있었다.

그런 그들의 모습에 케이는 쓴웃음을 지을 수밖에 없었다. 어쨌든 전염병으로 의심되는 병이 발생한 것을 확인했기에 케이들은 더욱 바빠졌다.

상처를 치료하는 것뿐만 아니라 수많은 사람들 속에서 전염병에 걸린 것으로 의심되는 사람들을 찾아내야 했기 때문이다. 그리고 그 치료는 전적으로 바볼랏이 전담했다.

현재로서는 치료 방법이 신성력에 의지하는 것 외에는 없기 때문이었다. 케이가 그 병을 연구하여 치료법을 찾아내는 것도 현재 상황으로는 요원한 일이었다.

케이의 천막을 찾는 환자가 전염병 환자만 있는 것이 아니었기 때문이다. 상처를 입은 사람들도 많았고 다른 병으로 찾는 사람들도 있었다. 그런 사람들을 치료하느라 케이 역시 정신이 없었다.

그저 바볼랏만이 격리 수용 중인 천막 안으로 들어가 지쳐 쓰러질 때까지 신성력을 쏟아 부을 뿐이었다. 그렇게 바볼랏이 지쳐 쓰러지면 치료가 끝난 사람 몇몇이 바볼랏을 들쳐 업고 나오는 일상이 반복되었다.

전염병 발생 초기에 격리를 시작했고 또 중세가 심한 사람부터 치료에 들어간 덕에 아직 사망자는 나오지 않았다. 하지만 오마 전체에 전염병에 대한 주의를 줄 수 없었기에 느린 속도로나마 전염병은 퍼지고 있었다.

그만큼 케이를, 아니, 바볼랏을 찾는 전염병 환자들은 늘어만 갔고 치료해도 치료해도 그 끝을 볼 수가 없었다.

상황이 이쯤에 이르자 케이도 전염병 환자들을 모아둔 격리 수용 천막으로 들어앉았다. 그동안 곁에서 케이를 돕던 퓨어와 세린이 어느 정도 실력을 쌓았기 때문이다. 현재 진정으로 급한 것은 전염병을 치료하는 것이기에 케이는 그 둘에게 나머지 환자를 맡겼다.

물론 목숨이 위태로운 응급 환자가 찾아온다면 케이가 직접 치료를 해야겠지만 이제 더 이상 그런 환자는 찾아오지 않았다.

케이가 주로 한 것은 환자들의 증상을 살피는 것이었다. 그리고 혈액 검사도 같이 했다. 일전에 세린의 혈액을 검사하기 위해 알라닌에게서 슬쩍해 온 현미경과 비슷한 그 도구를 사용했지만 별다른 것을 발견할 수는 없었다.

그럴 수밖에 없는 것이 배율이 부족했기 때문이다. 400배의 배율로는 적혈구를 관찰하는 것이 고작이었다.

케이로서도 속수무책이었다. 과연 이 전염병을 치료하는 방법은 무엇인지 도무지 감을 잡을 수 없었다. 케이는 자신의 머리 속에 들어 있는 모든 병들을 하나하나 차근차근 살폈다.

그러는 와중에 환자들은 시나브로 늘어갔다. 그나마 바볼랏의 헌신적인 치료가 있었기에 환자들의 증가 속도를 이 정도로 막은 것이었다. 만일 바볼랏이 없었더라면 어찌 되었을지…….

"흠… 모르겠어. 도대체 어떻게 치료를 해야 하는지…….”

잠시 머리를 식히기 위해 천막을 나선 케이는 하늘을 보며 머리를 절레절레 저었다. 그때 북쪽 너머에서 먼지구름이 강하게 이는 것이 보였다.

"비켜라, 비켜! 천한 것들이 길을 막지 말고 비켜라!"

네 명의 기사가 사람들이 모인 곳을 일렬로 잘라가며 빠른 속도로 말을 몰아오고 있었다.

"워, 워."

얼굴 가득 땀과 먼지로 범벅이 된 기사가 말을 세웠다. 그리고 그중 대표인 듯한 자가 앞으로 나왔다.

"이곳에 전염병 환자들을 치료하는 신관이 있는가? 있다면 썩 나와라."

고압적인 어조로 기사가 외쳤다.

"바볼랏 신관은 지금 저 안에서 환자들을 돌보고 있습니다만……."

사람들이 겁에 질려 여기저기로 흩어지자 케이가 한 발 앞으로 나가며 대답했다.

"흥, 천한 것들이나 치료하고 있을 시간이 없다. 신관을 어서 불러내라. 소영주님께서 편찮으시다."

케이의 대답에 기사는 코웃음을 치며 말했다. 그리고 그런 기사의 말에 주위가 소란스러워졌다. 기사들이 나타났을 때부터 무엇인가 심상치 않다고 생각했지만 지금 그들의 유일한 희망이나 다름없는 신관을 데려가려 하다니.

"신관이라면 바볼랏 말고도 이 영지에 많이 있을 텐데 군이 그를 데려가려 하십니까?"

케이가 속에서 치밀어 오르는 화를 참으며 나직이 물었다.

"이… 천한 놈이 꼬박꼬박 말대꾸구나! 어서 비켜라! 그리고 냉큼 내 앞으로 신관을 데려오너라. 그렇지 않으면 단칼에 네 목을 베어버리겠다!"

케이의 오른손에 힘이 들어갔다. 입을 열 때마다 천한 놈이라고 지껄이는 기사의 면상을 보니 화가 치밀어 올랐다. 저놈의 혀를 어떻게 하고 싶었다. 서서히 케이의 손이 허리춤으로 움직일 때 천막의 입구가 펄럭이며 바볼랏이 모습을 드러냈다. 바깥의 소란스러움이 천막 안까지 전달된 것이다.

"제가 헤이트론을 모시는 신관 바볼랏이라고 합니다만……."

바볼랏이 기사를 향해 조용히 허리를 굽혀 예를 표하고 입을 열었다.

"오! 당신이 그 신관이시오?!"

기사의 말투는 단번에 달라졌다. 케이와 그곳에 있는 사람들을 하찮은 벌레처럼 취급하던 비릿한 얼굴과 말투는 어디로 갔는지 사라졌고 공손한 모습으로 바볼랏의 인사를 받았다.

"예, 그렇습니다. 그런데 어인 일로 저를 찾으시는지……?"

"현재 이곳 오마 영지의 소영주님께서 몹시 편찮으시오. 당신은 속히 나와 영주성으로 가서 소영주님의 병세를 살펴주시오. 그렇게만 해준다면 영주님께서 후하게 사례를 해주실 것이오."

기사는 다급함이 깃든 목소리로 조급히 바볼랏을 찾아온 용건을 이야기했다.

"하지만 오마 정도의 영지라면 신전이 있을 테고 그곳에도 신관들이 있을 것 아닙니까? 굳이 이곳까지 저를 찾아오실 필요는 없을 텐데요."

"저, 그것이……."

케이가 했던 것과 똑같은 내용의 말이었지만 그 말을 한 사람이 바볼랏으로 바뀌자 기사는 우물쭈물 망설였다.

"소영주님의 병세가 워낙 심하여 다른 신관들의 치료는 별다른 소용이 없었습니다. 대신관은 되어야 치료가 가능할 것 같다고 소영주님을 살펴본 신관들이 그러더군요. 그러다가 마침 당신의 소문을 들은 것입니다. 당신 정도의 신관이라면 충분히 치료할 수 있을 것이라 하더군요."

어두운 얼굴로 결국 기사는 바볼랏을 찾게 된 연유를 이야기했다. 그런 기사의 모습을 지켜보는 케이의 심사는 과히 좋지 못했다. 왠지 자신이 바볼랏보다 못하다는 생각을 들어서였다. 물론 절대 그런 것은 아니었지만 저 기사의 행동이 그런 생각이 들게 만들고 있었다. 그리고 그것이 케이의 심사를 베베 꼬고 있었고.

'그런데 대신관 정도의 신성력을 지녔던 것인가? 바볼랏 녀석, 미드 산맥에서 몬스터들에게 사용한 신성 마법이 대단하다고 생각은 했지만 상상 이상인걸?'

그 와중에도 케이는 바볼랏의 또 다른 모습에 놀라고 있었다.

"흠… 기사님의 말씀은 잘 알겠습니다만… 보시다시피 저는 이곳을 떠날 수가 없습니다. 이렇게 많은 환자들이 저 하나만을 보고 모여들었는데 이들을 버릴 수는 없습니다."

바볼랏의 어조에는 단호함이 서려 있었다. 결코 소영주 하나를 위해 이곳의 수많은 환자를 버리지 않겠다는 신념이. 그렇게 바볼랏이 한마디로 거절하자 기사의 얼굴은 당황으로 물들었다. 그런 그의 모습을 바라보는 케이의 입 꼬리는 슬며시 올라갔다.

"어, 어찌… 이 천한 잡종들 때문에 소영주님의 병세를 외면한단 말이오. 부디 생각을 돌려주시오."

기사는 당황한 얼굴로 간절히 말했다.

"그럴 수는 없습니다. 그럼 저는 안에서 저를 기다리는 환자들이 있어서."

확실히 거절의 말을 다시 한 번 건넨 바볼랏은 몸을 돌렸다. 그런 바볼랏의 모습을 보는 기사의 얼굴은 시뻘겋게 물들었다. 비단 그만이 아니라 그를 따라온 나머지 세 명의 기사들 역시 같은 반응을 보였다.

"이, 이… 이놈! 거기 서라! 상황이 상황인지라 정중히 모시라는 영주님의 당부가 있으셨다만 네놈의 모습을 보니 그럴 수가 없겠구나! 우리는 네놈을 강제로라도 데려가야겠다!"

얼굴의 붉은빛이 절정에 달했을 때 기사의 입을 뚫고 터져 나온 외침이었다. 결국 그의 화가 폭발한 것이다. 그리고 말을 마침과 동시에 검을 뽑아 들었다.

챙!

뒤이어 맑은 소리를 내며 다른 세 자루의 검도 바깥 공기 속에 노출되며 스산한 은빛을 흩뿌렸다.

"저를 강제로 데려가시겠다고요? 하지만 제가 잘못된다면 소영주님을 치료할 사람은 없을 텐데요. 저는 이곳에서 환자들을 보고 있겠습니다. 소영주님의 병세가 그리 위중하시다면 이곳으로 모셔오시지요."

기사들이 뽑은 검을 보았음에도 눈 하나 깜짝 않는 의연한 모습으로 바볼랏이 한 자 한 자 말했다. 그런 그의 모습을 보는 케이의 눈에는 이채가 서렸다.

'어라, 이 녀석 봐라? 이 녀석에게 이런 면도 있었던가?'

눈앞의 네 기사가 자신에게는 전혀 위협이 되지 않았기에 케이는 별 신경도 쓰지 않은 채 바볼랏의 반응에만 흥미를 보이고 있었다.

"무슨 말을 그리하느냐! 분명 말하지 않았느냐! 병세가 위중하시다고! 그런 분을 예까지 모셔오라니 그게 어디 말이나 될 법한 소리냐!"

자신들의 위협에 눈 하나 깜짝 않고 담담히 말을 꺼내는 바볼랏의 모습에 선두의 기사는 거칠게 외쳤다.

"여기 있는 이들 모두 병세가 위중하지 않은 사람은 없습니다. 그런 그들은 자신의 두 발로 걸어서 이곳까지 왔습니다. 소영주님 정도 되시는 분이라면 최고급 마차로 편히 오실 터이니 그리 힘든 일은 아니라고 봅니다만."

그렇게 말하는 바볼랏의 눈에는 감히 범접치 못할 위험이 서려 있었다. 그리고 그의 말 또한 엄숙하기 그지없었다. 그런 바볼랏의 모습에 기사는 온몸을 부들부들 떨었다.

뿌드득.

기사의 이가 갈리는 소리가 긴장된 와중에 조용히 울려 퍼졌다.

"네 녀석이 정녕 이렇게 나오겠다는 것이냐……."

현재 심하게 흥분한 그 기사가 내뱉은 말이라고는 상상조차 할 수 없는 차분한 목소리가 그의 입에서 새어 나왔다. 바볼랏은 조용히 고개를 끄덕였다.

바볼랏의 고개가 끄덕여지는 순간 그 기사의 몸에서 살기가 사방으로 폭사했다. 그런 그의 살기에 주위에 있던 사람들은 몸을 부들부들 떨었다.

"좋다. 네놈을 온전히 데려가야 소영주님을 치료할 수 있을 터이니 네놈은 가만히 두마."

살기 띤 눈을 빛내며 한마디 한마디 씹어 뱉는 그의 모습에 케이는 서서히 마나를 끌어올렸다. 그리고 언제든지 출수할 수 있도록 준비를 마쳤다.

"네놈이 우릴 따라가지 못하는 이유가 이곳의 환자들을 치료하기 위해서라고 했겠다. 그렇다면 우리가 네놈이 이곳에 있을 이유를 지워주마."

말을 마치자마자 눈에서 살광을 폭사시킨 그 기사는 들고 있던 검을 가장 가까이 있던 사람을 향해 휘둘렀다. 그런 그의 검에서 바람이 세차게 휘몰아치는 것으로 보아 소드 익스퍼트 중급의 수준에 올라선 실력자임을 알 수 있었다.

챙!

'서격'이라는 사람의 몸을 벨 때의 촉감을 기다리던 그 기사는 갑작스런 검의 마찰음에 눈을 크게 떴다. 그의 앞에는 어느새 검을 뽑아 들었는지 케이가 날카로운 눈을 빛내며 그를 쏘아보고 있었다.

"이… 하찮은 녀석이 감히 나의 검을……."

다시 한 번 분노한 그는 온몸이 붉게 물들었다. 그런 그를 지켜보던 나머지 세 명의 기사들이 서서히 그의 옆으로 다가왔다. 그들의 눈은 스산하게 빛나며 케이에게 고정되어 있었다.

케이의 눈은 차갑게 가라앉았다. 케이는 지금 가슴속에서 치밀어 오르는 살기로 온몸이 하얗게 타올랐지만 오히려 눈만은 차갑게 침잠해 갔다.

케이는 검을 상단으로 가져갔다. 검을 움직이자 은무는 특유의 은빛 춤을 보여주며 네 기사의 눈을 어지럽혔다. 그 황홀한 춤을 지켜보는 네 기사의 눈은 몽롱하게 변했다. 그리고 곧 탐욕으로 물들었다. 그들 역시 검을 다루는 자, 검의 진가를 알아본 것이다.

그들 다섯이 대치한 곳의 긴장감은 서서히 올라갔다. 긴장감이 절정에 치달았을 때 네 기사의 손이 미세하기 움직이기 시작했다. 그때 케이의 눈 역시 빛났다.

"그만!"

그들의 검이 상대를 향해 날아가려 할 때 바볼랏의 외침이 터졌다.

바볼랏의 갑작스런 외침에 다섯은 모두 공격할 호흡을 놓쳤고 검을 움직이던 자세로 멈췄다. 그리고 동시에 바볼랏을 향하는 다섯 쌍의 눈동자.

그런 그들의 시선을 받은 바볼랏이 왼손을 앞으로 내뻗었다. 그리고 그의 왼손 손목을 감싸며 찬란한 은빛을 빛내는 팔찌가 드러났다.

"난 헤이트론 성국의 왕세자 바볼랏 데인 헤이트! 감히 네 녀석들이 나에게 이런 무례를 범하느냐!"

왼팔을 앞으로 내밀며 터뜨린 바볼랏의 일갈에 네 기사의 몸은 딱딱하게 굳었다.

헤이트론 성국의 왕세자, 그 이름이 가지는 무게 때문이었다. 류블라드의 신앙의 중심이 되는 곳이 바로 헤이트론 성국이다. 주신 헤이트론을 비롯하여 열두 대신을 섬기는 류블라드에서 그들 신전이 모여 이루어진 헤이트론 성국은 모든 류블라드인의 정신적인 지주였다. 그런 성국의 다음 왕이 될 사람이 지금 눈앞에 있는 바볼랏이라고 하니 어찌 그 이름이 가지는 위엄이 무겁지 않을 수 있겠는가.

엄숙한 얼굴로 온몸에서 위엄을 내뿜은 채 네 기사를 바라보는 바볼랏의 그 모습은 과연이라는 찬탄이 나올 만한 것이었다. 케이는 그런 바볼랏을 얼빠진 얼굴로 바라보고 있었다.

그동안 바볼랏의 성을 듣지 못했기에 의혹을 가지긴 했었다. 이 세계에서 신관이라면 상류 신분이었고 설사 고아 출신이라 하더라도 신전에서 성을 하사받기 때문이다.

그런데 설마 저 멍청한 바볼랏 녀석이 헤이트론의 왕세자일 줄이야! 이제야 바볼랏의 그 무지막지한 신성력에 대해 수긍이 갔다.

바볼랏이 자신의 신분을 밝힌 순간 이미 그 주위에서 서 있는 사람은 바볼랏 그와 케이, 그리고 얼어붙은 듯 굳어버린 네 기사뿐이었다. 치료를 바라고 찾아온 사람들은 모두 무릎을 꿇고 두 손을 모아 쥐고 헤이트론의 기도문을 암송하고 있었다. 발린 역시 마찬가지였다.

류블라드에서 헤이트론 성국의 왕세자라는 신분은 이런 존재였다.

헤이트론 성국의 왕위는 핏줄에 의해 계승되는 것이 아니다. 독실한 신앙을 가지고 뛰어난 신성력을 가진 신관들 중 선출되어 헤이트라는 성을 하사받음으로써 왕족이 되는 것이다. 헤이트론의 왕은 헤이트론 신전의 교황이기도 했기 때문이다.

바볼랏이 내민 왼손에서 찬연히 빛을 뿌리고 있는 순수한 미스릴의 팔찌. 헤이트론 성국의 왕세자를 상징하는 징표였다. 팔찌에 양각된 헤이트론 왕가의 문장이 그 당당한 위엄을 풍기고 있었다.

"이래도 나를 강제로 데려가려는 것인가? 너희들이 그럴 수 있겠느냐? 아니, 이곳의 사람들을 죽일 수 있겠느냐?"

바볼랏의 목소리가 중후하게 울려 퍼졌다. 그 순간 네 기사는 말에서 내려와 털썩 무릎을 꿇었다. 그동안 너무 놀란 나머지 말에서 내려올 생각조차 하지 못하고 있었던 것이다.

"죽, 죽을죄를 졌습니다. 부디 너그러이 용서해 주십시오."

부들부들 떨리는 목소리로 기사들은 용서를 빌었다. 그런 그들을 바볼랏은 냉막한 표정으로 내려다보았다.

"가라. 그리고 너희들의 소영주를 치료하고 싶다면 이곳으로 데려와라."

그 한마디를 남기고 바볼랏은 뒤돌아서서 천막 안으로 들어갔다. 바볼랏이 사라지자 네 기사는 서둘러 말에 올라 빠른 속도로 천막을 벗어났다. 그들이 사라졌어도 사람들은 여전히 두 손을 모으고 무릎을 꿇은 채 헤이트론의 기도문을 암송하고 있었다. 그런 그들의 눈에서는 뜨거운 눈물이 흘러내리고 있었다.

감동받은 것이다. 귀족들에게 천한 것이라 괄시받는 평민인 그들을 위해 헤이트론 성국의 왕세자가 지쳐 쓰러질 때까지 신성력을 쏟아 부었다. 그 어느 누가 감동하지 않을까?

"휘유~! 대단하신 신분이셨군요, 바볼랏 왕세자 저하."

기사들이 사라진 후 바볼랏을 따라 천막으로 들어온 케이가 비꼬듯 말했다. 바볼랏의 신분에 놀라기도 했지만 화가 나기도 했다. 자신은 자신에 대해 발가벗듯 모든 것을 바볼랏에게 이야기했다. 그런데 정작 자신은 바볼랏의 진정한 신분조차 몰랐다는 것에 심통이 난 것이다.

그리고 보니 바볼랏이 신탁을 받은 것도 이해가 갔다. 그는 일개 신관인 자신에게 신탁이 내려져 놀랐다고 했지만 그에게 신탁이 내려질 만 했던 것이다.

헤이트론 성국의 왕은 곧 헤이트론 신전의 교황이다. 왕세자라면 차기 교황인 것이다. 그런 그에게 신탁이 내려온 것은 어찌 보면 당연한 것일 수도 있었다.

바볼랏에 관한 모든 일들이 착착 자리를 찾아가며 퍼즐을 맞춰 나가듯 하나하나 이해되자 케이의 눈은 가늘어졌다. 그리고 얼굴에 떠오른 화도 점점 더 뚜렷해졌다.

"하하. 케이, 죄송해요. 제가 여행을 떠날 때 신분을 숨기는 것이 그 조건이었어요. 설사 신탁의 주인이라 할지라도 말이죠. 뭐, 곧 알려 드릴 생각이었지만 이렇게 알려 드리게 될 줄은 몰랐네요."

케이가 상당히 화가 났다는 것을 눈치 챈 바볼랏이 머쓱한 표정으로 사과를 했다. 하지만 그런다고 화가 풀어질 리 없었다. 그동안 너무도 오랫동안 바볼랏은 일행을 속여왔던 것이다. 엄밀히 따지면 밝히지 않았을 뿐 속인 것은 아니지만 일단 뒤통수를 맞은 당사자들에게는 속인 것으로 보일 뿐이었다.

"흥, 말은 잘하는군."

바볼랏의 사과에 케이는 코웃음을 칠 뿐이었다.

"사실 케이가 그 기사들을 죽이면 일이 더 커지기에 제 신분을 밝힐 수밖에 없었어요. 그들이 케이의 손에 당해서 돌아가지 않는다면 더 많은 기사들이 올 것이고 결국은 이곳 영주가 사병들을 모두 끌고 올지도 모르는 일이죠. 그렇게 되면 결국 피해를 보는 것은 이곳의 주민들이에요. 그들을 보호할 방법은 제가 제 신분을 드러내는 수밖에 없는 것이죠. 헤이트론 성국의 왕세자라는 신분은 설사 제국의 황제라 할지라도 가벼이 여길 수 없는 것이니까요."

문지도 않았건만 바볼랏은 줄줄 잘도 말했다. 그만큼 그가 케이에게 미안해하고 있다는 것이었다.

이미 바깥의 소동은 천막 안에도 전달되었기에 간이 침대에는 누워 있는 사람이 없었다. 다들 불편한 몸을 일으켜 세워 꿇어앉아 기도에 열중할 뿐이었다. 그런 그들의 두 눈에서도 어김없이 뜨거운 눈물이 흘러내렸다.

"시끄러! 내가 언제 물어봤어, 바볼랏 왕세자 저하?!"

그렇게 큰 소리를 치고는 케이는 몸을 돌려 천막 밖으로 나갔다. 케이가 나간 후 세린과 퓨어가 들어왔다. 그들도 이미 모든 상황을 알고 난 뒤였다. 밖에서 그런 소란이 있었는데도 둘이 천막 밖으로 나오지 않고 부상자들의 치료에 열중한 것은 케이의 실력을 믿었기 때문이다.

세린은 불안해했지만 퓨어가 미소를 지으며 안심하라 했기에 치료에만 열중했다. 그러다가 바볼랏의 입에서 터져 나온 바볼랏의 진정한 신분을 들은 것이다.

바볼랏은 세린과 퓨어에게도 무척이나 미안해했다. 퓨어는 그저 평소의 그 은은한 미소로 바볼랏을 바라볼 뿐이었고 세린은 바볼랏을 무척이나 어려워했다.

그럴 수밖에 없는 것이 세린은 헤이트론 성국의 사람이었기 때문이다. 일개 평민인 그녀가 하늘과 같은 왕세자에게 오빠라 부르며 그동안 여행을 했으니 어려워하지 않을 도리가 없었다. 그렇게 그들의 분위기는 어색하게 흘러갔다.

"쳇, 바볼랏 자식. 기분 나빠."

아름드리 나무의 그늘 아래 케이는 팔베게를 하고 하늘을 보며 누워
있었다. 입은 연신 바볼랏에 대한 불평이 튀어나왔다. 지금 케이의 머
리 속에서 환자들을 치료해야 한다는 생각은 멀리 떠나 있었다. 바볼
랏에 대한 화가 그리 만든 것이다. 그래도 결국은 화를 가라앉히고 돌
아갈 것이 뻔했지만. 이런 식으로라도 내화를 다스리지 않을 수 없기
에 이렇게 일행을 떠나 있는 것이다.

그리고 그런 케이 덕에 나머지 일행은 더욱 바빠졌다. 바볼랏이 정
체를 밝히면서 일행 사이에는 어색함이 사람들에게는 경건함이 퍼졌
다. 하지만 일단은 환자들이 모인 곳, 그들은 다시 환자를 치료하느라
정신없이 바빠졌다. 그러는 동안 그들 사이에 떠돌던 어색함은 점차
희석되어 갔다.

케이가 돌아온 것은 만 하루가 지나서였다. 그러나 돌아와서도 여전
히 바볼랏과는 눈도 마주치지 않았다. 바볼랏이 모든 신성력을 소모하
고 정신을 잃고 쓰러질 때조차도.

사람들은 그런 케이를 무척이나 신기한 동물을 쳐다보듯 바라보았
다. 그들 입장에서는 그럴 수밖에 없었다. 위대한 주신 헤이트론을 모
시는 다음 대 교황 앞에서 저리 뻣뻣하게 행동할 수 있는 존재는 그들
이 가진 상상력의 한계를 벗어났으니까.

그렇다고 케이가 계속해서 심통만 부리고 있었던 것은 아니었다. 바
볼랏이 정체를 밝히고 3일이 지난 후 결국 전염병의 치료약을 발견해

낸 것이다. 화가 난다고 심통을 부리고는 있었지만 그래도 내심 매일 같이 탈진해 쓰러지는 바볼랏이 걱정도 되었던 모양이다.

케이가 치료약을 발견한 후 전염병 환자는 급속도로 줄어들었다. 바볼랏의 신성력으로는 상태가 심각한 환자들만을 치료하고 증상이 가벼운 환자들은 케이의 약으로 치료를 받았다. 그렇게 꾸준히 치료를 하자 서서히 환자의 수가 줄어들기 시작했다.

물론 철저한 위생 관리로 전염병의 전파 속도를 느리게 막은 덕도 컸다. 그렇게 기사들이 왔다 간 날, 그러니까 바볼랏이 정체를 밝힌 지 5일 후 오마 영지의 소영주가 찾아왔다. 영주가 직접 일행을 이끌고 찾아온 것이다.

일개 영지의 영주에게 헤이트론의 왕세자라는 신분은 감히 눈도 마주칠 수 없는 존재이기에 무척이나 조심스러웠다. 소영주의 병도 전염병이었다. 영주성 안에서 부러울 것 없이 호사스러운 생활을 하는 소영주가 어디서 전염이 된 것인지 알 수는 없었지만 상당히 심각한 상태까지 진전된 상태였다.

바볼랏의 신성력으로 소영주의 병은 말끔히 치료되었다. 그리고 바볼랏은 그들에게 케이가 만든 전염병의 치료약도 복용시켰다. 소영주가 앓은 병이 전염병인 이상 그들 역시 전염되었을 가능성이 있었기 때문이다.

그런 비볼랏의 행동에 케이는 옆에서 연신 궁시렁거렸다. 저 따위 인간들에게 너무 과분한 처사라는 말이 주를 이루었으며 그곳에서 계속해서 가지를 뻗어가며 불평은 이어져 갔다.

물론 바볼랏은 그런 케이의 말을 싹 무시했다. 진정한 신분을 밝힌 후 의젓하고 당당한 모습을 하게 된 바볼랏의 변화 또한 케이의 궁시렁거림의 대상이었다.

홍수로 다치고 병든 이들의 치료는 순조롭게 진행되었다. 그리고 마을 사람들 중 젊고 똑똑한 이들이 옆에서 거들며 치료법을 배워 나갔다. 그런 그들 덕에 일손을 상당히 덜 수 있었고 오마 영지 대부분의 사람들을 치료할 수 있었다.

그러기에는 무척이나 많은 시간이 흘렀다. 하지만 영주의 전폭적인 지지가 있었기에 일은 더욱 손쉬웠다.

일차적으로 다친 사람들의 치료가 끝나자 이어진 일은 홍수의 피해 현장을 복구하는 작업이었다. 일단 다치고 병든 몸을 치료하는 것이 먼저였기에 복구 작업은 뒤로 미뤄두고 있었지만 이제는 수해 현장을 복구할 차례였다.

홍수가 난 지 제법 시일이 흘렀지만 제대로 된 복구는 이루어지지 않고 있었다. 오마의 영주는 그다지 좋은 영주가 아니었다. 아니, 악덕 영주로 분류되는 사람이라 했다. 그랬기에 영지민들의 터전이 황폐화됐든 어찌 됐든 신경도 안 쓰고 있었다. 자신의 피 같은 재산을 들여 영지민들을 도와줄 필요는 없었다. 하지만 바볼랏이 나타남으로 인해 그는 어쩔 수 없이 수해 복구를 시작하게 되었다.

오마의 사람들에게 있어서 바볼랏은 구세주나 다름없었다. 세린과 퓨어가 정령으로, 케이가 마법으로 도와줬기 때문에 복구 작업은 순조로웠다.

아무것도 없이 휩쓸려 나간 폐허가 깔끔하게 정리되었고 한 채, 두 채 집이 지어지기 시작했다. 오마는 차츰 예전의 모습을 되찾아갔다.

일라나 강의 범람에 의해 터졌던 제방도 더욱 높고 더욱 견고하게 다시 지어졌다. 사람들의 얼굴에 서서히 웃음과 활기가 되돌아오고 있었다.

어느새 복구가 끝나 전보다 더 튼튼하게 만들어진 제방 위. 케이와 바볼랏이 도도히 흘러가는 일라나 강을 내려다보고 있었다.

"케이, 도대체 이 강이 왜 범람했던 것일까요? 헤이트론의 우기는 매년 있어왔던 일이에요. 그리고 이곳 오마의 제방도 매년 그 우기로 불어난 강물의 양을 버텨냈구요. 올해만 이례적으로 많은 비가 내렸다고 하더라도 제가 처음 봤던 제방의 붕괴 모습은 이해할 수가 없어요. 그리 쉽게 무너질 제방이 아니란 말입니다."

케이와 단둘이 일라나 강을 보고 있던 바볼랏이 그동안 가슴에 품고 있던 의문을 풀어냈다. 지금까지는 사람들을 돌보고 피해를 복구하느라 신경 쓰지 못했을 뿐 잊고 있었던 것은 아니었다.

"그래, 분명 이상하기는 했어… 제방의 붕괴 모습이. 보통 이런 제방은 아래에서 치고 오는 수압에는 충분히 버텨내지. 보통 제방이 무너지는 것은 물이 넘쳐흐를 때야. 물이 넘치며 윗부분에 과도한 힘이 가해져서 윗부분부터 붕괴가 시작되면서 허물어지듯 무너지는 것이지."

케이 역시 그동안 이상하게 생각했던 일들을 하나하나 풀어내기 시작했다. 그런 케이의 설명을 바볼랏은 눈을 반짝이며 듣고 있었다. 가끔 케이가 가진 지식의 한 단편을 엿볼 때마다 바볼랏은 무척이나 놀랐다.

그의 영혼이 살았다는 이계는 어떤 곳이길래 저리도 엄청난 지식을 가지고 있는 것일까? 신을 모시는 신관이자 진리를 탐구하는 지식인이기도 한 바볼랏으로서는 그것이 무척이나 궁금했다.

지금 케이가 설명해 주는 제방의 붕괴 과정도 바볼랏에게는 신선한 충격으로 다가왔다. 물론 물이 넘치는 것에 제방이 가장 취약하다는 것은 알고 있었다. 범람이 일어날 때마다 제방은 번번이 무너졌으니까. 하지만 그 원리를 저렇게 풀어 설명하다니.

케이의 설계에 의해 새로 복구한 제방의 모습도 특이했다. 둥글게 활 모양을 하며 일라나 강 쪽으로 튀어나와 있었던 것이다. 마치 오마성의 축소판처럼 보였다. 케이는 그것을 아치라 불렀다. 그리고 이전의 제방보다 수압에 훨씬 잘 버틸 거라 했다. 바볼랏이 그 원리를 캐물을 때 케이가 보여준 작은 모형은 경이 그 자체였다.

가끔 궁전을 지을 때 케이가 제방에 사용한 것과 같은 반원 모양을 사용하기는 했다. 바볼랏은 그게 그저 멋을 위한 것이려니 하고 생각했었다. 하지만 케이의 설명으로 아치의 원리를 알게 된 바볼랏은 그 궁전을 지은 건축가들에게 진심으로 감탄할 수밖에 없었다. 그리고 세상은 넓다는 것을 깨달았다.

물론 케이라는 존재에 대한 놀람에 비하면 극히 미미한 것이었지만 말이다. 비록 바볼랏 자신보다 아치의 원리에 대해 먼저 알고 있던 사람이 존재했지만 그는 이것을 체계적으로 정리해 내지 못했다. 아마도 드워프의 건축 기술을 어깨 너머로 배워온 게 아닐까라고 생각도 해보았다. 어쨌든 이제 이 아치의 원리를 정리해서 퍼뜨린다면 그것은 건축에 관해서 일대 혁명이 될 것이다.

지금도 바볼랏의 품속에는 그 아치에 대한 내용을 정리한 책이 소중하게 자리하고 있었다.

바볼랏은 눈을 반짝이며 케이의 다음 설명을 기다렸다. 자신 역시 제방의 붕괴 모습에 무언가 이상함을 느꼈지만 그게 무엇인지 알 수 없었다. 그것을 케이는 콕 집어내어 설명해 줄 것이다.

"그런데 제방이 붕괴된 모습은 그게 아니었어. 위에서 허물어져 나간 것이 아니었지. 아랫부분이 파괴되어 위에서 아래로 무너져 내린 형태였어. 마치 거대한 힘이 제방의 아랫부분을 뚫어버린 것처럼 말이야. 어마어마한 수압을 내뿜으며 수위가 오르던 일라나 강의 물들이 갑자기 뚫린 제방의 구멍으로 일제히 몰리면서 제방이 허물어져 버린 것이지. 그런 흔적이었어, 제방의 붕괴 모습은."

역시 케이는 바볼랏의 기대를 저버리지 않았다. 제방이 무너진 모습이 어디가 이상했는지를 정확하게 설명해 주었다. 연신 감탄을 하며 케이의 설명을 음미하던 바볼랏은 화들짝 놀랐다.

케이의 말대로라면 어떤 힘이 제방에 구멍을 뚫었다는 것이다. 과연 어떤 존재가 있어 이 제방을 뚫어버릴 힘을 가지고 있단 말인가? 아니, 설혹 가지고 있더라고 왜 그런 일을 할 것인가? 이곳의 사람들에게 무슨 원한이 있다고.

바볼랏은 고개를 절레절레 저었다. 케이의 설명이 대단하기는 했지만 그의 상식으로는 일어날 수 없는 일이었기 때문이다.

어느새 석양이 강물을 핏빛으로 물들이고 있었다. 선홍빛으로 붉게 물든 강의 그림자를 바라보며 케이와 바볼랏은 발걸음을 돌려 그들이 기거하는 천막으로 돌아왔다.

전에 천막을 쳤던 자리에는 이미 새 집들이 들어서 있었다. 케이들이 머무는 천막은 다른 한쪽 공터에 작게 자리하고 있었다. 주민들이 서로 자신의 집에서 지내라고 했지만 천막 생활도 나름대로 편했다. 케이와 바볼랏이 돌아오자 퓨어와 세린, 발린이 반겼다.

케이는 한쪽으로 발린을 데려갔다. 그에게 마법 시범을 보여주기 위해서였다. 가르칠수록 느끼는 것이지만 발린은 총명했다. 아니, 타고난 마법사라고 할까?

케이가 현대의 수학 공식을 응용해 만들어낸 수식들을 빠르게 받아들이고 있었다. 직접 가르친 것도 아니고 그저 마나의 배열만 반복적으로 보여주었을 뿐인데도 스스로 유추해 내었다.

물론 처음 마법을 가르쳤을 때 한 달 동안은 내내 파이어 볼만을 요구했다. 그러고 보니 바다를 보러 가는 여정에서 잠시 들를 예정이었던 이곳 오마에 온 지도 어느새 한 달하고도 보름이 지나 있었다.

처음 이곳에 왔을 때는 가을의 초입에 들어서는 계절이었는데 어느새 완연한 가을이었다. 아침저녁으로 제법 쌀쌀한 것이 겨울을 향해 빠르게 나가고 있는 것 같기도 했다.

발린은 드디어 파이어 볼 수식을 완벽히 익혔는지 일주일 전부터는 매직 미사일을 보여달라고 하였다. 오늘도 케이는 발린의 요청에 따라 매직 미사일을 펼치고 있었다. 물론 마나의 배열을 볼 수 있게끔 한 상태에서 가능한 느리게 시전했다. 좀 더 제대로 보게 하기 위해서였다. 발린의 재능에 케이도 가르치는 재미를 들인 것이다.

마법 시전이 끝나자 발린은 그 자리에 주저앉아 나뭇가지로 땅에 무엇인가를 그리며 생각에 잠겼다. 매직 미사일의 마나 배열을 연구하는 것이다. 일단 마나 배열을 완전히 숙지한 후 자신이 알고 있는 마나 배열의 수식과 비교하여 케이만의 독특한 수식을 유추해 나가는 것이다.

그 작업은 무척이나 복잡하고 힘들었다. 그나마 케이가 마나 배열을 가능한 자세히 볼 수 있게 배려해 주었기에 발린이 저 정도로 할 수 있는 것이다. 하긴 다른 사람이었다면 똑같이 해주어도 저렇게 할 수는 없을 것이다. 이것도 발린의 뛰어난 재능이 그나마 가능하게 해주는 것이니.

발린이 생각에 잠기는 것을 희미한 웃음을 띤 채 지켜보던 케이는 다시 천막으로 돌아왔다. 천막에서는 맛있는 냄새가 피어오르고 있었다. 바볼랏이 저녁 준비를 하고 있는 것이다.

"아! 마침 때맞춰 오네요, 케이."

국자를 들어 스튜의 맛을 보던 바볼랏이 케이를 발견하고는 빙긋 웃으며 말을 건넸다.

"그런가?"

"그런데 발린은요?"

"뭐, 늘 하던 대로 생각에 빠져들었지. 아마 오늘도 저녁을 거를걸."

오마에 와서 어느 정도 홍수의 피해를 복구한 후 케이는 마법 수업을 다시 시작했다. 그리고 그날부터 발린은 저녁을 거르기 시작했다. 너무 깊게 생각에 잠겨 배고픔도 느끼지 못하나?

"그래요? 마법 공부도 좋지만 그래도 잘 먹어야 머리도 더 잘 돌아갈 텐데 매일같이 저녁을 굶어서야……."

바볼랏은 걱정스런 표정으로 중얼거렸다.

"그나저나 바볼랏, 전부터 궁금했던 건데 말이야."

"예? 뭐죠, 케이?"

"왕세자씩이나 되는 네가 어떻게 이렇게 요리를 잘하는 것이지?"

사실 케이는 그것이 가장 궁금했다. 왕세자가 이토록 요리를 잘하다니… 도저히 상식적으로는 생각할 수 없는 일이었다.

"제가 말씀드리지 않았나요, 신전 주방에서 일했었다고?"

"왕세자가 주방에서 일을 했다고?"

바볼랏이 주방에서 일했다는 이야기는 누차 했지만 그의 정체가 왕세자라는 것을 알게 된 다음부터는 그 말을 믿지 않던 케이였다. 그저 둘러대는 말이려니 했던 것이다. 그런데 지금 바볼랏은 다시 아무렇지도 않은 얼굴로 주방에서 일했다고 말했다.

"그래요. 전에 설명해 드리지 않았나요? 헤이트론의 왕위 전승에 대해서. 헤이트론의 왕위는 핏줄로 세습되는 것이 아니에요. 헤이트론 성국의 국왕은 곧 헤이트론 신전의 교황이기에 신관들 중 후보자를 지정하고 그들 중 왕세자를 뽑게 되는 거죠. 제가 헤이트라는 성을 받은 것은 신탁받기 1년 전쯤이었어요. 그러니 그전에는 저도 그저 평범한 한 명의 신관이었을 뿐이죠. 왕세자 후보는 철저히 비밀에 붙여져요. 그러니까 왕세자에 뽑히지 못한 왕세자 후보들은 자신이 후보였다는 사실조차 모르죠."

"그래? 흥미로운데? 헤이트론이 종교 국가라는 것부터 왕위 전승 방법도. 언제 한 번 들어봤음 좋겠군."

바볼랏의 설명에 케이는 헤이트론에 대한 흥미가 동했다. 그걸 표현하자마자 바볼랏의 표정이 뚱해졌다.

"그러게 제가 그랬죠? 드워프의 산에 가는 길에 헤이트를 거쳐 가자

고요."

이미 한참 지난 옛일을 다시 꺼내며 뚱한 얼굴을 하는 바볼랏을 보며 케이는 피식 웃었다. 일전에 보았던 그 당당한 위엄이 풍기는 바볼랏 데인 헤이트는 어디로 가고 그가 알고 있던 바볼랏이 여기 있는지.

"흠… 이제 다 됐군요. 저녁을 들도록 하죠. 세린! 퓨어! 저녁 먹으러 와요!"

바볼랏이 외치자 천막 안에서 퓨어와 세린이 나왔다. 각자 천막 안에서 명상과 정령 마법 수련을 하고 있었다. 그 둘이 나오자 바볼랏은 그릇에 스튜를 떠서 나눠 주었다. 세린은 그 그릇을 조심스레 받아 들었다.

세린의 모습으로 봐서 바볼랏의 진정한 신분을 알았을 때 보였던 어색함은 완전히 사라지고 없었다. 홍수의 피해 복구가 끝나는 시점에서 바볼랏은 예의 그 흐리멍텅한 예전의 친숙한 모습으로 돌아와 버렸기에 그런 것일까?

바볼랏이 조국의 왕세자라는 사실은 신경 쓰지 않는 듯했다.

"저, 발린은 오늘도 저녁을 굶는 거예요?"

식사 자리에 발린이 안 보이자 세린이 걱정스러운 듯 입을 열었다.

"그럴 거야."

케이는 묵묵히 스튜를 입으로 떠 넣었다. 케이의 대답에 세린의 얼굴에 드리운 걱정은 더욱 깊어졌다. 그런 모습을 본 바볼랏이 빙긋 웃었다.

"여기 발린의 저녁 식사도 있으니 세린이 식사를 마치고 갖다주고 오는 게 어때?"

"정말요?"

세린의 얼굴이 대번에 밝아졌고 식사 속도가 빨라졌다. 어느새 식사를 마친 세린은 발린의 저녁을 들고 발린이 있는 곳으로 빠른 걸음으로 사라져 갔다.

"발린 녀석이 그렇게 걱정되나?"

다시 스튜를 입에 떠 넣던 케이는 고개를 갸웃거리며 말했고 퓨어는 그저 조용히 웃고 있었다.

"흠… 그나저나 오늘부터 정령 다루는 거나 배워보려고 했는데 내일로 미뤄야 하나?"

맥 빠진 음성이 케이의 입에서 뒤이어 흘러나왔다.

케이들은 그렇게 한가롭고도 평화로운 저녁 시간을 즐기고 있었다.

음습한 어둠이 드리운 이곳. 위쪽에서 희미한 빛이 내려오고는 있지만 이곳을 모두 밝히기에는 역부족인 듯 어둠이 넓게 퍼져 있었다. 고고한 흐름이 느껴지는 이 공간에 작고 가녀린 존재가 흐름에 몸을 맡긴 채 유유히 떠돌고 있었다.

얼마나 떠돌았을까? 이 작은 존재는 이 어둑어둑한 공간에서 무엇인가가 반짝이는 것을 느꼈다. 자신의 착각일까? 그러나 또다시 반짝였다.

아니, 반짝인 것이 아니었다. 계속해서 빛나고 있었다. 그리고 그 한 쌍의 빛은 점점 커져 가며 이 작은 존재에게 다가왔다. 빛은 점점 커져 어느새 자신의 몸보다도 커졌다. 그러고도 더 커졌다. 곧 그 작은 존재는 온통 빛에 휩싸이고 말았다. 휩싸인 빛에 화들짝 놀라고 있을 때…

온통 새까만 칠흑 같은 어둠 속에 빠졌다. 방금 전까지 광휘의 빛에 휩싸인 것이 환상이었던 양 온통 검은색 일색의 암흑에 둘러싸였다. 어디에도 빛은 없었다. 어둡고도 어두웠고 깊고도 깊었다. 자신이 유유히 떠다니던 그 공간이 아니었다. 어디일까? 그런 생각을 하던 그 작디작은 가녀린 존재는 서서히 사라져 갔다.

올해로 꼭 1,000살이 된 실버 드래곤 스카풀라는 유유히 강 속을 헤엄치고 있었다. 최대한 강바닥에 붙어서 유유히 움직이는데 다시 한 번 느끼는 것이지만 역시 바다 밑에서 헤엄치는 것과는 그 맛이 또 달랐다. 조금 전에 앞에서 알짱거리는 물고기가 있기에 그냥 삼켜 버렸다.

셀레베스 만에 레어를 마련한 스카풀라는 셀레베스 만 이곳저곳을 돌아다니며 구경을 했다. 1,000년을 살았지만 아직 드래곤으로 치면 어린아이, 한창 호기심이 동할 때다. 성년식을 한 지 500년이 흘렀건만 그의 호기심은 도무지 채워질 줄을 몰랐다.

인간으로 폴리모프해서 유희도 두어 번 다녀왔다. 그리고 요즘은 자신의 레어가 있는 바다 속을 탐험하는 것에 맛을 들이고 있었다. 그러다가 일라나 강이 바다로 흘러드는 곳까지 갔다. 짭짤한 바닷물을 뚫고 밋밋한 담수가 느껴졌다. 그러자 또 호기심이 동했다.

인간으로 폴리모프한 채 유희를 즐길 때 강을 본 적은 있었다. 하지만 그 밑바닥까지는 알지 못했다. 거기에 생각이 미친 스카풀라는 일라나 강을 거슬러 올라가기 시작했다.

일라나 강의 하류는 과연 강일까라는 생각이 들 정도로 넓었다. 밋

밋한 맛이 느껴지는 담수가 아니었다면 바다라고 착각할 정도였다. 그
렇게 강 속 이곳저곳을 둘러보며 유유히 강의 흐름을 거슬러 올라갔다.

얼마나 올라갔을까? 점점 더 강의 수심이 얕아져 갔고 강의 폭 또한
좁아져 갔다. 하지만 아직은 거슬러 올라갈 만했다. 일라나 강은 무척
이나 길었다. 제법 오랜 시간을 거슬러 올라온 것 같았는데도 아직 자
신이 유유히 움직일 만한 공간을 가지고 있었으니.

그렇게 바다의 흐름과는 또 다른 강물의 흐름을 느끼며 유유히 거슬
러 올라가던 스카풀라는 무엇인가 이상함을 느꼈다. 지금까지와 물의
흐름이 미묘하게 달라져 있는 것이다. 그 변화를 느낀 스카풀라는 서
서히 몸을 위로 향했다.

수면 위로 머리를 내밀자 하늘은 시꺼먼 먹구름이 뒤덮고 있었다.
그리고 새찬 폭풍우가 몰아치고 있었다. 간간이 시커먼 하늘이 번쩍이
며 번개가 쳤고 뒤이어 우렁찬 천둥 소리도 들렸다. 강물도 요동을 쳤
다. 태풍이 지나갈 때의 바다에 비하면 약했지만 그래도 요동치는 강
물은 무척이나 난폭했다.

바다에는 바다의 맛이 있다면 강물에는 강물의 맛이 있었다. 어두운
하늘, 새찬 폭풍우, 번쩍이며 세상을 밝히는 번개, 땅과 강을 울어 떨치
는 천둥. 이 모든 것이 마음에 들었다.

스카풀라는 자신이 있는 곳을 곰곰이 생각해 보았다. 제법 큰 강을
거슬러 올라왔는데 그곳이 어디인지 기억을 더듬는 것이다. 그리고 자
신이 거슬러 온 강의 이름이 일라나라는 것을 떠올렸다.

다시 유회 때 쌓은 지식을 뒤져 보았다. 그리고 알아냈다. 이곳은 헤
이트론 부근이며 지금 이때가 딱 우기라는 것을.

거기까지 생각이 미치자 은근히 기분이 좋았다. 그저 갑자기 동한 호기심에 강을 거슬러 올랐는데 이런 경험을 하게 되어 기분이 좋았던 것이다. 물론 우기 때를 딱 맞춰 이곳에 오면 얼마든지 경험할 수 있는 것이지만 스카풀라는 드래곤이었다. 그는 드래곤답게 게을렀다.

비록 짧은 시간이지만 이 시기에 딱 맞춰 이곳을 찾는 것은 분명 귀찮은 일이었다. 그저 생각없이 거슬러 올랐을 뿐인데 우기에 미쳐 날뛰는 일라나 강을 겪게 되다니 절로 기분이 좋았다. 입술 끝이 슬며시 말려 올라가며 미소가 지어졌다. 그런 그의 미소에 사람보다도 커다란 거대한 송곳니가 날카롭게 빛나며 나타났다.

스카풀라는 곧 휘몰아 요동치는 강물에 몸을 맡겼다. 강물이 흐르는 대로 부딪히는 대로 요동치는 대로 흘러흘러 갔다. 태풍이 몰아치는 바다와는 또 다른 감각이 그를 짜릿하게 만들었다. 강물 바닥까지 일순간에 내려가기도 하고 단번에 수면 위까지 박차 오르기도 했다.

강물에 몸을 맡긴 채 날개를 퍼덕이기도 했고 천둥 소리에 맞춰 괴성을 지르기도 했다. 무척이나 즐거웠다. 그렇게 강물과 폭풍우에 몸을 맡긴 채 흘러내려 가다 보니 점점 빗줄기가 가늘어졌다. 어둑어둑하기만 하던 하늘도 서서히 밝아졌고 언제부터인가 천둥 소리도 들리지 않았다.

마침내 태양이 환한 모습을 드러냈다. 헤이트론의 우기에 접어든 지역을 벗어난 것이다. 스카풀라는 고민했다. 다시 강물을 거슬러 올라가 그 즐거움을 한 번 더 만끽할 것인가, 아니면 이렇게 그냥 흘러내려 갈 것인가?

우기로 인하여 크게 불어난 물로 일라나 강의 흐름은 평소의 그것과

달리 몹시 힘차고 거칠었다. 거슬러 올라가던 그 강물이 아니었다.

결국 스카풀라는 이 힘있게 부딪혀 오는 강물에 몸을 맡기기로 했다. 그렇게 서서히 다시 바다로 바다로 스카풀라는 내려갔다.

하류로 갈수록 일라나 강은 강인지 바다인지 헷갈릴 정도로 넓어졌다. 그리고 우기의 비가 공급한 엄청난 수량 덕에 수위도 훨씬 올라가 있었다. 강 아래에서 유유히 헤엄치다가 물 위로 머리를 내밀던 스카풀라의 눈에 거대한 벽이 들어왔다. 강변에 있는 벽이었는데 강물이 그곳에 가서 세차게 부딪혔다.

스카풀라에게 또 다른 호기심이 동했다. 올해로 딱 1,000살이 된 실버 드래곤 스카풀라는 지금껏 단 한 번도 브레스를 사용해 본 적이 없었다. 저 벽을 향해 자신이 브레스를 뿜어낸다면 어떻게 될지 무척이나 궁금했다.

호기심은 눈덩이처럼 불어 놓고 결정은 순간이었다. 즉시 강바닥으로 내려간 스카풀라는 강바닥을 딛고 섰다. 거대한 뒷다리가 강바닥에 뿌리내리자 스카풀라의 육중한 몸은 강물의 도도한 흐름에서 외따로 떨어진 듯 단 한 점의 흔들림도 없었다.

스카풀라는 눈앞의 벽을 보며 크게 숨을 들이켰다. 물과 함께 마나가 몸속으로 빨려 들어왔다. 드래곤 하트가 세차게 뛰며 마나를 뿜어냈다. 드래곤 하트의 세 부분 중 한곳에서 빠져나온 마나는 자신이 들이킨 마나와 힘차게 요동치며 섞여갔다. 그 섞임이 끝나고 하나의 힘이 되어 스카풀라의 목 아래에 자리했을 때!

스카풀라는 그 거대하고 공포스러운 입을 쩍 벌렸다. 그 순간 실버 드래곤의 브레스가 세차게 쏟아져 나왔다. 그리고 곧장 벽을 향해 날아가 부딪혔다.

콰! 우르릉~!

거대한 폭음과 함께 벽에 구멍이 뻥 뚫렸다. 브레스의 여파로 강물이 세차게 요동쳤다. 마치 헤이트론에서의 우기가 다시 찾아온 것만 같았다. 그렇게 요동치던 강물이 일순 한곳으로 미친 듯이 흐르기 시작했다.

그 흐름은 광포했으며 지독하게 빨랐다. 강바닥에 뿌리내린 거목처럼 의연히 버티던 스카풀라도 조금씩 흔들렸다. 그 강물은 스카풀라의 브레스가 뚫어놓은 구멍을 향해 노도와 같이 몰려갔다. 그리고 부딪혔다.

벽은 거세게 흔들렸다. 다시 흔들렸다. 또 한차례 물이 몰려갔다. 이번에는 벽이 요동을 쳤다. 그리고 무너져 내렸다. 그러자 강물은 거대한 힘에 이끌리듯 그곳으로 미친 듯 몰아쳐 갔다.

스카풀라도 버티는 것이 점점 더 어려워졌다. 다리에도 힘이 더 더욱 들어갔다. 힘을 주는 만큼 힘이 빠져 갔다.

위대한 종족 드래곤으로서도 처음 겪는 위태한 상황이었다. 언제 그가 이렇게 강력한 힘에 흔들리는 모습을 보인 적이 있었던가? 힘겹게 버티기를 얼마나 했을까? 어느 순간 강물은 다시 잠잠해졌다.

얼마 전의 그 모습은 거짓말인 양 고요해졌다.

그 순간 스카풀라의 온몸을 알 수 없는 짜릿한 기운이 휘감고 돌았다. 무엇인지 모를 전율. 하지만 확실한 것은 그 짜릿한 전율이 그에게 참지 못할 쾌감을 선사했다. 무엇일까, 이 흥분되면서도 짜릿하고 기분 좋은 느낌은?

거대한 힘 앞에 위태위태 무너질 듯한 초라한 모습으로 버티다가 그 힘이 사라진 후 온몸을 덮쳐 흐르는 이 쾌감. 잠시 동안 스카풀라는 그 쾌감의 여운을 즐겼다. 그리고 다시 강물의 흐름에 따라 하류로 흘러 내려 갔다. 그렇게 스카풀라는 바다로 돌아왔다.

바다로 돌아온 후 여전히 셀레베스 만 이곳저곳을 돌아다녔지만 가 슴 한쪽이 뻥 뚫린 듯 허전했다. 왜 그럴까? 브레스를 처음 쓴 그날 느 꼈던 그 기이한 쾌감을 다시 느끼고 싶었다. 예전에는 자신의 호기심 을 채워주며 그를 즐겁게 해주던 바다 밑의 온갖 것들이 식상하기만 했다.

결국 스카풀라는 그 벽을 다시 찾기로 마음먹었다.

지난 일을 회상하며 지금 강바닥에 붙어 서서히 강을 거슬러 올라가 고 있었다. 그러는 와중에 눈앞에서 신경을 거슬리게 하는 물고기를 삼켰다. 강의 물고기는 바다의 그것과는 먹는 맛이 또 다르다는 것을 느끼며 슬며시 미소 지었다. 예의 그 공포스러운 송곳니가 드러났다.

다시 한 번 그 쾌감을 느낄 수 있다는 생각에 그저 기분이 들뜨는 스 카풀라였다. 그러나 그는 결코 서두르지 않았다. 쾌감에 대한 기대에 서 오는 이 묘한 들뜸을 조금 더 즐기고 싶었기에 그는 천천히 그러나 유유히 강을 거스르고 있었다.

"이제 그만 떠나도록 할까? 이곳도 대충 정리는 된 것 같고. 이제는 바다를 보러 가야 하지 않겠어? 우리의 목적지는 그곳이었으니 말이 야."

이른 아침, 싱그러운 햇살과 약간은 차갑게 느껴지는 서늘한 공기와 함께 눈을 뜬 일행이 옹기종기 모여 앉아 따뜻한 수프를 입 안으로 밀어 넣을 때 케이가 입을 열었다. 케이의 말에 모두 고개를 끄덕였다. 특히 세린의 얼굴이 가장 세차게 움직였다.

애초에 바다에 가자고 제안을 한 이가 세린이었으니 그런 반응은 당연한 것이었다. 그동안 오마의 사정 때문에 발이 묶여 있었지만 이제는 출발할 때도 된 것이다.

"그럼 아침 식사를 마치는 대로 준비하고 떠나도록 하지."

다들 케이의 말에 동의했다. 그리고 아침 식사를 마치자 일행은 분주해졌다. 지금껏 그들이 있었던 곳을 정리해야 했기 때문이다.

그 근처를 지나가던 마을 사람들은 그런 케이들의 행동에 고개를 갸웃거리며 지나갔다. 그러나 곧 그들이 떠나려 한다는 것을 알아채고는 삼삼오오 모여들기 시작했다.

조용히 떠나려 했던 계획과는 달리 사람들이 모여들기 시작하자 케이는 난감해졌다. 물론 이곳에 모여든 사람은 케이 때문이 아니었다. 케이의 치료 덕에 상처와 병에서 회복된 사람은 부지기수였다.

그들 모두 케이에게 마음속 깊이 감사하고 있었다. 하지만 바볼랏 데인 헤이트라는 사람이 있기에 케이라는 존재는 한없이 작아져 버리고 말았다. 물론 그것은 어디까지나 이곳 마을 사람들의 생각에서였다.

짐 정리가 모두 끝나자 케이는 정리된 짐들을 아공간에 집어넣었다. 그리고 나직이 시동어를 외웠다.

"텔레포트."

그것과 동시에 케이 일행은 밝은 빛을 흩뿌리며 사라졌다. 그들이 텔레포트된 곳은 오마 성의 동문 밖. 수해 복구 작업을 하면서 오마 성 구석구석 돌아다니며 케이가 봐둔 곳이었다.

"케이! 아무 말도 없이 갑자기 텔레포트를 하면 어떻게 해요? 사람들과 제대로 작별 인사도 못했잖아요."

일행조차 예측 못한 갑작스러운 텔레포트에 바볼랏이 외쳤다.

"그 많은 사람들과 일일이 인사를 나누다가는 오늘 안에 출발도 못 할 거야."

바볼랏의 외침에 케이는 그런 것은 아무것도 아니라는 듯 받아넘겼다.

"그래도 그러는 게 아니죠. 두 달 가까이 같이 지낸 사람들인데 간단히 인사라도 했어야죠."

"그렇게 작별 인사하고 싶다면 다녀와, 우린 여기서 기다릴 테니까. 난 번거로운 건 싫어."

역시 케이는 무덤덤히 바볼랏의 말을 받아넘겼다.

"제가 어떻게 혼자서 그곳까지 다녀와요!"

계속되는 케이의 무덤덤한 대꾸에 약간은 화가 난 듯 바볼랏의 얼굴은 불그스름하게 물들어 있었다. 그런 바볼랏을 바라보는 케이의 눈빛은 평소의 그것이었다. 무척이나 한심하다는 얼굴.

"그럼 바볼랏 네 손가락에 곱게 끼워져 있는 그 반지는 그냥 장식이야?"

지겨움마저 묻어 나오는 케이의 목소리에 바볼랏은 화들짝 자신의 손을 바라보았다. 그곳에는 에르데미안이 선물로 준 텔레포트 링이 반짝거리고 있었다.

"아, 이것을 잊고 있었구나."

나직한 탄성. 정말 헤이트론의 왕세자가 맞는지 지극히 의심스러운 모습이었다. 왼팔의 팔찌를 내밀고 있을 때는 그렇게 당당하고 위엄있는 모습을 보이더니.

"어떻게 할 거야? 혼자라도 다시 가서 인사하고 올 거야?"

케이의 물음에 한참 자신의 손을 바라보던 바볼랏이 한숨을 내쉬었다.

"후~ 그냥 가도록 하죠. 작별 인사를 한다고 해서 크게 달라질 것도 없고 뭐, 이렇게 헤어지는 것도 좋겠군요."

케이는 그렇게 말하는 바볼랏을 보며 씨익 웃었다.

"잘 생각했어. 그럼 가자구."

'내가 그곳에서 인사도 않고 텔레포트한 것은 그 많은 사람들이 모두 바볼랏만을 존경 어린 눈으로 바라보고 있어서가 절~ 대 아니라구.'

케이의 미소 속에 비친 그 의미를 바볼랏은 알까? 안다면 어떤 반응을 보일까?

"우와~ 정말 아름다워요!"

오마 성 옆을 스치듯 지나 길게 뻗어 있는 일라나 강을 보며 세린이 탄성을 내질렀다.

"그렇지? 이런 아름다운 강이 그런 재앙을 가져다 주었다니… 그런 것이 자연인가?"

세린의 감탄에 눈을 돌려 일라나 강을 바라보던 케이가 나직이 읊조렸다.

"그럼 이제 길을 가는 것이 어떨까요?"

퓨어가 일행을 둘러보며 속삭이듯 말했다.

"그러도록 하죠."

바볼랏도 오마의 사람들을 홀홀 털어버리듯 걸음을 옮기며 말했다.

"그런데 우리 뭔가 잊고 온 것 같지 않아?"

같이 걸음을 옮기기 시작한 케이가 고개를 갸웃거리며 일행에게 물었다. 그런 케이의 말에 모두 곰곰이 생각에 잠겼다. 그들도 무엇인가를 빠뜨리고 온 것 같은 허전함을 느꼈기 때문이다.

"저……."

그때 발린이 우물쭈물 입을 열었다.

"응? 뭐지?"

"말을 두고 왔는데요."

"아!!"

발린의 말에 말을 두고 온 것을 깨달은 일행은 일제히 비명 비슷한 소리를 내질렀다.

"급하게 온다고 깜빡했다."

"그럼 이제 걸어가야 하는 거예요?"

"흠… 걷는 것도 좋겠네요."

순서대로 케이, 바볼랏, 퓨어의 말이었다. 그들의 성격대로 비명인지 찬탄인지 모를 외침 뒤에 각자의 생각이 튀어나왔다. 아무래도 케이와 바볼랏은 비명을 퓨어는 찬탄을 담은 외침인 것 같았다.

결국 말 없이 오마를 빠져나온 그들은 터덜터덜 걸음을 옮기기 시작했다. 퓨어와 세린의 사뿐거리는 걸음과는 무척이나 대조되는 모습이었다.

"휴~ 말이라는 것, 있다가 없으니 무지 불편하네."

"그렇죠, 케이?"

케이와 바볼랏 단둘만의 대화였고 단둘만의 세계였다. 바볼랏은 몰라도 케이까지 그런 맥 빠진 모습을 보인다는 것이 신기했는지 세린은 케이를 힐끔힐끔거리며 사뿐사뿐 발걸음을 옮겼다.

그렇게 걸어가는 케이 일행의 오른편에 바다인지 강인지 모를 넓은 일라나 강의 모습이 펼쳐졌다. 확실히 경탄이 절로 나오는 아름다운 모습이었다. 아름다운 일라나를 느긋이 감상하면서 갈 수 있다는 것으로 위안을 삼으며 한 걸음 한 걸음 바다를 향해 내딛었다.

잠시 쉬며 점심을 먹은 후 선선한 가을바람을 맞으며 걸어가는 것도 나름대로 운치가 있었다. 어느새 케이는 콧노래까지 흥얼거리고 있었다. 상당히 기분이 좋아진 모양이다. 말을 두고 왔다고 언짢아했던 적이 있느냐는 듯한 그런 모습으로 한 발 한 발 내딛었다.

그러다 갑자기 케이가 우뚝 멈춰 섰다. 그런 케이의 낌새를 알아차리지 못한 일행은 몇 걸음 더 간 후에야 멈춰 섰다. 무언가 빠진 것 같아서였다. 멈춰 서서 보니 과연 케이가 저 뒤에 홀로 떨어져 일라나 강을 뚫어져라 노려보고 있었다.

"왜 그러는 거죠, 케이?"

퓨어가 다가와 조심스레 물었다. 딱딱하게 굳어 있는 케이의 얼굴에는 긴장감이 감돌며 이마에 땀방울도 송송 솟아 있었다. 이처럼 긴장한 케이의 모습은 처음이었다. 그래서 조심스레 물은 것이다.

"물러서."

딱딱하게 굳은 어조로 퓨어를 향해 말했다.

"모두 뒤로 멀찍이 떨어져 있어."

무척이나 긴장한 케이의 말에 퓨어는 고개를 끄덕였다. 곧 바볼랏과 세린, 발린과 함께 케이로부터 떨어져 상당히 물러나 있었다. 일행이 제법 거리를 둔 것을 확인한 케이는 강물을 노려보며 한쪽 손에 마나를 모았다.

"썬더볼트."

시동어와 함께 케이의 손에서 한줄기의 번개가 강물 속 깊이 쏘아져 나갔다.

빠지지직―

요란한 소리와 함께 강물이 심하게 요동쳤다. 그리고 강물 위로 거대한 어떤 존재가 모습을 드러냈다.

온몸이 은빛으로 빛나는 실버 드래곤이었다.

스카풀라는 지금 상당히 화가 난 상태였다. 희열과 같은 그 쾌감을 다시 느끼기 위해 천천히 음미하듯 유유히 강물을 거슬러 올라가는데 어디선가 날아온 썬더볼트.

물속에서 더욱 위력을 발하는 전격계열 마법답게 무서운 속도로 스카풀라를 덮쳤다. 하지만 고작 썬더볼트로 마법의 조종(祖宗)이라 불리는 드래곤인 자신을 어찌할 수는 없었다.

다만 자신이 달콤하게 음미하던 그 기분 좋은 무엇인가를 날려 버린 것에 대해 분노하고 있었던 것이다. 그래서 당장 물 위로 몸을 숫구쳤다. 강물에서 벗어나 아래를 내려다보니 한 인간이 오연히 서서 자신을 쏘아보고 있었다.

"크으, 건방진 인간. 네놈이 나에게 썬더볼트를 날린 것이냐?"

분노로 물든 스카풀라의 음성은 오싹하기까지 했다. 그러나 케이는 눈도 깜짝하지 않았다. 다만 멀리 떨어져 있다가 갑자기 강물을 헤치며 나타난 드래곤의 모습에 세린과 발린, 바볼랏이 부들부들 떨었다. 퓨어 역시 긴장되는지 입술을 질끈 깨물었고 손바닥도 땀으로 축축했다.

"흠… 드래곤이 맞았군, 그래. 강바닥을 헤엄치길래 어떤 동물인가 했는데 말야."

스카풀라가 모습을 드러내자 케이가 유들유들하게 말했다. 물론 케이의 손 역시 땀으로 홍건히 젖어 있었지만 겉으로는 태연한 모습이었다.

"크으, 네놈이 썬더볼트를 날렸다는 말이겠지? 인간 주제에 감히 드래곤에게 마법으로 공격을 해?"

"글쎄? 난 설마 드래곤이 강바닥을 헤엄치고 있을 줄이야 몰랐지. 그런데 강바닥에서 뭐 하고 있었던 거지?"

스카풀라는 내심 어이가 없었다. 드래곤 본래의 모습으로 현신한 채 공중에 떠서 노려보고 있건만 지금 눈앞의 인간은 너무도 태연했다.

"감히, 인간 따위가 드래곤의 일에 참견한단 말이냐?"

사실 케이가 스카풀라에게 마법을 썼던 것은 이유가 있었다. 오마의 홍수. 설사 자신이라도 그 제방을 무너뜨릴 정도의 충격을 줄 수 있을지 장담할 수 없었다. 본래의 모습으로 돌아간다면 가능할지도 몰랐지만 그래도 무척이나 힘든 일이었다. 과연 어떤 힘이 제방을 뚫어버렸을까? 케이는 그것이 무척이나 궁금했다.

그렇게 이 강변을 걸어가다가 드래곤의 존재를 느꼈다. 그 순간 머리를 스쳐 지나가는 생각. 드래곤만이 허락받았다는 권능, 브레스. 브레스라면 충분히 제방 아래를 뚫을 수 있었다. 드래곤의 브레스는 이미 한 번 겪어봤기에 확신할 수 있었다. 게다가 저 드래곤이 향하는 방향은 오마 쪽이었다.

자신이 새로 설계하여 더욱 튼튼한 제방을 만들었다지만 만약 저 드래곤이 진정으로 브레스를 쓰러 오마를 향하는 거라면 오마는 다시 한번 홍수에 휩싸일 수밖에 없었다. 드래곤은 하루에 세 번 브레스를 쓸 수 있기에. 그래서 케이는 일행을 물러서게 한 후 드래곤을 향해 썬더볼트를 날린 것이다. 일단 자신에게로 주의를 돌리기 위해.

"너~ 지금 저 위에 있는 벽에다가 브레스 쓰러 가지?"

케이가 눈을 가늘게 뜨며 입가에 묘한 미소를 걸고는 스카풀라에게 물었다. 드래곤의 브레스로 제방이 무너졌다는 것은 어디까지나 케이의 가설이었기에 일단 확인은 해야 했다. 그래서 은근한 어조로 스카풀라를 떠보는 것이다.

케이의 말에 스카풀라의 눈에 이채가 어렸다.

"인간 따위가 감히 이 위대한 실버 드래곤 스카풀라님께서 하는 일에 무슨 참견이냐? 이미 네놈의 죽음은 정해진 것을."

스카풀라의 눈에 잠시 서린 이채를 케이는 놓치지 않았다.

"호오~ 이름이 스카풀라인가? 그래, 죽음이 정해졌다면 말이지, 죽는 녀석 소원 들어주는 셈치고 말해 주는 게 어때? 두 달쯤 전에 저 성의 벽을 향해 브레스를 쓴 것이 네놈인가?"

이미 케이는 심증을 확증으로 굳혔다. 오마의 제방에 브레스를 쏘아 홍수를 일으킨 것은 스카풀라라고 하는 저 희번뜩거리는 실버 드래곤 녀석이라는 것을. 그랬기에 케이의 말투는 뒤로 갈수록 스산하게 차가 워졌고 살기까지 머금고 있었다.

"네놈은 인간 주제에 감히 드래곤에게 살의를 내뿜는단 말이냐. 아무리 죽을 놈이라지만 정말 정신 나간 녀석이구나."

스카풀라는 케이의 말속에 숨어 있는 살기를 느꼈다. 스카풀라는 갈수록 어처구니가 없었다. 드래곤인 자신의 모습을 보고도 태연하게 있는 것 자체도 마음에 안 드는데 감히 자신에게 살기를 내뿜다니… 눈앞의 인간이 미친놈이 아니고서야 어찌 그럴 수가 있겠는가?

"내가 브레스를 어디다 쓰든 네놈이 상관할 게 아니라고 생각하는데? 지금 네 녀석의 대갈통에다가 브레스를 뿜어줄까?"

"킥, 그럴 줄 알았어. 제방이 아무 이유 없이 무너질 일이 없지. 킥킥. 네놈은 아직 어린 녀석 같은데 단순한 호기심에 그 많은 사람들의 생을 앗아갔단 말이지? 그렇다면 네놈의 생명은 나, 케이가 거두어주마. 혹시 리야드를 만나게 되거든 케이가 보내서 왔다고 하라구."

말을 마친 케이는 푸른색 망토를 휘날리며 앞으로 쏘아져 갔다. 물론 오른손에는 어느새 뽑아 든 은무가 하늘거리며 은빛 영롱한 춤을 추고 있었다.

"이… 이놈이……."

킥킥거리며 케이가 내뱉은 말에 스카풀라는 몸을 부들부들 떨었다.

"벌레만도 못한 놈이……."

그때 이미 케이의 몸은 스카풀라의 지척에 이르러 있었다. 은무의 몸은 이미 영롱하게 마나로 감싸여 꼿꼿이 서 있었다. 스카풀라는 케이의 그런 모습에 깜짝 놀랐다.

"흑, 오러 소드라니······."

케이의 오러 소드를 보았기에 그 놀람은 더했다. 그리고 그 순간 스카풀라는 사라졌다. 검강을 일으켜 은무를 베어가던 케이는 스카풀라가 갑작스레 사자리자 그 자리에 멈춰 섰다.

"흠··· 블링크인가? 위대한 실버 드래곤 스카풀라님께서 한낱 인간 따위를 피하느라 블링크를 사용했다는 것인가?"

케이는 비릿하게 웃었다.

그때 사위에서 눈보라가 몰아치며 강력한 기운이 케이를 감싸 올랐다.

"블리자드 스톰인가?"

8서클의 빙계 마법 블리자드 스톰. 블링크로 몸을 피한 스카풀라는 곧바로 케이를 향해 마법을 펼쳤던 것이다.

자신의 몸을 조여오는 마법의 기운을 느낀 케이는 왼손에 마나를 집중해 모았다. 충분한 마나가 모였을 때 케이의 손은 빛나기 시작했다.

"플레임 바리어(Flame Barrier)."

얼음의 극성인 불. 케이의 왼손에서 화염이 피어나며 케이의 온몸을 감싸 안았다. 화염의 구체는 케이를 완벽하게 감쌌고 케이를 향해 다가오는 블리자드 스톰과 힘 겨루기를 시작했다.

불꽃과 눈보라의 싸움. 불꽃도 눈꽃도 세차게 휘날렸으며 마나도 출렁이기 시작했다. 8서클의 빙계 공격 마법 블리자드 스톰과 8서클의 방어 마법 중 화계의 속성을 띤 플레임 바리어. 두 8서클의 마법이 부딪치며 대기는 울부짖기 시작했다.

"흑! 인간 녀석이 제법인걸."

스카풀라는 블링크로 몸을 피한 뒤 곧 이어 블리자드 스톰을 펼쳤다. 마법을 이렇게 빠른 속도로 연달아 사용하는 것은 오직 드래곤만이 가능했다. 자신이 펼친 블리자드 스톰에 휩싸여 얼음덩어리로 얼어터지는 케이의 모습을 상상하며 미소 짓던 스카풀라는 케이가 플레임 바리어로 자신의 마법을 막아내자 미간을 찌푸렸다.

미간을 찌푸리며 블리자드 스톰과 플레임 바리어의 싸움을 지켜보던 스카풀라는 갑작스런 통증에 몸을 휘청였다. 언제 나타난 것인지 케이가 자신의 왼쪽 뒷다리를 베고 지나간 것이다.

"크… 이, 이 녀석이……."

"이봐, 블링크는 너만 사용할 수 있는 게 아니라구."

왼손 검지를 까딱거리면서 놀리듯이 말하는 케이의 모습은 그렇지 않아도 분노한 스카풀라를 한 번 더 화나게 했다.

"크야악～!"

괴성과 함께 스카풀라의 거대한 꼬리가 케이를 향해 짖쳐들었다.

콰앙～!

드래곤의 꼬리에 인간의 몸이 부딪힌 것이라고는 생각할 수 없는 굉음이 터져 나왔다. 스카풀라는 자신의 꼬리에서 느껴지는 은은한 통증에 놀람을 감출 수 없었다.

"어떻게 인간의 몸을 쳤는데……."

케이를 살펴보던 스카풀라는 통증의 정체를 알아차리고는 더욱 놀랐다. 케이의 몸을 감싸고 있는 은은한 푸른빛을 띠는 구체.

"앱, 앱솔루트(Absolute Shield) 실드… 어, 어떻게 일개 인간이……."

에르데미안이 케이에게 선물한 망토에 불어넣은 9서클의 방어 마법,

앱솔루트 실드. 그것이 발현한 것이다. 9서클의 마법은 드래곤에게 큰 위협이 될 수가 없었다. 하지만 그 9서클의 마법을 사용한 것이 인간이라는 사실이 스카풀라를 놀라게 만들었다. 그가 아는 한 9서클의 경지에 이른 인간은 없었으니까.

"흠… 네 녀석에 대한 평가를 다시 내려야겠군. 9서클의 마법까지 사용할 줄 알다니 말이야. 인간 주제에 9서클까지 익히다니 어느 정도 인정은 해줄 **만한 놈이다만** 네놈은 이미 나에게 충분히 무례했다. 그 대가는 죽음뿐이다."

앱솔루트 실드에 놀란 마음을 추스린 스카풀라는 냉정을 되찾고는 서늘한 눈으로 케이를 노려보았다. 상대는 9서클의 마법사. 게다가 오러 소드까지 사용하고 있었다. 여기까지 생각이 미치자 스카풀라는 더욱 조심스러워졌다. 9서클의 마법과 오러 소드.

"자… 잠깐. 9서클의 마법과 오러 소드라고! 어떻게 그런 일이 있을 수가!"

케이를 경계하며 살피던 스카풀라는 검과 마법의 최고점을 동시에 이룬 인간이 눈앞에 있다는 것에 생각이 미치자 경악했다.

"어떻게 오러 소드와 9서클의 마법을 동시에 사용할 수가 있는 것이지? 오러 소드를 사용한다는 것은 네놈이 그랜드 소드 마스터라는 것이고 게다가 9서클의 마법까지. 새파랗게 어린 인간 녀석이 어떻게……."

이제야 자신의 실력을 어느 정도 알아차리고 긴장하는 스카풀라의 모습을 보며 케이는 회심의 미소를 지었다.

"훗… 가끔은 이런 인간도 있는 거라구."

케이의 입에 떠도는 비릿한 웃음을 분명 자신을 향한 비웃음이라 생각한 스카풀라의 눈에는 노기가 자리 잡았다.

"네놈이 아무리 그랜드 소드 마스터에 9서클의 마법사라 하더라도 감히 드래곤을 우습게 보다니 그 대가를 톡톡히 치르도록 해주마."

그 말이 끝남과 동시에 케이를 향해 폭풍과도 같은 마법이 쏟아졌다. 발 밑의 강물이 요동을 치며 케이를 향해 쏟아졌다. 플루드 스톰(Flood Storm)이 시전된 것이다. 그것을 알아챈 케이가 다시 한 번 플레임 바리어를 펼쳐 발 아래의 플루드 스톰을 막는 순간 케이의 정면에서 이글거리는 불꽃이 쏟아져 왔다.

보랏빛으로 일렁이며 엄청난 열기를 쏟아내는 것으로 봐서 그 마법의 정체는 헬 파이어였다. 불의 구슬을 몸 주위에 둘러 방어를 하고 있는데 지옥의 불꽃이 그 벽을 두드리고 있었다.

"크윽— 역시 드래곤이라는 건가? 8서클 마법을 동시에 쓰다니……."

케이는 황급히 망토에 부여된 앱솔루트 실드를 펼쳤다. 그것과 동시에 머리 위를 두드리는 둔중한 충격!

프리즈 데몰리션(Freeze Demolition).

9서클의 빙계 마법이 케이의 머리 위로 쏟아진 것이다. 비록 앱솔루트 실드를 펼치고 있었지만 실드를 두드리는 충격이 케이에게 전달되었다. 9서클 마법끼리의 충돌은 8서클 마법의 충돌에 비할 바가 아니었다.

일라나 강은 그 충돌의 폭압에 강바닥이 드러날 정도로 출렁였고 옆으로 밀려난 강물은 해일이 되어 강변을 덮쳤다. 그 어마어마한 강물은 케이에게서 떨어져 케이와 드래곤의 전투를 지켜보고 있던 일행에게도 노도와 같이 몰려갔다.

"이거 너무 위험한걸요. 여기 계속 있으면 안 되겠어요. 설마 이 정도일 줄은. 일단 몸을 피하도록 하죠."

자신들을 향해 밀려오는 성난 해일을 보며 바볼랏이 입을 떼자 퓨어가 고개를 끄덕여 동의했다. 퓨어의 동의를 얻은 바볼랏은 일행을 감싸 안고 곧 시동어를 외웠다.

"텔레포트."

밝은 빛에 휩싸여 바볼랏, 퓨어, 세린, 발린은 사라졌다. 스카풀라의 마법 공격에 힘겹게 버티는 와중에도 케이는 일행이 텔레포트로 사라지는 것을 지켜보았다.

"크으… 이거 장난이 아닌걸. 그나저나 바볼랏, 탁월한 선택이야."

두 개의 8서클 마법과 하나의 9서클 마법의 연환 공격을 막아낸 케이는 신음을 흘렸다. 그러는 와중에도 한줄기 미소를 흘리는 것은 어떤 이유에서일까?

"호오~ 아직은 여유가 있나 보구나. 그 입가에 떠도는 웃음을 보니 말이다."

케이의 미소를 지켜본 스카풀라 역시 한줄기 미소를 띠고 있었다.

"그럼 계속 막아보거라."

또다시 마법의 연속 공격이 시작되었다. 하나같이 8, 9서클의 마법들이었다. 케이가 9서클의 마법까지 사용할 수 있다는 것을 알게 된 스카풀라였기에 확실히 위력적인 마법만을 사용해서 케이를 공격해 갔다.

덕분에 케이는 정신이 없었다. 계속해서 쏟아지는 마법들 중 어느 것 하나 소홀히 할 것이 없었기 때문이다. 앱솔루트 실드 덕에 조금은 편하게 막아내고 있었지만 망토에 저장된 마나가 모두 소모되면 그때부터는 자신의 마나만으로 스카풀라의 공격에 대항해 가야 했다.

'젠장! 에르데미안은 왜 그 따위 제약을 걸어둬서……."

스카풀라의 공격이 거세짐에 따라 점점 막아내기가 힘들어진 케이는 자신에게 금제를 가한 에르데미안을 떠올리며 욕지기를 내뱉었다. 스카풀라가 제대로 공격을 시작한 이후로 케이는 변변한 공격조차 못한 채 실드와 바리어로 방어에만 급급했던 것이다. 간혹 실드와 바리어가 모두 깨진 상태에서 짖쳐드는 공격은 검막(劍幕)을 펼쳐 막아내며 힘겹게 싸우고 있었다.

"이… 이… 아무리 4할의 내공이 묶였다지만 이건 너무하잖아! 크아~!"

계속해서 밀리기만 하자 케이는 결국 분노를 토해냈다. 그동안의 수련으로 내공도 충분히 늘렸고 환골탈태를 경험하며 중단전도 열었다. 그런데 일라나와 비슷한 크기의 어린 드래곤에게 계속 밀리기만 하자 결국 화가 난 것이다.

케이가 그렇게 수련을 한 이유가 무엇인가? 어디까지나 일라나에게 한 방 먹이기 위한 것이었다. 그런데 덩치로 보아 일라나와 비슷한 나이의 실버 드래곤조차 마음대로 못하다니 화가 날 만도 했다.

"헬 파이어! 플루드 스톰! 블리자드 스톰! 에어 스톰(Air Storm)! 일렉트릭 스톰(Electric Storm)!"

케이가 분노의 외침을 터뜨릴 때 스카풀라는 화계, 수계, 빙계, 풍계, 전격계의 8서클 마법을 동시에 쏘아 보냈다. 다섯 방위를 감싸 안고 자신에게 다가오는 마법에 분노를 터뜨리던 케이는 화급히 앱솔루트 바리어를 최대한의 크기로 펼쳤다.

다섯 가지 8서클의 마법과 9서클의 방어 마법이 부딪쳐 대기가 출렁일 때 케이는 블링크를 사용해 공중 높이 이동했다.

"으드득! 이… 희번뜩한 허약 체질 도마뱀이……."

케이는 분노했다. 그 분노가 케이의 검, 은무로 짖쳐들었다. 분노가 극에 이르자 오히려 케이의 마음은 평정을 되찾았다.

고요히 검을 하단으로 늘어뜨리고는 아래에 있는 스카풀라를 노려보았다. 앱솔루트 실드를 펼치자마자 블링크로 이동했기에 아직 아래에서는 여섯 가지 마법이 힘 겨루기를 하고 있었다. 스카풀라는 그 힘 겨루기를 지켜보며 마나를 모으고 있었고.

케이는 그런 스카풀라를 반개한 눈으로 내려보다가 검을 상단으로 들어 올렸다. 그리고 뒤이어진 가벼운 휘두름. 너무나 간단한, 성의없어 보이기조차 한 일참(一斬)이었다.

그 한 번의 베기에서 하늘거리며 가벼운 바람이 일었다. 그 바람은 스카풀라에게 다가감에 따라 점차 규모가 커져 어느새 광풍이 되어 몰아쳐 가고 있었다. 갑자기 자신을 향해 다가오는 강대한 기운에 스카풀라는 놀라서 하늘을 쳐다보았다. 그곳에는 검을 늘어뜨린 채 반쯤 감은 눈으로 자신을 내려다보는 케이가 있었다.

하지만 지금 그것이 중요한 게 아니었다. 지금 자신을 향해 다가오는 힘. 분명 한 번 경험한 적이 있는 힘이었다. 두 달 전 벽을 향해 브레스를 쏘아낸 후 자신을 휘감던 그 거대한 힘… 그것과 무척이나 닮은 느낌이었다.

스카풀라는 케이를 상대한 후 처음으로 긴장했다. 등이 땀으로 축축히 젖어드는 것만 같은 느낌이었다. 케이가 자신의 다리 하나를 베고 지나갔을 때도 가볍게 코웃음을 쳤었다. 하지만 자신으로 하여금 절망이라는 단어를 떠올리게 했던 힘과 같은 것이 자신을 향해 다가오자 온몸이 뻣뻣하게 굳어 들어갔다.

땅에 내려서 단단히 몸을 곧추세우고 전력을 다해 바리어를 펼쳐도 힘들 것 같았다. 그런 결론이 나자 스카풀라의 몸은 그 자리에서 사라졌다. 스카풀라가 사라진 빈자리만을 그 힘이 때릴 뿐이었다. 아무것도 없는 빈 땅에 닿은 기운은 언제 그리도 광폭하게 몰아쳤냐며 조용히 사라졌다. 아무런 변화 없이 선선한 가을바람이 불어나가듯 그렇게 사라졌다.

멀찍이 블링크를 한 후 그 모습을 지켜보던 스카풀라는 안도의 한숨을 내쉬었다. 분명 아무런 변화는 없었지만 그 어마어마한 기운은 충분히 느낄 수 있었다. 만일 두 달 전의 그 경험이 없었다면 스카풀라는 브레스를 쏘든지 마법을 사용하든지 그 힘에 부딪쳐 갔을 것이다. 그리고 그 결과는?

스카풀라는 몸을 부르르 떨었다. 그리고 분노했다. 일개 인간이 날린 힘에 자신이 공포를 느끼고 몸을 피한 것이다. 물론 몸을 피하는 것이 적절한 선택이기는 했지만 온몸이 치욕으로 물들었다.

온몸의 마나를 모아 펼쳐 낸 회심의 일격, 자연검. 자연검의 검결이 스카풀라를 향해 다가갈 때 케이는 슬며시 웃었다. 아무리 저 녀석이라도 결코 막지 못할 것이라는 자신감이 어려 있었다. 일라나의 브레스도 소멸시켜 버린 자연검이 아니던가? 게다가 지금은 더 강해져 있었다. 그런데 저 스카풀라라는 도마뱀 녀석이 피해 버렸다.

몸을 피해 부들부들 떨고 있는 스카풀라를 보고 있는 케이의 몸도 부

들부들 떨렸다. 그게 어떻게 펼친 일격인데 어떻게 맞부딪칠 생각조차
않고 피해 버릴 수가 있는가? 명색이 드래곤이라는 녀석이 일개 인간이
라 깔보던 자신이 펼친 공격을 알아채자마자 도망을 치느냔 말이다.

자연검을 펼치며 마나를 거의 소진한 케이였기에 그 떨림은 더욱 커
져 갔다. 결국 인간의 모습으로는 어린 드래곤 하나 제대로 상대하기
힘들다는 것이 증명되었기 때문이다. 일라나를 상대하려면 폴리모프
를 풀 수밖에 없었다.

일라나를 상대하는 것보다 당장이 문제였다. 인간의 모습으로 스카
풀라를 상대하느라 상당한 양의 마나를 소모해 버렸다. 지금 늑대로
돌아간다고 해도 상대해 낼 수 있을지 자신이 없었다. 처음부터 늑대
로 돌아갔어야 했던 것이다.

늑대로 돌아가기로 결심을 한 케이는 은무를 검집에 넣었다. 그리고
검집과 망토를 풀어 아공간에 밀어 넣었다. 케이의 입술이 달싹거렸다.

"언폴리모프."

케이는 시동어와 함께 밝은 빛에 휩싸였다.

케이가 펼쳐 낸 자연검에서 느낀 공포와 그 사실 자체에 대한 분노
로 떨리던 몸을 진정시킨 스카풀라는 하늘에 떠 있는 케이를 노려보았
다. 그런데 갑자기 케이의 몸이 밝은 빛에 휩싸이자 그는 흠칫했다.

저 괴상한 인간 같지도 않은 녀석이 이번에는 어떤 짓을 벌일지 두
려웠기 때문이다.

'두려워? 드래곤인 내가?'

두려움이 느껴진다고 생각한 순간 스카풀라는 어이가 없었다. 드래
곤인 자신이.

케이를 둘러싸고 밝게 빛나던 빛이 서서히 가라앉으며 케이의 모습이 드러났다. 순은의 털을 오연히 빛내며 광오하게 드래곤을 내려다보는 늑대의 모습이.

"늑대? 폴리모프인가? 대단하군. 인간이 폴리모프를 마법으로 구현했다는 이야기는 들었다만 설마 그걸 사용하는 녀석이 있을 줄이야."

지금까지의 급박했던 전투의 호흡을 고르기 위해서일까? 스카풀라는 늑대로 돌아온 케이의 모습에 흥미를 보였다.

"글쎄… 폴리모프는 지금까지 계속 사용하고 있었어. 이게 나의 진정한 모습이지."

"뭐얏!"

스카풀라의 짐작을 뒤엎는 말이 땅으로 내려온 케이의 입에서 튀어나오자, 아니, 케이의 의념이 스카풀라의 머리 속으로 흘러들자 그는 대경했다. 지금까지 인간의 모습이 폴리모프 상태였다니…….

"그럼 지금까지 나와 싸운 인간의 모습이 폴리모프한 것이란 말이냐? 폴리모프를 사용하면 마나 소모가 어마어마할 텐데… 아니, 그것보다 늑대 따위가 어떻게 마법을 사용하고 검을 사용하지? 게다가 언어를 사용하고? 이게 어떻게 된 일이야. 너란 놈은 도대체 어떤 존재냐!"

케이가 늑대인 자신의 정체를 밝히자 스카풀라는 혼란에 휩싸였다. 인간만도 못한 늑대 따위가 자신과 대등하게 겨루다니, 아니, 자아를 지니고 언어를 사용하다니 있을 수 없는 일이었다. 간혹 드래곤들이 자신의 가디언으로 삼은 동물들에게 자아를 불어넣기도 하지만 그런 종류의 녀석이라면 감히 드래곤인 자신을 똑바로 쳐다보지도 못한다.

그렇다면 저 케이라는 놈은 스스로 자아를 얻었다는 말인데 도저히 있을 수 없는 일이었다. 스카풀라는 갑자기 닥친 혼란에 정신을 차리지 못했다. 자신의 상식을 뿌리부터 흔들어 버린 정신적인 충격으로 공황에 빠진 것이다.

'흠… 이게 그렇게 충격적인 일인가? 일라나나 에르데미안은 흥미만 보일 뿐 그다지 놀라지는 않았는데… 저 녀석 생각보다 어린것인가?'

케이는 정신적 공황 속에서 홀로 허우적거리는 스카풀라의 모습을 보며 일라나와 에르데미안을 떠올렸다. 그녀들은 저렇게까지 심하게 놀라지는 않았던 것이다.

"뭐, 살다 보면 이해할 수 없는 일은 얼마든지 있는 거라구. 오마가 갑자기 홍수라는 재앙을 맞은 것처럼 말이지. 그러니 세상의 모든 것을 너의 그 좁은 상식이라는 우물에 가두지 않는 게 좋을 거야."

오마의 이야기를 하는 케이의 눈은 스산하게 빛났다. 저 빌어먹을 도마뱀 덕에 수많은 사람들이 그런 비참한 재앙을 맞았다는 생각에 다시 한 번 살기가 꿈틀거린 것이다.

"크으… 건방지구나, 하룻강아지 녀석이."

케이의 말에 어느 정도 공황에서 벗어난 스카풀라의 노기 어린 음성이 울렸다.

"글쎄… 과연 날 하룻강아지로 취급할 수 있을까, 허약한 도마뱀이? 킥."

"이… 이놈이……."

케이가 도마뱀이라는 말을 하자 스카풀라의 분노는 걷잡을 수 없이 커졌다. 모든 드래곤이 가장 싫어하는 말이 바로 도마뱀이다. 그런 하등한 동물과 자신의 생김새를 비교한다는 것 자체가 치욕이었다.

"왜 그래, 도마뱀 씨?"

스카풀라의 분노한 모습을 본 케이가 한 번 더 도마뱀이라는 말을 날렸다.

"크윽. 이놈, 어디 계속 그 잘난 주둥아리를 놀려보아라."

분노의 한마디를 내뱉은 스카풀라는 숨을 크게 들이마셨다. 행동은 숨을 들이마시는 것이었지만 실제로는 주위의 마나가 스카풀라에게로 빨려 들어가고 있었다. 저런 현상이 무엇을 준비하는 것인지 케이는 똑똑히 알았다.

케이 역시 스카풀라와 마찬가지로 숨을 들이마시기 시작했다. 드래곤의 브레스에 관해서는 이미 에르데미안에게 들어서 알고 있었다. 자신이 사용해 본 경험과 비교했을 때 드래곤의 브레스는 극히 효율이 떨어진다는 것을 알았기에 케이도 브레스를 준비했다. 에르데미안의 설명에 따르면 아직 어린 저 녀석의 브레스 정도는 자신이 사용할 수 있는 브레스로 막을 수 있을 것도 같았기 때문이다. 그러면서 오행 중 화(火)의 기운과 팔괘 중 이(離)의 기운을 끌어올려 운기를 시작했다.

숨을 들이마시는 것을 멈추는 것도 입이 쩍 벌어지는 것도 동시였다. 그리고 둘의 입에서 광포한 기운의 브레스가 쏟아져 나오기 시작했다. 두 줄기의 브레스가 쏟아져 나오자 대기와 대지가 요동을 쳤다. 땅은 브레스가 지나간 흔적을 그대로 보여주었고 괴로움에 몸을 비틀며 튀어나간 공기 때문에 브레스 주위는 진공의 상태를 형성했다.

그렇게 뿜어져 나간 두 줄기의 브레스는 정면으로 부딪쳤다. 물의 속성을 띤 실버 드래곤의 브레스와 불의 속성을 이중으로 주입시킨 케이의 브레스. 서로 상극의 기운을 지닌 두 브레스는 부딪친 상태에서

밀고 당기기 시작했다.

이런 장면을 똑똑히 지켜본 스카풀라는 입을 벌린 상태로 눈동자에는 망연자실함이 떠올랐다. 신이 드래곤에게만 허락한 권능인 브레스를 늑대가 사용하고 있는 것이다. 게다가 위력 면에서도 자신과 비슷했다. 갈수록 태산이라더니 이 늑대 녀석은 도대체 그 한계가 어디란 말인가?

스카풀라의 현 상태가 어떤가와는 상관없이 두 브레스의 싸움은 점차 절정을 향해 치달렸다. 땅이 흔들리고 하늘이 울었다. 일라나 강도 미친 듯이 온몸을 비틀며 떨었다. 그 진동은 멀리 오마 성까지 전달되어 오마 성 남쪽의 일라나 강의 물살도 미친 듯이 출렁거렸다.

콰앙~!

힘 싸움을 하던 브레스는 결국 커다란 폭발과 함께 소멸했고 스카풀라와 케이는 그 폭압을 이기지 못하고 뒤로 날아갔다. 자신들이 계속해서 브레스를 쏘아내고 있었기에 그 폭발의 영향을 직접 받은 것이다.

브레스가 폭발과 함께 소멸해 버린 그 자리에는 아무것도 없었다. 폭염과 폭압이 쓸어가 버린 그 자리에는 정말 말 그대로 아무것도 없었다. 간간이 보이던 숲의 흔적도 한가로이 자라난 초지도 여기저기 있던 나무들도 어떠한 흔적도 남기지 않고 사라졌다. 황톳빛의 마른 흙만이 을씨년스레 날리고 있을 뿐이었다.

브레스가 직접 충돌한 곳은 거대한 크레이터가 생성되어 있었다. 에르데미안과 같은 크기의 드래곤 두세 마리는 충분히 몸을 눕힐 수 있을 정도의 엄청난 크기였다.

폭압에 휘말려 뒤로 날아간 스카풀라와 케이는 모로 쓰러져 있었다. 쓰러진 채 꿈틀거리는 모습이 둘 모두 상당히 큰 타격을 받은 것처럼 보였다.

"크윽! 이런 정도의 폭발이라니… 이거 너무한걸."

케이는 온몸을 잠식해 들어오는 통증을 느끼며 힘겹게 몸을 떨었다. 어떻게든 일어나려고 해도 몸이 움직이지 않았다. 그저 꿈틀거리는 것으로 반응이 올 뿐. 스카풀라 역시 사정은 마찬가지였다.

"젠장! 한낱 늑대 따위에게 이런 꼴을 당해야 한다니… 크윽."

어떻게든 몸을 움직이려 노력하는 스카풀라의 모습이 애처로워 보일 때 케이의 몸이 희미한 빛에 휩싸였다. 스스로의 몸에 힐링을 사용한 것이다.

"휴~ 이제 한결 낫군."

힐링의 효과로 몸을 어느 정도 회복한 케이는 네 발로 땅을 디디고 섰다. 그런 케이의 모습을 지켜본 스카풀라도 다급히 자신의 몸에 힐링을 걸었다. 하지만 몸의 크기가 있는지라 힐링의 효과는 케이에 비해 더디게 나타났다.

스카풀라가 자신의 몸에 힐링을 걸고 있을 때 케이의 네 발이 땅을 박찼다. 그런 케이의 네 발의 발톱과 이빨은 마나로 감싸여 영롱하게 빛나고 있었다.

케이가 스카풀라 바로 앞에 도달했을 때 스카풀라의 거대한 꼬리가 케이의 머리를 내려쳤다. 그사이 겨우 몸의 회복을 끝낸 스카풀라가 자신에게 접근하는 케이를 막기 위해 다급히 움직인 것이다.

케이는 풀쩍 뛰어 스카풀라의 꼬리를 피하며 지그재그로 빠르게 앞으로 나아갔다. 좌우에서 번쩍거리며 다가오는 케이의 모습을 쫓는 스카풀라의 꼬리는 번번이 맨땅만 후려칠 뿐이었다.

그러는 사이 케이는 이미 스카풀라의 몸 아래에 바싹 접근해 있었다. 스카풀라는 황급히 앞발을 내려쳤지만 케이는 높게 뛰어오르며 그 앞발을 피했다. 오히려 강기를 일으킨 발톱으로 그 앞발을 찢어발기며 지나갔다.

"크아욱."

앞발에 전해오는 통증에 스카풀라는 신음을 흘렸다. 자신의 발가락 하나 크기도 안 되는 녀석이 요리조리 잘도 피하며 귀찮게 공격을 해오고 있었다.

지금의 신음도 통증이 심해서라기보다는 그 통증이 한낱 늑대에게 당하고 있는 자신을 상기시키기에 분노에 차서 새어 나오는 것이었다. 분노에 찬 스카풀라는 앞을 이리저리 휘저으며 꼬리로 쉴 새 없이 땅을 내려쳤다. 간간히 뒷발도 케이를 향해 날아갔다.

케이는 그런 스카풀라의 공격을 잘도 피해 나갔다. 이미 늑대의 상태로도 사용할 수 있게끔 유수보법과 천풍신법의 개량을 끝냈고 지금 능숙하게 펼치고 있었다. 아무리 드래곤의 덩치가 크다고 하더라도 유수보법의 현묘한 변화와 천풍신법의 빠른 속도를 따라잡지는 못하고 있었다.

유수보법과 천풍신법을 적절히 사용하며 스카풀라의 공격을 피하던 케이는 틈이 보일 때마다 천랑태청수를 사용해 공격했다. 그때마다 어김없이 스카풀라의 단단한 드래곤 스킨(Dragon Skin)은 찢어지며 피를 튀겼다. 천랑태청수를 펼치는 간간이 이빨로 물어뜯기도 했다. 물론 이빨에도 강기를 씌웠기에 케이의 이빨은 드래곤 스킨을 뚫고 들어갔다.

'내가 이빨에까지 강기를 씌우게 될 줄이야. 이거 아강(牙罡)이라 불러야 하나?

드래곤과 싸우는 급박한 상황에서 잡생각을 떠올리는 케이의 모습은 어느 정도 여유를 찾은 것 같았다.

그도 그럴 것이 이와 같은 접근전은 절대적으로 케이에게 유리했다. 아니, 거의 케이를 위한 싸움이었다. 드래곤에 비해 엄청 작은 체구의 케이가 빠르게 움직이며 공격을 하기에 스카풀라는 속수무책으로 당할 수밖에 없었다.

이렇게 붙어 있는 상황에서는 브레스를 쏠 수가 없었다. 아니, 브레스를 준비할 여유조차 없었다. 그렇다고 다른 마법을 사용하려고 해도 역시 스카풀라 자신의 몸 근처에서 빠르게 움직이는 케이 때문에 그것도 불가능했다. 블링크를 사용해 이동하려고 하면 어떻게 도착 지점을 알았는지 늑대 녀석도 블링크를 사용해 귀신같이 따라붙었다.

스카풀라는 점점 자신의 패색이 짙어지는 것을 느꼈다. 이미 온몸이 상처로 뒤덮였다. 작은 늑대에게 당한 작은 상처라 별 신경을 쓰지 않고 분노에 떨며 어떻게든 케이를 잡으려는 생각만 했다. 가랑비에 옷 젖는 줄 모른다고 했던가? 그렇게 쌓인 작은 상처는 어느새 스카풀라의 움직임을 무척 둔하게 만들었다.

'크윽! 이럴 수는 없다. 위대한 드래곤인 내가 한낱 늑대 따위에게……'

스카풀라는 절망으로 몸을 떨었다. 이미 상황은 어찌할 수 없게 흘러가고 있었다. 이대로 계속해서 저 늑대 놈에게 당하다가 힘이 다 빠지면 결국 죽음에 이를 것이다.

지금 스카풀라는 죽음의 그림자를 느끼며 절망에 빠진 것이다.

'헉헉! 역시 드래곤이라는 것인가? 질긴 녀석. 이제 마나도 다 떨어져 가는 것을……'

가만히 얻어맞는 것도 힘들지만 상대를 때리는 것도 무척이나 체력이 소모되는 행위이다. 계속해서 스카풀라를 공격해 타격을 주는 케이지만 이미 대부분의 마나를 소진한 상태였다. 케이 역시 지쳐 가고 있었다.

"어떤가? 위대하신 드래곤 나리~ 이 하찮다 못해 미천하기 그지없는 늑대 따위에게 당하고 있는 소감이?"

공격을 멈춘 케이가 호흡을 고르며 스카풀라에게 물었다. 그렇게 스카풀라에게 말을 거는 와중에 혼원심법을 운용하여 흩어진 마나를 모으고 있었다. 결국 마나를 회복하는 시간을 벌기 위해 잠시 공격을 멈추고 스카풀라의 관심을 다른 곳으로 돌린 것이다.

"크— 이놈이……"

모멸감과 치욕으로 몸을 떠는 스카풀라였지만 별다른 대꾸가 없었다. 지금의 상황을 그 자신도 믿기 힘들었지만 어쨌든 사실인 것이다. 케이의 지속적인 공격에 스카풀라는 이미 치명상을 입었다.

"흠… 별다른 반응이 없는걸. 그럼 생명을 포기한 걸로 간주해도 되는 것인가?"

신음만 흘릴 뿐 별다른 반응이 없자 격렬한 분노를 예상한 케이는 맥 빠진다는 듯 스카풀라를 바라보았다.

"이봐, 너 몇 살이냐? 상당히 어려 보이는데?"

스카풀라가 어떤 반응을 보이든 케이는 아직 마나를 더 모아야 했기에 계속 말을 이어나갔다.

"올해로 딱 1,000살이다, 미친한 놈."

드래곤으로서의 한 가닥 자존심이 스카풀라의 입에서 거친 대답이
나오게끔 했다.

"뭐? 1,000살? 애잖아."

케이가 어이없다는 듯 말하자 스카풀라 역시 어이없는 얼굴이 되었
다. 1,000년이나 산 자신을 애라고 말하다니 도무지 저 괴상한 녀석에
대해서는 종잡을 수가 없었다. 물론 드래곤의 관점에서 자신은 아직
애인 것은 사실이었다. 해츨링이 500살이 되면 성룡식을 치뤄 용언을
사용할 수 있는 성룡이 되긴 하지만 적어도 1,500살은 넘어야 진정한
성룡으로 인정을 받으니까. 하지만 한낱 늑대인 주제에 자신을 애 취
급하다니 정신 구조가 어떻게 된 녀석인지 궁금했다.

'쳇, 일리나보다도 어린놈에게 이렇게 시달리다니 아직 부족한걸.
앞으로 좀 더 열심히 수련해야겠어.'

스카풀라의 나이를 들은 케이는 맥 빠진 한숨을 내쉬었다. 적어도
일리나와 비슷한 나이의 드래곤일 거라 생각했는데 일리나보다 어린
녀석이었다니. 이런 녀석에게 이렇게 낭패를 보며 싸웠는데 일리나를
상대하면 어떻게 될지… 아직은 많이 부족하다는 생각에 힘이 빠졌다.

'뭐, 어쩌면 다행일 수도 있군. 현재 내 수준을 알아볼 수 있었으니
말이야.'

나름의 위안을 삼은 케이는 어느 정도 마나가 쌓여감을 느꼈다. 그
때 스카풀라의 몸도 은은한 빛에 휩싸이며 케이가 만들어놓은 상처가
말끔히 낳았다.

대화를 하며 쉬는 동안 다른 수를 생각한 것은 케이만이 할 수 있는

것이 아니었던 것이다. 스카풀라 역시 케이가 눈치 채지 못하게끔 힐링을 사용해 서서히 상처를 치료하다가 마지막에 마나를 급격히 터뜨려 완전히 상처를 치유했다.

"이놈, 어디 계속 그렇게 지껄여 보아라."

상처를 완전히 회복한 스카풀라는 케이를 노려보며 음산하게 말했다. 하지만 내심 스카풀라는 걱정이 앞섰다. 현재 놈과 자신의 거리는 지척이었다. 그렇다면 분명 앞으로의 싸움도 조금 전의 반복이 될 것이다. 그렇게 된다면 기껏 몸을 회복시킨 의미가 없었다.

블링크로 이동한다고 해도 저 영악한 늑대 녀석은 자신을 따라붙을 것이다. 이대로의 싸움은 승산이 없다는 것이 분명한 사실이기에 스카풀라는 결단을 내렸다. 그리고 곧바로 실행에 들어갔다.

"텔레포트."

밝은 빛에 휩싸이며 스카풀라는 사라졌다.

갑자기 텔레포트를 사용해 도망가는 스카풀라의 행동에 케이는 깜짝 놀랐다. 설마 드래곤이라는 녀석이 이렇게 도망갈 줄은 상상도 못했던 것이다.

"젠장. 이 도마뱀 놈, 드래곤이라고 뻐길 때는 언제고 꼴에 도망이야. 흥, 그렇다고 내가 못 잡을 거라 생각하는 모양이지?"

케이는 즉시 정신을 집중해서 서서히 흩어지고 있는 마나의 배열을 읽어 나갔다. 아직 스카풀라가 사용한 텔레포트 마법의 마나 배열을 거의 유지하고 있었다. 케이에게 마법을 가르쳐 준 이는 드래곤 중에서도 최고의 마법 실력을 가지고 있다는 에르데미안이었다.

비록 조금 흩어졌다고 하지만 이 정도의 배열을 유지하고 있는 마나로부터 상대가 사용한 텔레포트의 좌표를 읽어내는 것은 케이에게는 손쉬운 일이었다.

"나라는 놈을 제대로 파악하지 못한 것이 네놈의 실수다, 스카풀라."

케이는 텔레포트의 좌표를 알아내자마자 곧바로 텔레포트를 사용해 사라졌다.

케이와 스카풀라의 격렬한 전투가 있었던 일라나 강변은 황량한 폐허로 변해 쓸쓸한 바람만이 불고 있었다.

"헉헉, 괴물 같은 녀석이었어. 설마 이 내가 도망을 가게 되다니."

황급히 자신의 레어로 텔레포트해 온 스카풀라는 안도의 한숨을 쉬며 몸서리치고 있었다. 늑대 따위에게 당한 자신의 처지가 아직도 믿기지 않았던 것이다.

"뭐, 이젠 끝났으니 당분간은 레어에 머물러야겠군."

믿기지 않는 존재와 조우한 충격을 치료하려는 것인가? 그동안 이곳저곳 돌아다니며 호기심을 채우기에 정신이 없었던 스카풀라는 당분간 레어에 머무르기로 결정했다. 그렇게 마음먹고 엎드려 조용히 잠을 청하려던 스카풀라는 자신의 앞에서 느껴지는 갑작스러운 마나의 유동에 깜짝 놀랐다.

마나의 유동이 일어난 곳에서 밝은 빛이 일어나더니 케이가 나타났다. 케이의 모습을 확인한 스카풀라는 딱딱하게 경직되었다.

"도망친 곳이 이곳인가? 네놈 레어인 모양이지? 이거 고맙군. 구태여 레어까지 안내하지 않아도 되는데 말야."

경직되어 있는 스카풀라에게 한줄기 비웃음을 날려준 케이는 그의 레어를 둘러보며 태연히 말했다.

"굳이 레어의 보물까지 나에게 주지 않아도 되는데 말야. 하긴 아직 어린 녀석이라 보물도 얼마 없겠군, 그래."

자신에게 한 발 한 발 다가오며 저런 말을 아무렇지도 않게 내뱉는 늑대 녀석의 모습에 스카풀라는 부들부들 떨었다. 그러나 지금까지의 떨림과는 그 성질이 달랐다. 여태껏 분노에 몸을 떨었다면 지금은 두려움에 몸을 떨고 있는 것이다.

자신의 레어에까지 따라온 저 질긴 늑대 놈에게서 진정한 두려움을 느끼기 시작한 것이다. 케이도 그런 스카풀라의 변화를 읽었다.

"호오~ 두려운가? 이 내가? 큭큭. 위대한 드래곤답지 않은 모습이로군. 그리고 멍청하기도 하고 말야. 도망을 치려면 제대로 치지 그랬나? 스카풀라, 네놈은 두 가지 실수를 했어. 그랬기에 지금 그렇게 두려움에 몸을 떨게 된 것이지. 먼저 네놈은 용언 마법이 아닌 텔레포트로 도망쳤어. 덕분에 나는 남아 있던 마나의 배열로 이곳의 좌표를 읽을 수 있었지. 그리고 두 번째, 내가 이곳으로 텔레포트를 하면서 생긴 마나의 유동을 느꼈을 때 너는 마나 간섭을 했어야 했어. 그러면 나의 텔레포트는 실패로 끝났을 테니까 말야. 기회가 있었는데도 그걸 놓치다니 정말 멍청한 녀석이군."

케이는 친절하게도 스카풀라의 실수를 조목조목 짚어주었다. 사실 스카풀라를 따라 곧바로 텔레포트한 것은 케이로서도 큰 실수였다. 그가 지적한 대로 스카풀라가 마나에 간섭이라도 했다면 케이는 어찌 되었을지 몰랐다. 공간의 틈에 갇혔을 수도, 몸의 일부가 소멸됐을 수도, 아니면 케이의 존재 자체가 소멸됐을 수도 있었던 것이다.

스카풀라가 도망갔다는 생각에 다급히 쫓는다고 케이는 그것을 간과하고 급하게 텔레포트했다. 스카풀라는 그때 일어난 급작스러운 마나 유동에 놀라 마나 간섭을 할 기회를 놓친 것이다.

케이로서는 정말 운이 좋았다. 그런 것을 스카풀라에게 멍청하다고 말하며 비웃음을 짓고 있었다. 과연 케이와 스카풀라는 무엇이 다른 것일까?

"자, 그럼 이제 그만 끝내도록 할까? 이제 도망칠 생각은 하지 말라구."

말을 마친 케이는 강기를 일으킨 앞발을 스윽 휘둘렀다. 다시 한 번 펼쳐진 자연검. 이 한 수를 위해 케이는 온몸 구석구석 남아 있는 마나를 정말 쥐어짜듯 뽑아냈다.

스카풀라는 자신을 향해 다가오는 공격에 다시 한 번 놀랐다. 바로 그 힘이었다. 어떻게든 도망가야 했다. 그런데 몸을 움직일 수가 없었다. 또한 마법을 사용할 수가 없었다. 자신을 집어삼키려는 힘이 서서히 다가오고 있는데도 꼼짝달싹할 수가 없었다. 두 눈 멀쩡히 뜨고 목숨을 잃을 상황이었다. 답답했다. 미칠 것만 같았다. 분노했다. 그리고 결국 절망했다.

스카풀라의 절망과 동시에 스카풀라의 몸은 서서히 무너져 내렸다. 바람에 흩날리는 먼지마냥 서서히 사라져 갔다. 자연검에 당한 스카풀라의 몸은 잘게 부서지며 소멸되었다.

스카풀라가 사라진 자리에는 어른 주먹만한 은빛 보석이 영롱한 빛을 뿌리고 있었다.

제   19   식

새로운
여행을 향해

새로운 여행을 향해

넓디넓은 동공 안 케이가 정신을 잃고 쓰러져 있었다. 스카풀라와의 싸움에서 과도한 마나의 사용으로 탈진해 쓰러진 것이다. 정신을 잃었지만 혼원심법의 묘용으로 차차 마나가 단전에 차오르고 있었다.

케이의 눈꺼풀이 파르르 떨리기 시작하더니 슬며시 떠졌다. 눈을 몇 번 깜빡거린 케이는 온몸을 부르르 떨더니 꿈틀거리기 시작했다. 일어서기 위해 안간힘을 쓰고 있었다. 그러기를 얼마나 지났을까? 네 발에 힘을 주고 땅을 딛고 섰다.

"끄응~ 스카풀라 녀석, 또 도망치려 하다니… 그 녀석을 묶어둔다고 훨씬 많은 마나를 사용하는 바람에 바로 쓰러져 버렸군."

케이는 머리를 좌우로 흔들며 정신을 차리려 애썼다. 아직도 머리가 얼떨떨한 것이 완전히 회복된 것 같지 않았다.

"으음… 확실히 속이 엉망이군. 무리하게 마나를 끌어올렸더니 내상이 심각해. 일단 내상부터 치료하고 봐야 하나?"

정신이 어느 정도 든 후 몸 이곳저곳을 살펴보던 케이는 기혈이 엉켜 단단히 굳은 몸 상태를 알아차리고는 곧 운공요상에 들어갔다. 상당히 심각한 수준의 내상인지라 일단 내상부터 다스려야 했다.

곧 눈을 감고 조심스레 단전에서부터 마나를 끌어올려 천천히 소주천부터 시작했다. 기혈이 무척 심하게 엉키고 단단히 굳어 있어 힘들었지만 케이는 참을성있게 천천히 마나를 인도해 갔다. 그런 케이의 콧등으로 땀이 배어 나와 맺혀 있었다.

얼마나 운공에 빠져 있었을까? 빛이 들어오지 않는 동공 안이라 시간의 흐름은 알 수 없었지만 무척 긴 시간이 흘러간 듯했다. 그때 케이는 서서히 눈을 떴다.

"흠… 일단 엉킨 기혈은 모두 풀었나? 내상은 대강 추스른 것 같군. 나머지는 시간에 맡겨야지."

내상의 치료를 끝마친 케이는 그때부터 스카풀라의 레어를 둘러보았다. 그런 케이의 시선을 잡아끄는 빛이 있었다.

"뭐지, 저건?"

그 빛을 향해 발걸음을 옮기던 케이는 어른 주먹만한 은빛으로 영롱히 빛나는 보석을 볼 수 있었다.

"이건가? 무척이나 비싸 보이는 보석인걸. 응? 뭐지, 이 엄청난 양의 마나는? 호~ 그렇군. 스카풀라 녀석의 드래곤 하트로군. 자연검으로 녀석을 완전히 소멸시킨 줄 알았는데 드래곤 하트만은 남았군."

케이는 스카풀라의 드래곤 하트를 주워 들어 아공간에 넣었다.

"자, 그럼 어디로 가볼까나. 이곳은 이 엄청난 크기로 봐서 스카풀라 녀석이 본체로 있는 공간인 것 같고. 보물 창고는 어디에 있을까나~"

그때부터 케이는 천풍신법을 펼쳐 레어 구석구석을 뒤지기 시작했다. 1,000살밖에 안 된 녀석이지만 어쨌든 드래곤. 분명히 보물을 제법 가지고 있을 것이다. 오래지 않아 케이는 스카풀라의 모든 창고를 찾을 수 있었다.

드래곤답게 제법 많은 양의 무기, 보물, 서적 등을 모아두고 있었지만 이미 에르데미안의 레어에서 어마어마한 양의 것들을 봐버린 케이는 별다른 감흥을 느낄 수가 없었다. 역시 어린 드래곤이라는 생각만할 뿐이다.

"자, 그럼 돌아갈까? 아, 그전에 일단 폴리모프부터⋯⋯."

스카풀라가 모아온 것들을 모두 아공간에 집어넣은 후 빛에 휩싸이며 케이는 인간의 모습으로 폴리모프했다. 주위에 아무도 없는 곳이었기에 구태여 옷까지는 구현하지 않아 발가벗은 나신 그대로의 모습이었다.

아공간을 연 케이는 그곳에서 옷가지를 꺼내어 하나하나 입고는 은무를 허리에 두르고 망토를 걸쳤다. 이럴 때를 대비해 케이는 상당히 많은 양의 옷을 사서 아공간에 넣어두었었다.

"텔레포트."

케이는 이제 황폐하게 변해 버린 일라나 강변에 나타났다.

"휴~ 아주 초토화되어 버렸군. 퓨어가 이 모습을 보면 또 뭐라고 할까?"

미드 산맥에서 자신이 사용한 브레스에 날아가 버린 숲의 일부에도 무척이나 슬퍼했던 퓨어다. 그런데 지금처럼 완전히 폐허밖에 남지 않은 곳을 본다면 어떤 반응을 보일까? 대충 그 모습을 상상해 본 케이는 머리를 좌우로 세차게 저었다.

"쩝, 어쩔 수 없지. 뭐, 그나저나 바볼랏이 모두를 데리고 잘 텔레포트한 것 같긴 한데. 어디로 간 거지?"

이제 일행과 합류하는 일만 남은 케이는 곧 미간을 찌푸렸다. 바볼랏이 텔레포트하는 것은 알았지만 어디로 간 것인지 모르기 때문이다. 이미 텔레포트하고 상당한 시간이 흐른 후라 마나의 흔적도 남아 있지 않았다. 아니, 케이와 스카풀라가 그리도 격렬한 전투를 벌였으니 바볼랏이 텔레포트를 한 직후 마나의 배열은 바로 사라졌을 것이다.

"휘유~ 살았다. 정말 어마어마했어요."

밝은 빛과 함께 텔레포트를 끝내자 바볼랏은 곧장 이마의 땀을 닦으며 한숨을 내쉬었다.

"정말 그래요. 과연 드래곤이에요, 그런 위력이라니……."

퓨어 역시 드래곤의 위력에 몸서리치며 바볼랏의 말에 수긍했다.

"저… 케이 오빠는 괜찮을까요?"

두 눈 가득 걱정을 담은 세린이 바볼랏과 퓨어를 번갈아 보며 물었다. 그런 세린의 두 눈에서는 금방이라도 눈물이 쏟아질 듯했다.

"글쎄… 케이가 대단한 것은 사실이지만… 드래곤이 상대라면 모르겠는걸."

바볼랏이 어두운 얼굴로 대답했다.

"그, 그런… 그럼 왜 케이 오빠를 돕지 않고 우리만 도망친 거예요.

도왔어야죠!"

바볼랏의 대답에 두 눈에서 주르륵 눈물을 흘리며 세린이 매섭게 외쳤다.

"세린, 진정해요. 우리가 그 자리에서 사라지는 것이 케이를 도와주는 거예요. 우리로서는 케이를 돕기는커녕 방해만 될 뿐이에요. 슬픈 일이지만 그게 사실인걸요."

촉촉이 젖은 눈으로 세린을 응시하며 퓨어가 조용히 말했다. 그런 그녀도 슬픔에 둘러싸여 있었다.

"그, 그래도 에르데미안님께 받은 선물이 있잖아요. 그거라면……."

서둘러 무언가를 말하려는 세린을 보며 퓨어는 조용히 고개를 가로저었다.

"그 아티팩트들은 인간이나 엘프의 관점에서 보면 엄청난 것이지만 드래곤에게는 그저 장난감에 불과해요. 제가 받은 검에 걸린 마법 중 최강의 것들도 고작 8서클의 블리자드 스톰과 플루드 스톰뿐이에요. 드래곤에게 그런 마법은 우스울 뿐이죠."

자신들의 무력함을 인정하는 것이 이리도 힘든 일일까? 퓨어의 목소리는 가늘게 떨려 나오고 있었다. 8서클의 마법은 절대 고작이라는 말을 붙일 마법이 아니었다. 다만 그 상대로 삼은 드래곤이라는 존재 자체가 워낙 굉장했기에 8서클의 마법이 초라하게 비친 것일 뿐.

자신의 말을 끊고 이어진 퓨어의 설명에 세린은 고개를 숙였다. 두 눈에서는 계속해서 눈물이 흘러내리고 있었다.

그런 일행을 보는 발린은 딱딱하게 경직되어 있었다. 아니, 얼이 빠져나간 것일까? 눈이 멍하게 초점없이 풀려 있었다. 그럴 수밖에 없는 것이 드래곤을 직접 눈앞에서 보았다. 그것도 화가 나서 마법을 마구 난사하는 드래곤을. 그것은 공포 그 자체였다.

드래곤 피어만 울려도 모든 생명체는 공포에 질려 움직이지도 못한다. 그런데 분노에 찬 괴성을 지르며 마법을 난사하는 드래곤을 보았는데 그 충격에서 쉬이 벗어난다는 것이 오히려 이상하다. 발린의 이런 모습이 지극히 정상인 것이다.

또래의 발린이 정신이 나가 버린 정상적인 반응을 보인 것에 반해 슬픔에 젖어 있지만 나름대로 온전한 정신을 유지하고 있는 세린이 이상한 것일까? 아마도 세린에게 깃들어 있는 헤이트론의 권능이 그녀를 드래곤에 대한 공포로부터 지켜주는 것이리라.

"저, 그럼 에르데미안님께 부탁하면요?"

고개를 숙이고 눈물을 흘리던 세린이 갑자기 머리를 들며 외쳤다. 에르데미안에게 생각이 미친 것이다. 드래곤들 중에서도 가장 강하다는 9,000살이 넘은 태고룡 에르데미안. 그녀라면 충분히 케이를 도와주리라. 그러나 이번에도 퓨어는 머리를 가로저었다.

"아무리 에르데미안님이라 하더라도 다른 드래곤의 일에 일방적으로 간섭할 수는 없어요. 게다가 엄밀히 따지자면 케이가 먼저 싸움을 걸었구요."

"이… 케이 오빠는 바보같이… 왜 가만히 있는 드래곤에게 싸움을 걸어!"

얼굴 가득 눈물 범벅이 된 채 세린은 애꿎은 하늘을 향해 소리를 질렀다. 무겁고도 슬픈 기운이 일행을 감싼 채 짓누르고 있었다.

"아니, 자네들 여긴 어쩐 일인가? 얼마 전에는 퓨어 양과 케이라는 자네들 일행이 왔다 가더니 말야."

무거운 침묵에 잠겨 슬픔을 곱씹고 있는 일행의 귀에 낯익은 목소리가 들려왔다. 소리가 들린 곳으로 얼굴을 돌리니 하이달로그가 의아한 얼굴로 그들을 바라보고 있었다.

바볼랏이 다급하게 텔레포트한 곳은 드워프의 산이었다. 그것도 불꽃 마을 근처였다. 바볼랏은 다급하게 텔레포트를 하느라 머리에 떠오르는 좌표로 바로 시동어를 외웠고 그곳이 바로 여기였다. 그리고 막 마을 밖으로 나서던 하이달로그는 귀에 누군가의 목소리가 들렸기에 무슨 일인가 살피러 와서 이들을 만나게 된 것이다.

"응? 자네들 얼굴이 왜 그런가? 무슨 일이 있는 것인가?"

눈물로 세수를 한 듯한 세린의 얼굴과 어두운 안색의 바볼랏, 깊은 슬픔을 간직한 눈의 퓨어, 눈동자가 풀려 버린 발린의 모습을 보고 하이달로그는 의아함이 가득 담긴 목소리로 물어왔다. 그러나 그의 물음은 답을 듣지 못하고 공허하게 사라져 갔다.

"쯧쯧, 어떻게 이곳에 갑자기 나타난 것인지는 모르겠지만 일단 우리 집으로 가세. 아무래도 뭔가 큰 일을 겪은 모양이구먼."

하이달로그는 어두운 안색의 바볼랏들을 이끌고는 자신의 집으로 향했다. 과연 무엇이 이들을 이렇게 만들었을까를 곰곰이 생각해 보며.

하이달로그의 뒤를 따르는 발걸음은 무겁기만 했다. 언제 하이달로그의 집에 들어서서 식탁에 둘러앉았는지도 몰랐다. 그런 그들의 앞에 김이 모락모락 피어오르는 찻잔이 놓여졌다.

"무슨 일이 있었는지는 모르겠네만 일단 따뜻한 차라도 마시며 진정들 하게나."

그렇게 차를 내려놓은 하이달로그는 다시 집을 나섰다. 자신도 일이 있어 마을을 나서던 길에 바볼랏들을 발견했기에 다시 자신의 일을 보러 나선 것이다. 그들의 상태가 워낙 안 좋아 보였기에 일단 자신의 집에 데려다 놓은 것이다.

엘프인 퓨어마저 그런 모습을 보이게 만들 일이 있을까란 생각을 하며 하이달로그는 짧은 다리를 빠르게 놀리며 걸어갔다. 바볼랏들을 만나는 바람에 시간을 상당히 지체했기 때문이다.

"흠… 왜들 그러는지. 퓨어 양마저 그런 모습이라니… 드래곤이라도 만난 건가? 훗, 설마 그럴 리는 없겠지."

하이달로그는 바쁘게 걷는 와중에 떠오른 생각을 머리를 좌우로 흔들며 지워 버리고는 속도를 올려 뛰는 듯 걸었다. 설마가 사람 잡는다는, 아니, 설마가 드워프 잡는다는 말을 하이달로그는 알까?

김이 모락모락 피어오르는 찻잔을 지켜만 볼 뿐 누구도 손을 가져가진 않았다. 각각 나름대로 드래곤과 케이의 싸움에 대한 충격과 걱정, 슬픔이 있었기에 그저 멍하니 앉아 있을 뿐이었다. 그나마 이 중 가장 침착한 이는 퓨어였다.

헤이트론의 권능이 지켜주는 세린 역시 양호했지만 그녀는 케이에 대한 걱정으로 마음이 심란한 상태였다. 바볼랏은 그저 헤이트론에게 기도만 하고 있었다. 발린은 아직도 정신이 돌아오지 않았다.

어느 정도 시간이 흐른 후 진정이 좀 됐는지 퓨어가 찻잔으로 손을 가져갔다. 입술에 닿는 차는 이미 차갑게 식어 있었다. 그런 차를 거의 기계적으로 퓨어는 조금씩 마셨다. 그런 퓨어의 행동이 신호가 되었을까? 바볼랏도 세린도 차를 홀짝이기 시작했고 발린의 눈도 서서히 초점이 잡혀갔다.

"이제 어떻게 하죠?"

차를 모두 마신 퓨어가 바볼랏에게 물었다.

"글쎄요. 일단 3일 정도 이곳에서 머무른 후 다시 그곳으로 돌아가보도록 하죠. 아직 그곳은 어떤 상태인지 모르니까요."

"그게 가장 좋은 방법이겠죠?"

바볼랏이 말한 방법 이외에 특별히 다른 것은 떠오르지 않았기에 퓨어는 조용히 수긍했다.

"자, 다들 상태가 말이 아닌 것 같으니 들어가서 이만 쉬도록 하죠. 하이달로그님은 다른 일이 있으셔서 나간 것 같으니까요. 발린, 넌 나랑 같이 가자."

바볼랏은 자리에서 일어나며 발린을 데리고 전에 머물던 방으로 향했다. 세린과 퓨어도 일어나 떨어지지 않는 발을 힘겹게 옮겨 방으로 들어갔다. 그리고 침대 위로 허물어지듯 쓰러졌다.

밝은 햇살과 상쾌한 아침 공기, 정겨운 새소리. 기분 좋은 아침을 맞이하기에 충분한 조건이었건만 바볼랏, 퓨어, 세린, 발린 이 넷의 아침은 어둡고도 무거웠다. 그런 그들의 분위기에 하이달로그는 차마 묻지는 못하고 이리저리 둘러보다가 조용히 밖으로 나갈 뿐이었다.

남의 집에 신세를 지는 동안 차마 할 수 없는 무례한 일이었지만 그만큼 일행이 받은 충격이 크다는 반증이기도 했다. 시간이 어떻게 흐르는지도 모르는 상황에서 해는 하늘 위를 움직여 갔다.

그나마 가장 먼저 평소의 모습을 찾은 것은 의외로 발린이었다. 드래곤의 모습을 직접 본 것이 충격뿐 아니라 자극도 된 것일까. 집 뒤뜰에 나가 명상에 빠져 마법 수련에 박차를 가했다.

9서클 마스터의 실력을 지닌 케이를 믿기 때문일까? 아니, 어쩌면 자신의 두 눈으로 똑똑히 본 케이의 검에 어린 오러 소드 때문일지도 몰랐다. 그랜드 소드 마스터와 9서클 마스터를 동시에 이룬 인간. 그런 인간이 설사 드래곤이 상대라 할지라도 쉬이 죽지는 않을 거라는 믿음이 있기 때문에 그가 돌아올 때 당당히 맞을 수 있도록 마법 수련에 매진하는 것이었다.

발린의 모습이 자극이 되어서였을까? 바볼랏과 퓨어, 세린도 차차 기운을 차려갔다. 퓨어는 검법을 익히는 데 온 힘을 쏟아 부었고 세린도 정령 마법을 더욱 높은 수준으로 끌어올리기 위해 수련해 나갔다. 바볼랏은 헤이트론의 경전을 펼쳐 놓고 경건한 기도에 빠져들었다.

무엇인가 한 가지 일에 빠지지 않으면 자신들을 감싸고 있는 슬픔을 이길 수 없기 때문일까? 평소보다 더욱더 집중하는 모습을 보이고 있었다.

그렇게 3일이라는 시간이 흘렀을 때 케이가 그들 앞에 모습을 나타냈다. 케이가 나타났을 때 모두의 반응이란.

아무것도 없었다. 마치 시간이 정지한 듯 모두 침묵 속에 멈춰 있었을 뿐이다. 그리고 멈춰진 시간이 다시 흐르듯 모두의 눈에서 눈물이 흘러내렸다. 그리고 동시에 터져 나온 소리.

"케이~!"

그 외침과 함께 모두 케이에게 달려들었다. 죽었을 거라 생각했던 동료가, 아니, 파티의 리더가 살아 돌아왔다. 이 순간만은 세상의 모든 것을 다 가진 것처럼 기뻤다. 모두의 얼굴에 생기가 돌았다. 그저 그렇게 이 순간의 기쁨을 만끽하며 따뜻한 눈물을 흘리고 있을 뿐이었다.

"흠, 그러니까 내가 그 드래곤과 싸운 날부터 3일이 흘렀단 말이지?"

스카풀라의 레어에서 정신을 잃고 쓰러져 있느라 시간의 흐름을 놓쳤던 케이는 3일이라는 말에 인상을 찡그렸다.

"젠장. 그럼 이틀이나 정신을 놓고 있었다는 말이잖아. 망할 드래곤 같으니… 그렇게 곱게 죽을 것이지 왜 도망치려고 발악은 해가지고."

자연검이 스카풀라를 향해 다가가던 그 마지막 순간 스카풀라는 몸을 옴짝달싹도 하지 못한 채 절망에 빠져들며 죽어갔다. 하지만 정작 어떻게든 움직이려는 스카풀라를 묶어두는 케이 역시 그야말로 죽을 맛이었다. 이미 자연검을 펼치기 위해 거의 모든 마나를 쏟아 부어 스카풀라를 묶어둘 수 있는 마나가 없었기에 그야말로 젖 먹던 힘까지 짜내고 있었던 것이다.

그 덕분에 훨씬 더 깊은 내상을 얻어 이틀을 쓰러져 있었던 것이니 어찌 입에서 욕지기가 안 나올쏜가.

"그런데 케이, 왜 갑자기 그 드래곤을 공격한 거죠? 가만히 있는 드래곤을 건드려 위기를 자초하다니 그 이유를 모르겠어요."

바볼랏은 케이가 일리나 강을 향해 썬더볼트를 뿜어낼 때부터 궁금해했던 것을 물었다.

"그놈이야."

"예?"

밑도 끝도 없는 두리뭉실한 케이의 대답에 바볼랏이 되물었다.

"그놈이라구, 오마의 제방에 구멍을 뚫은 녀석."

"예?"

이번에는 케이의 대답에 놀라서 튀어나온 말이었다.

"내가 말했지. 제방 아래가 어떤 거대한 힘에 뚫려서 제방이 무너지듯 붕괴된 거고 그 덕에 홍수가 터진 거라고. 그 거대한 힘이 그놈의 브레스였어."

"그런……."

케이의 부차적인 설명에 모두 망연자실해했다. 단지 드래곤의 브레스 한 번에 그와 같은 참사가 일어나다니…….

"그 드래곤은 도대체 왜 그런 거죠?"

바볼랏이 침을 한 번 삼키고는 케이에게 물었다.

"글쎄… 그것까지는 안 물어봤는걸. 뭐, 그래도 짐작 가는 건 있지."

"그게 뭐죠?"

"재미라고 할까, 호기심이라고 할까? 그 녀석 올해로 꼭 1,000살이 되었다고 하더라구. 인간으로 치자면 열일곱? 열여덟 정도의 어린애라구. 자신이 가진 엄청난 힘을 시험해 보고 싶었겠지. 아마 그래서 그 제방을 향해 브레스를 쓴 걸 거야. 내가 아는 어린 드래곤 한 마리 중에도 그런 녀석이 있었거든."

마지막 말을 하며 일라나가 떠오른 케이는 이를 뿌드득 갈았다.

"허, 허탈해서 말이 안 나오는군요. 자신의 힘을 시험하기 위해 그런 재앙을 일으키다니……."

바볼랏은 헛웃음을 지으며 멍한 얼굴을 했다. 드래곤이 위대한 존재라고 불리는 것은 사실이지만 그런 존재가 단지 자신의 힘을 시험해 보는 것만으로도 수많은 사람이 생명을 잃고 몸을 다치고 병에 걸리고 삶의 터전을 잃다니…….

"뭐, 그런 거야. 인간이 벌레를 보는 것처럼 드래곤은 다른 종족들을 보는 듯하니까 말야. 드래곤들에게는 수천의 인간 목숨은 아무것도 아니라구. 인간이 수천 마리의 개미를 아무런 죄책감 없이 죽이는 것처럼 말야."

케이는 씁쓸히 웃으며 중얼거렸다.

"그런데 케이 오빠는 어떻게 그 드래곤이 제방에 브레스를 사용한 것을 알았어요?"

세린이 궁금하다는 듯 물었다. 그녀의 기억에 분명 케이는 길을 가다가 갑자기 강에다가 마법을 사용했던 것이다.

"그때 그놈은 오마를 향해 헤엄쳐 가고 있었어. 두 달 전에 있었던 무언가 엄청난 힘에 의한 제방의 붕괴, 그리고 그곳을 향하는 드래곤 한 마리. 그 순간 감잡았지. 뭐, 또 싸우다가 드래곤에게 직접 물으니 자신이 그랬다고 하더라구."

"한마디로 그냥 찍은 거네요? 혹시 아니라면 어떻게 하려고 그런 무모한 짓을 저지른 거예요?"

케이의 대답에 세린은 케이를 쏘아보며 다그쳤다. 세린의 다그침에 케이는 그저 땀을 흘리며 쩔쩔 매고 있을 뿐이었다. 어느 정도 감대로 찍어서 공격한 것은 사실이었기 때문이다.

"그런데 케이님은 어떻게 이곳을 찾으신 건가요?"

이틀 동안 정신을 잃고 단 하루 만에 자신들을 찾아낸 것이니 어떻게 그렇게 빨리 찾아낼 수 있었는지 궁금했던 발린이 물었다.

"음… 나도 난감했다구, 어디로 갔는지 말야. 그래서 멍하니 자리에 앉아 있었어. 어디부터 찾아야 할지 몰라서. 그렇게 있는데 뭔가 떠오르더라구. 퓨어와 세린 바볼랏에게 선물을 한 친구가 자기 물건에 추적 마법을 걸어놨다는 게 말야. 그래서 그 친구를 찾아가서 물어봤어, 너희가 어디 있는지. 뭐, 그 친구에게 잡혀 있느라 하루를 지체했지만 말야."

케이의 말에 그 친구가 에르데미안임을 눈치 챈 셋은 고개를 끄덕였다. 발린은 그 친구라는 존재가 자신이 정신이 나가 있을 때 세린과 퓨어가 언급한 에르데미안이라는 드래곤이 아닐까 조심스레 추측해 보았다.

에르데미안이 떠오르자 케이는 등에 식은땀이 솟아올랐다. 일행의 위치를 알기 위해 그녀를 찾아가자 그녀는 정말 하나부터 열까지 꼬치꼬치 캐물었다. 어쩌다가 일행과 떨어지게 되었느냐는 질문부터 시작되었다.

드래곤 한 마리를 잡아버린 케이로서는 캥기는 부분이 있었기에 대답을 회피했지만 결국 집요한 에르데미안의 공세에 두 손 두 발 다 들고는 하나하나 이야기를 시작했다. 그리고 이야기 중간중간 끼어드는 에르데미안의 질문 덕에 하루를 보낸 것이다.

드래곤을 죽였다는 케이의 말에 에르데미안은 별 다른 반응 없이 담담했다. 아니, 드래곤을 죽일 수 있을 정도로 케이가 강하다는 것에 놀라기는 했다. 하지만 그것은 케이의 강함에 대한 감탄이었다.

에르데미안의 그런 반응은 당연했다. 드래곤이 인간에게, 아니, 늑대에게 죽임을 당하다니 그건 그 드래곤이 멍청한 거니까. 해츨링이 아닌 이상 드래곤은 자기 종족의 죽음에는 별다른 신경을 쓰지 않았다. 최강의 생명체로서의 자존심이라고 할까?

"자자, 이야기는 이 정도면 됐으니까 식사나 하자구. 난 상당히 배가 고픈데 너희들은 괜찮은 거야?"

하루를 꼬박 아무것도 먹지 못하고 이야기만 하다가 온 케이는 몹시도 시장했다. 케이의 말에 다들 시장기를 느꼈는지 바볼랏이 서둘러 주방으로 들어가 식사를 마련해 왔다.

식사를 마치고 그날 하루 더 하이달로그의 집에서 쉰 후 다음날 다시 길을 나서기로 한 일행은 각자의 시간을 보냈다.

톡. 톡. 톡.

간헐적으로 들리는 작은 소리. 마치 무엇인가가 창문을 두드리는 듯했다. 귀를 자극하는 거슬리는 소리에 바볼랏은 떠지지 않는 눈을 억지로 뜨고 침대에서 몸을 일으켰다.

얼마나 잤을까? 제법 오랜 시간을 잔 것 같았다. 몸이 개운한 것이 정말 간 밤에 푹 잔 것 같았다. 그런데 주위가 어두컴컴했다. 한밤중과 같은 짙은 어둠이 아닌 옅게 드리운 어둠이었지만 바볼랏은 무언가 이상했다.

자신의 몸 상태를 보면 분명 긴 시간 동안 단잠을 즐긴 것 같은데 새벽녘에나 드리울 어둠이 방 안을 감싸고 있었다. 그는 고개를 갸웃거리고는 침대에서 내려서 창가로 다가가 커튼을 걷었다.

여느 아침이면 커튼의 틈새로 쏟아져 들어올 햇살이 없었기에 시간을 가늠하고자 그런 것이다.

커튼을 젖히자 드러난 창밖의 풍경은 어두웠다. 그러나 신새벽에 보이는 그런 어둠은 아니었다. 하늘을 가득 메우고 있는 검은색의 먹구름들… 정말 오랜만에 흐린 날이었다.

다시 여행을 시작하려는 날이 이렇게 흐리다니 기분이 좋지만은 않았다. 상쾌하게 시작했으면 좋으련만.

유리창에 간간이 묻어 있는 물방울들로 보아 비도 내리려는 것 같았다. 지금도 한 방울, 두 방울 빗방울이 창에 부딪히고 있었다. 단잠에 빠져들던 자신의 귀를 괴롭혔던 소리는 빗방울이 창에 부딪히는 소리였던 모양이다.

"후."

잔뜩 흐린 날씨만큼 기분이 우울해진 바볼랏은 한숨을 내쉬며 방을 나섰다. 일단 세면실로 가서 간단히 씻고는 주방으로 가자 이미 일행 모두가 일어나 그곳에 모여 있었다.

"이제 일어났어? 항상 늦군, 그래."

"어라? 케이, 언제 일어난 거예요?"

그제야 바볼랏은 침실에서 케이의 모습도 발린의 모습도 없었다는 것을 생각해 냈다.

"그나저나 지금 시간이 얼마나 됐죠? 하늘이 저러니 영 시간 감각이 둔해지네요."

케이는 바볼랏을 힐끔 쳐다보곤 왼손으로 바볼랏 뒤편의 벽을 가리켰다. 오른손으로는 찻잔을 입으로 가져가면서. 케이의 손을 따라 시선을 돌린 바볼랏은 벽에 걸린 드워프제 괘종시계를 볼 수 있었다.

"뻔히 시계가 걸려 있는데 말야, 그 정도는 직접 확인하라구."

케이는 좀 전에 입으로 가져갔던 찻잔에서 향긋한 차 한 모금을 살짝 음미한 후 바볼랏을 향해 싱긋 웃으며 핀잔을 던졌다.

"으음… 이제 8시 정도인가요. 벌써 시간이 이렇게 되다니 아주 달게 잤나 보네요. 그리고 케이, 이렇게 시계가 걸린 집은 흔치 않다구요. 실수할 수도 있죠."

시간을 확인한 후 바볼랏은 머쓱한 듯 머리를 긁적이며 케이에게 변명을 했다.

"이보라구. 시간을 물었다는 건 이곳 어딘가 시간을 확인할 만한 것이 있다는 걸 알고 있었다는 소리잖아? 그렇다면 묻지 말고 직접 확인했어야지."

그 정도의 변명은 어림없다는 케이의 말에 바볼랏은 창밖을 보며 한 행동을 다시 한 번 할 수밖에 없었다.

"후. 예, 예, 제가 잘못했습니다요. 이제 됐어요, 케이?"

자리에 앉으며 케이를 살짝 흘기는 바볼랏의 행동에 케이는 그저 웃을 뿐이었다. 세린은 뭐가 그리 즐거운지 케이와 바볼랏의 행동에 방실거리며 웃고 있었다.

"그나저나 어떻게 하죠? 이렇게 날이 흐리니. 곧 한바탕 퍼부을 것도 같던데 그냥 오늘 출발하는 건가요?"

쏴아아—

바볼랏의 말을 기다렸음인가? 그의 말이 끝나자마자 잠잠하던 집 밖에서 요란한 빗소리가 들려왔다.

"이런이런, 바볼랏이 말하자마자 쏟아지다니……."

가벼운 미소와 함께 자신을 바라보는 케이의 시선에 바볼랏의 얼굴에는 작은 당황이 스쳐 지나갔다.

　"뭐, 뭐예요? 그럼 저 때문이라는 거예요?"

　"아아, 아니야. 그저 내가 알고 있던 말이 생각나서. '까마귀 날자 배 떨어진다' 라는 말 들어본 적 있어?"

　"흠… 처음 듣는 말이네요. 어떤 뜻이 있죠?"

　잠자코 케이와 바볼랏을 지켜보던 퓨어가 생소한 말에 케이에게 물었다.

　"말 그대로라고 할까? 뭐, 인과 관계가 전혀 없는 두 가지 일이 우연히 연속적으로 일어난다 대충 그런 뜻이야."

　"호오~ 흥미로운 말이네요. 그런 짧은 말에 그런 은유적인 표현을 담다니 말이에요."

　바볼랏이 케이가 말해 준 한국의 속담에 관심을 보였다.

　"응? 이곳엔 없어, 이런 속담 같은 것이?"

　"그걸 속담이라고 부르는 건가요? 물론 이곳에도 비슷한 것이 있긴 하죠. '키마' 라고 부르는 경구들이 있긴 한데 대부분이 신의 말씀을 따온 거죠. 그래서 그렇게 일상생활에서 겪을 수 있는 일로 표현된 말은 거의 없어요."

　"그래?"

　끼익.

　"이거 일찍들 일어났구먼, 그래. 날씨도 궂은데 말야."

　그때 작업실로 통하는 문이 열리며 하이달로그가 주방으로 들어섰다.

"어서 오세요. 이거 신세를 너무 과하게 지네요."

하이달로그를 보고 케이가 반색을 하며 말했다.

"하하, 그럴 거 없네. 나도 좋아서 이러는 것이니까. 그나저나 이렇게 비가 쏟아지기 시작했는데 오늘 떠날 건가?

창밖으로 보이는 굵고도 세찬 빗줄기를 보며 하이달로그는 걱정스러운 듯 물었다.

"뭐, 이런 빗속의 여행도 제법 운치가 있을 것 같군요."

"그런가? 그도 그럴 것 같군, 그래. 허허허."

날씨와는 상관없이 오늘 떠나겠다는 말에 하이달로그는 그저 기분 좋은 웃음을 지을 뿐이었지만 바볼랏의 얼굴은 일그러졌다. 여행 도중에 비가 온다면 어쩔 수 없는 일이지만 출발 전에 이렇게 비가 쏟아진다면 일정을 좀 늦출 수도 있는 것 아닌가? 게다가 그들은 시간에 쫓기는 여행자가 아니었다. 그저 마음가는 대로 움직이는 여유로운 여행자들이 아니던가?

"바볼랏, 그런 얼굴 하지 않아도 무슨 생각하는지 다 알고 있다구. 굳이 그렇게 노골적으로 표현할 건 없잖아?'

바볼랏의 표정을 읽은 케이에게서 곱지 않은 소리가 나왔다. 바볼랏은 여전히 얼굴을 구긴 채로 몸을 일으켜 조리대 쪽으로 갔다. 그리고는 아침 식사를 준비하기 시작했다.

아무런 대꾸 없이 그저 다른 일에 관심을 돌려 버리는 바볼랏의 모습에 케이는 어깨를 으쓱할 뿐이었다.

"허허, 저 친구의 저런 반응이 당연한 거지. 나도 이런 빗속에 손님들을 떠나보내려니 영 탐탁치가 않구먼. 자네들이야 그렇다 치더라도 여기 세린과 발린 이 아이들은 어쩔 텐가? 이런 빗속을 움직이다가 자칫 감기라도 걸리면 어쩔려구?"

바볼랏의 뒷모습을 보며 웃음 짓던 하이달로그는 세린과 발린에게로 시선을 돌리며 걱정스러운 듯 물었다.

"뭐, 그리 걱정하지 않으셔도 될 겁니다. 아이들은 강하게 키워야죠. 그리고 세린은 비 한 방울 안 맞고 움직일 능력이 있으니까요."

싱긋 웃는 얼굴에서 나온 케이의 대답에 발린의 표정이 살짝 변했다. 그의 말대로라면 결국 자신은 저 빗속에서 움직여야 한다는 것이었다. 그리 기분 좋을 상황이 아니었다.

"그래? 자네가 그렇다면 어쩔 수 없구먼, 그래. 그럼 내 우의라도 마련해 줌세."

드워프의 손재주는 이미 더 말할 가치도 없이 정평이 난 것이다. 그들의 손재주라는 것이 단순히 무기 제작이나 보석 세공에만 뛰어난 것이 아니라 손으로 무엇인가 창조하는 것에는 두루 뛰어났다. 드워프 개개인마다 차이가 나기는 했지만 아름다운 것을 창조하겠다는 그들의 욕구는 그들을 만능 장인으로 만든 것이다. 각자 특출난 분야가 하나씩 있기는 했지만 그 외의 분야도 웬만한 인간 기술자보다 뛰어났다.

"고맙습니다."

케이는 하이달로그의 말에 고개 숙여 감사의 뜻을 보였다.

"저기, 그럼 우리 여기서부터 다시 여행을 시작하는 거예요? 여기서 다시 바다까지 가려면 갔던 길을 다시 가야 하는 것 아닌가요?"

세린이 궁금한 듯 케이를 보며 물었다. 세린의 물음에 무언가 생각난 듯 케이가 손으로 이마를 가볍게 쳤다.

"아! 맞다. 일전에 갔던 곳까지는 텔레포트로 갈 수 있지. 뭐, 그렇다면 굳이 빗속으로 갈 필요는 없겠군. 그곳까지 바로 텔레포트하면 될 테니. 뭐, 다만 그곳이 과히 보여줄 만한 곳은 아니지만……."

세린의 물음에서 잊고 있었던 것을 상기한 케이의 말은 뒤로 갈수록 씁쓸하게 물들었다. 자신과 스카풀라의 싸움으로 인해 황량한 폐허로 변해 버린 일라나 강 주변의 상황이 떠올랐기 때문이다.

"그럼 일단 그곳으로 이동한 후 중단된 여행을 계속 잇는 건가요?"

어느새 요리를 마치고 아침 식사를 식탁으로 들고 오는 바볼랏의 말이었다.

"뭐, 그게 좋겠군요. 설마 그곳까지 비가 오지는 않겠지요?"

각자의 요리를 그릇에 떠 나눠 주며 비를 피할 수 있다는 안도감에 바볼랏은 미소를 지었다.

"흠… 그거 다행이군, 그래. 그래도 우의는 챙겨 가도록 하게. 자네들 우의는 없지? 여행 중이라면 언젠가 비는 만나게 돼 있으니 말일세. 내 식사 후에 전에 만들어뒀던 것을 꺼내줌세."

여행 중에 필요할 테니 챙겨 가라는 하이달로그의 호의에 일행은 모두 미소를 지으며 고개 숙여 감사의 뜻을 표했다.

식사를 마친 후 케이는 한가로이 좌우로 움직이는 시계의 추를 그저 바라보고 있었다.

"시계란 물건 자주 보지 못한 것 같은데 귀한 건가?"

왕궁을 나온 후 지금까지 시계를 몇 번 보지 못한 것을 깨달은 케이의 시선은 시계를 향한 채 바볼랏에게 물었다.

"물론이죠. 시계라는 것은 무척이나 정교한 기계 장치가 필요하니까요. 모래시계나 해시계 같은 거라면 몰라도 저렇게 분과 초까지 정확히 표시해 주는 시계는 정말 정밀한 솜씨가 필요하죠. 인간 중에는 시계 장인은 몇 없습니다."

"그래?"

"예. 드워프들은 다들 어렵지 않게 만들 수 있지만 말이죠. 휴대용 시계쯤 되면 인간 중에서는 만들 수 있는 이가 손으로 꼽을 정도죠. 그래서 아르스 노바만의 특산품 중 하나가 시계랍니다. 그리고 보니 지난번에 아르스 노바에 갔을 때는 보지 못했네요. 특산품으로 무척이나 유명한 걸로 아는 데 시계 상점을 보지 못했군요."

케이에게 시계에 관해 설명하던 바볼랏은 고개를 갸웃거리며 스스로 의문에 빠져들었다.

"그건 시계가 주문 생산품이라 그렇다네."

뒤에서 들려오는 하이달로그의 목소리가 바볼랏의 의문에 답해주었다.

"시계 자체가 고가품이기도 하고 우리도 제법 신경 써서 만들어야 해서 말야. 시계만은 주문받아서 그 수량만큼 납기일에 맞춰 만들고 있지. 그리고 또 그래야 가격 유지가 된다고 하더군."

작업실에서 우의 다섯 벌을 꺼내 들고 온 하이달로그의 설명에 케이와 바볼랏은 고개를 끄덕였다.

"그런데 가격 유지라니요? 드워프들도 그런 걸 신경 쓰나요?"

"물론. 우리도 거래를 하는 이상 신경을 쓸 수밖에. 특히나 시계 같은 품목은 더욱 신경을 쓴다네. 그래서 드워프의 산에 존재하는 모든 드워프 마을의 협의 끝에 시계는 주문 생산 방식을 채택하기로 했지.

자, 이것도 받게나."

그러면서 회중시계 다섯 개도 함께 건네주었다.

"자네들 시계도 없이 다니는 것 같아서 말야. 시간은 소중한 거야. 1,000년의 수명을 보장받은 우리 드워프들도 시간은 소중히 여긴다네. 자네들 같은 여행자에게도 시간의 흐름은 무척이나 중요하지. 그러니 시계 하나씩 정도는 가지고 다니라구."

"자꾸 이렇게 주시기만 하니 뭐라고 감사를 드려야……."

예상치 못한 하이달로그의 선물에 케이는 뭐라 말을 잇지를 못했다. 자신도 그저 한가로이 여유롭게 여행을 즐기던 터라 시계에 대해서는 생각을 않고 있었던 것이다.

그저 해의 움직임에 따라 식사를 하고, 쉬고, 자고, 일어났을 뿐이었다. 그런 여행이라도 불편함없이 그저 즐겁기만 했었다.

"뭐, 내가 좋아서 주는 거니 신경 쓰지 말게. 아, 그리고 이건 세린 거라네. 자, 여기 이걸 받으렴, 세린."

하이달로그는 케이에게 줬던 다섯 개의 회중시계 중에서 하나를 다시 집어 들고는 세린에게 직접 전해줬다. 그 시계만은 다른 네 개와 달리 정교한 세공이 아름다운 문양을 만들며 어우러져 있었다.

"우와~ 정말 예뻐요. 고맙습니다, 할아버지."

"허허, 그래 마음에 드는 모양이니 다행이구나."

세린이 활짝 웃으며 좋아하자 하이달로그도 기분 좋게 웃었다. 케이는 나머지 회중시계들을 일행에게 나눠 주었다. 우의는 아공간에 집어 넣었다.

"이제 떠나야 하지 않는가? 시간도 제법 된 것 같네만."

"9시 40분쯤이군요. 떠날 거라면 슬슬 출발하는 것이 좋겠는데요, 케이?"

그새 회중시계를 열어 시간을 확인한 바볼랏이 케이에게 말했다. 그러고도 계속 회중시계를 만지작거리며 이리저리 살피는 것이 무척이나 마음에 든 모양이었다.

"허, 자네는 무척이나 마음에 드는 모양이군."

바볼랏의 모습을 지켜본 하이달로그가 슬며시 물었다.

"하하, 물론이죠. 드워프제의 회중시계라니. 이건 백작 이상의 귀족이나 쓸 수 있는 거라구요."

뜻밖의 선물에 입이 귀에 걸린 바볼랏의 기분 좋은 대답이었다.

'왕세자인 녀석이 백작들도 가질 수 있는 선물에 저리도 좋아하다니……'

이해할 수 없는 바볼랏의 행동에 케이는 고개를 가로저었다. 그러나 실상 헤이트론은 신성국가였고 그래서 왕실이라도 검소함은 당연한 덕목이었다. 거의 대부분의 생활을 왕궁 안에서 하는 왕족들에게 회중시계란 불필요한 물건이었다.

왕성 안 군데군데에 괘종시계가 있었고 시간을 알고 싶으면 시종들이 있었기 때문이다. 그러나 회중시계란 것은 귀족 사회에서는 실용성보다 하나의 멋이자 장식품이었다. 그리고 자신의 신분을 은연중 드러낼 수 있는 멋진 악세사리인 것이다. 시계 본연의 기능은 부가적인 것이었다.

신성왕국의 왕세자라 할지라도 어쨌든 왕세자. 타국의 귀족들이나 왕족들을 만날 기회가 있었던 바볼랏이기에 드워프제 회중시계에 이리도 좋아하는 것이다.

"아, 세린. 발린. 이 회중시계는 귀족들도 쉽게 가지지 못하는 아주 귀한 물건이니까 조심히 간수해라. 아무 눈에나 띄게 하지 말도록 하고. 특히 세린, 넌 정말 주의해야 한다. 네 것은 정말 심혈을 기울여 만든 작품 중의 작품이니까."

드워프제 회중시계가 가지는 가치를 떠올린 바볼랏은 어린 세린과 발린에게 주의를 주는 것을 잊지 않았다.

"허, 자네 작품을 볼 줄 아는군. 저건 내가 각별히 신경 써서 만들었던 놈이지."

흐뭇한 웃음을 지은 하이달로그는 연신 고개를 끄덕였다. 자신의 작품에 대한 자부심의 표현일까?

"자자, 그럼 이제 출발하도록 하자구."

케이의 말에 모두 케이 주변으로 모였다.

"그동안 정말 감사했습니다. 폐만 끼치고 가는군요. 그럼 안녕히 계십시오."

"허허, 폐라니 당치도 않네. 종종 들르게나."

"할아버지, 안녕히 계세요."

"그래, 세린도 잘 가거라."

세린이 귀여운 얼굴로 인사를 하자 하이달로그의 얼굴에 걸린 미소는 더욱 짙어졌다.

"그럼, 이만. 텔레포트."

케이가 왼 텔레포트의 시동어와 함께 그들은 사라졌다.

"젠장! 이게 뭐예요. 이곳까지 비가 오다니."

텔레포트를 통해 이동한 곳. 과연 이런 폐허가 있을까 싶을 정도로 황량히 펼쳐진 벌판에 그들이 나타났을 때 비가 추적추적 내리고 있었다. 드워프의 산에 내리는 비에 비할 바는 아니었지만 파괴된 평원에 대한 하늘의 슬픔일까? 굵지 않지만 추적거리는 소리와 함께 쉬지 않고 내리는 비는 슬픈 이의 눈물 그것과 같이 느껴졌다.

텔레포트를 마치자마자 머리를 두드리는 빗물에 투덜거리던 바볼랏은 퓨어의 얼굴을 보고는 머쓱한 표정으로 조용해졌다.

퓨어의 얼굴에서도 두 줄기의 조용한 비가 내리고 있었다. 눈물 속에서 내리는 빗물이라… 완벽하게 초토화된 이곳의 풍경은 퓨어에게 슬픔 그 외의 어떤 것도 아니었다.

마지막으로 텔레포트할 때 이미 예상은 했었다. 그 당시 그 엄청난 마법들의 격돌이라면 이곳이 파괴되는 것은 불을 보듯 뻔한 사실이었다. 케이가 이곳으로 텔레포트를 할 때 마음의 준비는 했었다.

하지만 이건 아니었다. 밝은 빛에 휩싸인 후 드러난 이 풍경은 그녀가 예상했던 그런 풍경이 아니었다. 생명의 기운이라고는 느낄 수 없는 죽음의 그림자만이 뒤덮힌 폐허.

도대체 어느 정도의 기운이 전투를 벌이면 이토록 완벽하게 생명의 기운을 죽일 수가 있을까?

케이는 퓨어의 반응을 확인한 후 그저 담담한 눈으로 하늘을 응시할 뿐 퓨어를 바라보지 못했다. 세린 역시 마지막으로 보았던 이곳의 모습과 너무도 달라져 버린 현재의 모습에 마음이 절로 아려왔다.

퓨어는 폐허의 한곳에 허리를 굽히고 품에서 작은 씨앗을 하나 꺼내

심었다. 그리고 두 손을 모으고 뭐라 중얼거렸다. 그 일을 마치고 몸을 일으키곤 일행에게 나직이 말했다.

"이만 가도록 하죠."

다들 말 없이 앞서 걷는 퓨어의 뒤를 따랐다. 우의를 꺼내 입을 만도 했건만 아니면 다른 방법으로 빗물을 막을 법도 했건만 다들 그저 비를 맞으며 걸었다.

가슴 깊은 곳의 슬픔을 달래려는 듯 퓨어는 빗속에 몸을 뉘었고 일행 모두 그런 퓨어의 모습에 잠자코 빗물에 몸을 맡긴 채 천천히 걸었다.

얼마나 걸었을까? 서서히 빗줄기가 가늘어지기 시작했다. 그리고 구름 사이로 서서히 새어 나오기 시작하는 따사로운 햇살.

일행의 눈앞에는 이전에 보았던 일라나 강변의 아름다운 숲과 초지가 펼쳐졌다. 그 모습을 보자 퓨어의 얼굴이 조금은 밝아졌다. 하지만 아직은 무거운 분위기가 일행을 지배하고 있었기에 침묵만이 떠돌 뿐이었다.

조금씩 비치던 햇살이 검은 먹구름을 몰아내고 땅 위를 가득 채우며 내리쬘 때 바볼랏이 조심스레 입을 열었다.

"저, 잠시 쉬어 가도록 하죠. 식사 시간도 되었고 젖은 몸도 말려야지요."

쭈뼛쭈뼛 퓨어의 눈치를 살피며 조심스레 말을 꺼내는 바볼랏의 모습에 케이는 웃음이 새어 나왔지만 웃을 수는 없었다. 그도 지금의 무거운 분위기는 몸과 마음으로 느끼고 있었다. 저 바볼랏이 저렇게 조심스러울 정도가 아닌가?

바볼랏의 말에 정신을 차린 듯 퓨어는 조용히 고개를 끄덕이곤 마침 한쪽 나무 아래에 있는 바위에 걸터앉았다.

이미 일행의 리더는 케이에서 퓨어로 바뀌어 있었다. 케이는 조심스레 아공간에서 식사 준비를 할 도구와 재료들을 꺼냈고 세린이 조심스레 카사와 운디네를 불러내 주었다. 바볼랏은 최대한 조심스레 음식을 만들기 시작했다.

"세린, 카사를 몇 더 불러낼 수 있겠니? 옷도 좀 말리고 차가워진 몸도 덥혀야지."

낮은 목소리로 조용히 들려온 케이의 말에 세린은 역시 조심스럽게 카사를 다섯 더 소환했다. 셋을 한데 모아놓고 케이와 발린, 세린이 옹기종기 둘러앉았고 바볼랏과 퓨어에게도 하나씩 보내주었다. 특히 퓨어에게 카사를 보낼 때는 무척 조심스러웠다.

무거운 분위기 속에서도 음식은 잘만 만들어지는지 서서히 식욕을 돋구는 향기로운 냄새가 퍼져 나가기 시작했다. 식욕이라는 놈은 분위기와는 아무런 상관이 없는지 모두의 배에 강한 허기를 전해주었다.

음식을 떠서 바볼랏은 우선 퓨어에게 살며시 전해주고 돌아왔다. 그리고 넷이서 조용히 먹기 시작했다. 음식 냄새에 식욕을 느끼긴 했지만 역시 이런 분위기 속에서는 잘 넘어가지 않았다. 먹더라도 맛을 느낄 수가 없었다.

어색한 식사를 마치고 다시 걸음을 옮기기 시작했다.

해와 달이 몇 번을 번갈아 뜨고 지는 동안 케이들의 무겁던 분위기도 차차 그 무게를 줄여 이제는 어느 정도 안정이 되었다. 퓨어의 얼굴에는 여전히 쓸쓸함이 감돌았지만 이전의 말도 못 붙일 슬픔은 거의 사라지고 없었다.

"저, 퓨어. 전에 심은 그 씨앗은 뭐죠? 미드 산맥에서는 무척이나 많은 씨앗을 심었던 것 같은데요."

어느 정도 예전의 분위기가 돌아오자 바볼랏이 그동안 궁금해했던 것을 조심스레 물었다.

"아, 그거요?"

퓨어가 처연히 웃으며 바볼랏을 바라보았다. 그런 그녀의 처연한 표정에 바볼랏은 내심 뜨끔했다. 겨우 진정시킨 감정을 자신이 다시 자극하지는 않았나 하는 생각 때문이었다.

"생명의 나무라는 나무의 씨앗이에요."

바볼랏의 걱정과는 다르게 퓨어의 입에서는 담담한 음성이 새어 나왔다.

"생명의 나무요?"

"예, 우리 엘프들이 사는 숲에는 꼭 있는 나무죠. 생명의 기운을 잔뜩 머금은. 그래서 주위로 그 생명의 기운을 널리 퍼뜨리는 나무예요. 어떤 전투가 있었는지는 모르겠지만 그곳은 생명의 기운이 대부분 사라진 상태였어요. 그런 곳에는 보통 나무의 씨앗을 심어봤자 잘 자라지 못해요. 다시 생명의 기운이 모일 때까지 짧게는 수십 년에서 길게는 몇백 년 동안 그 황량한 모습을 유지할 거예요."

지평선 멀리 허공에 시선을 둔 퓨어는 담담히 말을 이어갔다.

"그래서 생명의 나무 씨앗을 심은 거예요. 생명의 나무는 그런 곳에서도 잘 자라니까요. 그리고 일단 생명의 나무가 싹을 틔우면 그때부터 서서히 생명의 기운이 퍼져 나갈 테니까요. 그렇다면 좀 더 빨리 예전의 모습을 찾을 수 있겠죠. 그리고 축원의 기도도 했구요."

마지막 말을 마치며 퓨어는 방긋 웃었다. 스스로에게 기운을 주려는 것일까, 일행을 안심시키려는 것일까?

그런 퓨어의 웃음에 케이는 괜히 머쓱해졌다.

"미안하게 됐어."

작은 소리로 떨리며 나온 케이의 목소리. 그 말에 퓨어는 케이를 돌아보며 웃음 지었다.

"아니에요, 케이. 어쩔 수 없는 상황이란 거 알고 있어요. 드래곤과 싸웠는데 그 정도는 당연한 거라고 할 수 있죠. 처음에는 제 상상과 많이 달라서 무척 놀라기도 했지만. 괜히 저 때문에 그동안 다들 너무 조심스러웠죠? 미안해요."

이제 완전히 마음을 추슬렀는지 마지막 말을 할 때 그녀의 미소는 예전처럼 밝고도 은은했다. 퓨어가 그런 모습을 보이고 나서야 일행의 얼굴에도 밝은 웃음이 걸렸다.

"자자, 그럼 계속 힘내서 가보자구요. 슬슬 바다가 보일 때가 됐으니까요."

바볼랏이 밝은 목소리로 분위기를 띄우며 힘차게 걸음을 옮겼다. 그 뒤로 케이와 퓨어, 세린, 발린이 뒤따랐다. 그렇게 걸음을 옮기고 얼마 지나지 않아 케이가 코를 킁킁거렸다.

"음… 정말로 다와가는군. 바다 냄새가 바람에 실려오는 걸 보니 말이야."

희미한 바다 향에 취한 듯 눈을 감고 조용히 중얼거린 케이의 말에 일행의 발걸음은 더욱 빨라졌다. 그렇게 뛰듯이 걷기 시작하고 얼마나 지났을까? 하늘 위를 한가로이 날고 있는 갈매기의 모습이 하나둘 보이기 시작했다. 그리고 눈앞에 펼쳐진 풍경.

"와~ 바다다!"

끝없이 펼쳐진 푸른색의 세상. 진한 푸른색과 연한 푸른색이 하나의 선을 만들며 끝없이 펼쳐진 수평선에 다섯 모두 황홀한 표정을 지을 뿐이었다.

케이를 제외하고는 모두 바다를 처음 보는 것이었다.

태어나서 지금껏 엘프의 숲에서만 지내다가 처음으로 여행을 나온 퓨어. 줄곧 헤이트론의 작은 마을에서 병약하게만 지내던 세린. 가문의 숙원을 짊어진 채 아르스 노바에서 마법 공부만을 하던 발린. 신전에서 헤이트론에게 기도만 하며 살아온 바볼랏.

모두 바다를 볼 기회가 없었다. 진정 태어나서 처음으로 이 광활한 바다라는 존재를 접하게 되는 것이다. 한참 동안 모두 아무 말이 없었다. 그저 감동에 빠져 있었다.

케이는 일행의 모습에 싱긋 미소만 지으며 바라보고 있었다.

"책에서 읽기는 했습니다만… 바다라는 곳은 정말 굉장한 곳이군요."

바볼랏의 입에서 떨리며 나온 찬탄!

"그렇지? 언제 봐도 굉장한 풍경이야."

케이가 바볼랏의 말에 싱긋 웃으며 맞장구를 쳐주었다. 그리고는 자리에 풀썩 주저앉았다.

"뭐, 아무리 봐도 질리지 않는 풍경이지만 일단 오늘은 원없이 감동에 빠져 보자구."

그렇게 해가 서쪽으로 넘어갈 때까지 다들 말 없이 바다만을 바라보고 있었다.

"정말이지 굉장하군요. 역시 자연은 위대해요, 이런 장엄함이라니……."

평생을 산과 숲만을 보며 살아온 퓨어에게 바다는 하나의 신선한 충격이었다.

"그렇지? 그럼 오늘은 일단 이곳에서 야영을 하고 내일 아침 일찍일어나자구. 차후의 일정은 그러고 나서 생각하기로 하고."

케이는 일행을 둘러보면서 은근한 웃음과 함께 말했다.

"왜 그러는 거죠?"

"내일 아침이 돼 보면 알 거야. 그러니까 바볼랏, 일찍 일어나라구. 늦게 일어나서 후회하지 말고."

바볼랏의 물음에 그저 웃기만 하는 케이는 주위를 둘러보며 야영 준비를 했다.

"바볼랏, 일어나. 일어나라구."

바볼랏은 자신을 세차게 흔드는 손길에 힘겹게 눈을 떴다.

"으음… 케이, 조금만 더 자게 해줘요."

그러곤 다시 눈을 감아버리는 바볼랏. 그 모습을 지켜본 케이는 얼굴을 흔들더니 바볼랏의 뒷덜미를 잡아 들었다. 그리곤 곧장 천막 막으로 질질 끌고 나왔다.

"세린, 부탁해."

"네."

케이의 말에 세린은 밝게 웃으며 대답했다.

"운디네."

세린의 부름에 소환된 운디네는 곧장 바볼랏에게 한줄기 물을 뿜어
냈다.

"으앗, 차거. 어푸푸."

케이에게 질질 끌려 나오면서도 두 눈 질끈 감고 달콤한 잠의 세계
에 빠져 있던 바볼랏은 운디네의 물 세례에 놀라서 눈을 떴다.

"으웃, 차가워! 이게 뭐예요, 케이. 좀 더 부드럽게 깨울 수도 있었잖
아요."

바볼랏은 얼굴에 묻은 물을 닦아내며 투덜거렸다.

"그랬다가는 나중에 네가 땅을 치며 후회할 거 같아서 말야."

케이는 투덜거리는 바볼랏을 보며 바다를 향해 턱짓을 해 보였다.
이미 세린과 발린, 퓨어는 바다 쪽으로 돌아앉아 멍한 눈으로 응시하고
있었다.

분명 바닷물은 푸른색인데 지금은 피에 절은 양 붉게 빛나고 있었
다. 상처 입은 어떤 신이 물속에서 허우적거림인가? 아니면 어떤 신이
바다를 불태우고 있는 것일까? 세상에서 가장 붉은 것을 말하라면 당
장에 바다라고 답할 정도로 바다는 붉게 물들어 있었다.

그리고 바다와 하늘을 가르는 선에 갑자기 나타난 한줄기 빛. 그 빛
은 점점 더 강렬해졌고 점점 더 커졌다. 서서히 바다 위로 고개를 내밀
기 시작하는 광원은 붉게 타오르고 있었다. 감히 눈뜨고는 마주 할 수
없을 빛과 열기를 가지고 한 걸음 한 걸음 바다로부터 벗어나 하늘의
품으로 들어가는 그것은.

태양.

휘양찬란하게 바다와 대지, 하늘을 빛내며 서서히 떠오르는 태양의 그 모습이란. 그 눈부심에 감히 똑바로 쳐다볼 수 없음에도 모두 넋을 잃고 그저 멍하니 바라만 볼 뿐이었다.

그런 가운데 태양은 바다에서 완전히 벗어나 하늘에 당당히 섰다. 그리고 천천히 위로, 위로 오르기 시작했다.

"어때? 내가 안 일어났으면 후회할 거라고 했지?"

장난스레 웃으며 케이는 바볼랏에게 말했다. 케이의 물음을 받은 바볼랏은 묵묵히 고개를 끄덕였다.

"연 이틀 이런 광경을 보다니. 정말 자연은 대단해요. 그리고 이런 자연을 창조하신 신의 위대함이란……."

바볼랏의 입에서 경건한 말이 나직이 흘러나왔다. 그는 지금 진정 신성(神聖)에 대한 감동에 빠져들고 있었다. 두 눈에서 눈물이 흘러나오는 것도 알아차리지 못할 정도로.

케이는 한 번 피식 웃고는 식사 준비를 시작했다. 바볼랏만큼 잘할 자신은 없었지만 지금 바볼랏의 상태로 보아 그에게 아침을 기대한다는 것은 무리였다.

케이가 아침을 준비하는 동안 하나둘 정신을 차렸다. 그리고 맛있는 냄새가 나는 케이 주위로 모였다. 모처럼 케이가 한 아침을 받아 들고는 담담히 식사를 시작했다.

"자, 이제 어디로 갈까?"

아침을 먹는 일행을 둘러보며 케이가 물었다.

"이왕 바다까지 온 거 배를 타고 바다를 건너도록 하죠. 마다가스 반도의 디아스 왕국으로 가는 게 좋을 것 같군요."

류블라드의 지리에 가장 밝은 바볼랏이 즉시 대답했다. 아마도 전날 바다를 보는 순간 생각해 둔 것이 틀림없었다.

"흠… 그래? 다른 의견은?"

아무도 없었다. 아니, 벌써 배를 타기라도 한 양 모두의 얼굴은 흥분으로 시뻘겋게 달아올라 있었다. 이곳에서 보기만 해도 엄청난 바다인데 배를 타고 그 가운데로 뛰어들면 어떨까를 상상하는 그들의 얼굴은 생기로 가득 차 있었다.

"휴, 그럼 배를 타고 가는 걸로 낙찰인가?"

'쩝, 배를 타고 하는 여행은 생각보다 지루한데. 게다가 배 멀미는 어찌 감당하려고.'

전생에 부산에서 제주도까지 배를 타고 가본 경험이 있었던 케이는 배 여행에 대한 흥분으로 들뜬 일행을 보며 걱정이 먼저 일었다.

"자, 그럼 일단 티비아로 가도록 하죠. 그곳에는 디아스 왕국으로 가는 배편이 많으니까요. 일단 티비아는 마다가스 반도의 나라와 무역을 담당하는 무역항이니까요."

바볼랏의 말에 다들 자리에서 일어나 주변을 정리하고는 멀리 보이는 티비아를 향해 출발했다.

"사실 이 앞에 펼쳐진 바다는 진정한 의미의 바다라고 할 수 없죠."

눈앞에 펼쳐진 장엄한 광경에 말도 잊은 채 감동에 빠져들다 급기야 일출을 보고 눈물까지 흘린 이는 어디 사는 누구냐는 듯 걸음을 옮기던 바볼랏의 입에서 들뜬 목소리가 흘러나왔다.

"예? 그게 무슨 말이에요, 바볼랏 오빠?"

그 말에 가장 먼저 관심을 보인 것은 세린이었다. 두 눈을 빛내며 바볼랏의 대답을 재촉하고 있었다.

"흠… 무슨 말이냐 하면 육지와 바다가 만나는 곳은 두 가지 형태가 있어. 바로 육지가 바다로 툭 튀어나온 반도라는 것이고 바다가 육지로 들어와 육지가 움푹 파인 만이라는 것이지. 지금 우리 눈앞에 펼쳐진 저 바다는 셀레베스 만이라는 곳으로 바다가 육지 쪽으로 들어온 거야. 블루덴 대륙, 아니, 류블라드에서 가장 넓은 만이지. 그나마 우리가 있는 곳은 셀레베스 만 중에서도 가장 좁은 곳이고 남쪽으로 더 깊게 내려가면 헤이트론 성국 정도의 두세 배는 될 정도로 크지."

"우와!"

찬탄이 터져 나온 것은 발린 쪽이었다. 그도 진지하게 바볼랏의 설명을 듣다가 셀레베스 만의 엄청난 규모에 자기도 모르게 소리를 지른 것이다. 발린의 반응에 바볼랏은 더욱 기분이 좋아져 설명을 계속했다. 자고로 흥분하며 들어주는 청자가 있으면 화자는 더욱 힘이 나는 법이다.

"바다가 육지로 들어온 곳이 있으면 육지가 바다로 나온 곳도 당연히 있겠지. 바로 우리가 갈 마다가스 반도지. 셀레베스 만이 가장 큰 만이듯 마다가스 반도 또한 가장 큰 반도지. 그곳에는 디아스, 포카트, 미오라는 세 왕국이 있고 우리가 앞으로 갈 곳은 그중에서 디아스라는 왕국이야. 그리고 디아스의 북쪽 바다가 진정한 바다지."

의기양양한 바볼랏의 설명에 감탄하는 세린과 발린, 그리고 그곳에 케이가 끼어들었다.

"뭐, 바볼랏의 말이 맞기는 하지만 셀레베스 만이나 디아스의 북해

나 인간이 보기에는 똑같이 끝도 안 보이는 광활한 바다라구. 그러니까 괜한 기대는 하지 마."

케이의 말에 바볼랏은 김빠진 얼굴을 했다.

"케이, 그런 것을 일일이 말해 줄 필요는 없잖아요."

"몰라. 진정한 바다도 아닌 겨우 만을 보고 눈물까지 흘린 남자의 말은."

한 발 앞서 나가 손을 흔들며 하는 케이의 말에 바볼랏의 맥 빠진 얼굴에는 작은 일그러짐이 생겼다.

"케이~!"

바볼랏의 외침은 그저 공허히 흩어질 뿐이었다.

"아, 세린. 혹시 배를 타게 되면 나에게 정령 마법을 가르쳐 주지 않을래?"

"예? 알았어요."

아르스 노바를 떠난 후에 정령 마법을 배워야겠다는 생각을 하고 있던 케이는 마침 지루해질 것이 뻔한 배에서 배우기로 마음을 정하고 세린에게 말했다.

서쪽으로 그림자를 길게 늘어뜨리며 가벼운 발걸음으로 다섯 명의 일행은 티비아를 향해 갔다.

'그나저나 자일론 녀석은 잘 있으려나?'

갑작스럽게 머리에 떠오른 자일론에 대한 생각을 바다에 띄운 채 케이는 한 걸음 한 걸음 앞으로 내딛었다.

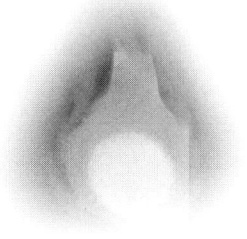

특별편

취조

퍼억!

@신가™: 으… 음… 여긴 어디지? 갑자기 무언가가 날 세게 때린 것 같았는데…….

케이: 홋, 이제야 정신이 든 모양이군.

@신가™: 헉! 넌, 케이? 네 녀석이 왜 여기에? 앗, 그리고 보니 내가 왜 묶여 있지.

비볼랏: 이제야 눈치 채시다니 좀 느리시군요.

케이: 아니, 뭐 벌써 3권이나 지나왔는데 당신한테 물어볼 것이 좀 쌓여 있어서 말야. 일단 나부터. 자, 3권 17식에서 내가 천막을 치는 장면 말이야. 천막을 치려면 바닥에 천막을 고정할 기둥 같은 것도 박고 해야 했을 텐데… 어째서 침대를 놓을 때가 되어서야 땅이 젖은 걸 알아차리지?? 왜 전개가 그러냐구! 네놈이야 그저 편안히 앉아서 손가락만 까딱거리면 되지만 직접 움직인 우리는 얼마나 힘들었는지 알아! 왜 그런 거야?!

@신가™: 앗, 맞다. 정말 그러네. 잊고 있었어…ㅡ.ㅡ

케이: ㅡ.ㅡ++

화르륵. 케이의 왼손에 불꽃이 타오르기 시작했다.

@신가™: 이봐… 설마 그 정도 일로 날 어쩌려는 건 아니겠지? 내가 어찌 되면 니들도 더 이상 존재할 수 없다구…….

비볼랏: 자자~ 케이, 참아요. 그럼 이번에는 제가 묻죠. 전 신관인지라

케이처럼 난폭하게 굴지는 않으니 그리 긴장할 거 없어요. 후훗. 전 단지 저의 지적 호기심을 충족시키기 위해서니까요. 오마의 제방이 무너진 원리를 케이가 설명해 줄 때 범람시 제방 위쪽에 과도한 힘이 가해져서 허물어지듯 무너진다고 했죠. 당신이라면 저에게 그 원리에 관해서 좀 더 자세히 설명해 주실 수 있겠죠. 케이는 도통 가르쳐 주지 않는군요.

@신가FᵀᴹFᵀ : 우우…—.—;; 몰라.

비볼랏 : 예?

@신가FᵀᴹFᵀ : 모른다구. 내가 무슨 토목공학과 학생도 아니고 모른다고. 그저 어디서 주워 들은 걸로 대충 둘러댄 거야. 그러니까 케이도 몰라서 너한테 대답 안 한 거라구. 나도 모르는데 케이 저 녀석이 어떻게 알겠어.

비볼랏 : 케이, 정말인가요?

훗. 바볼랏이 날카로운 눈으로 케이를 째려보기 시작했다. 훗, 케이 녀석 당해보라지.

케이 : 아… 아… 바볼랏 그게 말이지…….

바볼랏의 공세에 당황하던 케이. 오른손에 파이어 볼을 생성해서 나를 째려보기 시작한다. 젠장, 저 자식.

@신가FᵀᴹFᵀ : 이봐, 바볼랏. 난 잘 모르지만 말야. 어느 독자의 리플에 이런 말이 있더군. 제방이 물을 막고 버틸 수 있는 것은 제방 자체의 무게 때문이라고. 그런데 물이 제방을 넘겨 버리면 물의 부력 때문에 제방이 살짝 떠오르게 된대. 바로 그때 물이 밀어버리면 제방은 무너진다는군. 어디까지나 어느 독자 분의 조언이라 나도 사실 여부는 몰라.

비볼랏 : 호오~ 그럴듯한 걸요. 당신이 케이에게 알려준 그 허접스러운 설명보다 훨씬 설득력이 있어요.

'으… 바볼랏 이 녀석…—.—+

비볼랏 : 그리고 한 가지 더요. 왜 저의 성격이 이렇게 가볍고도 멍청하게 설정된 거죠. 제가 저의 진정한 신분을 밝힐 때의 그 모습이라면 저도 제법 카리스마가 있는 인물인데 말이죠.

@신가™ : 아, 어느 소설이든 말이지 스스로 망가지면서 분위기를 띄우는 캐릭터가 존재하기 마련이잖아. 난 그런 역할을 신관에게 주고 싶었고 그래서 네 성격이 그런 거야.

비볼랏 : 그러니까 제가 분위기 띄우기용 망가지기 전담 캐릭터라는 건가요, 지금? —.—++

그렇게 말하며 이마에 힘줄이 불거진 바볼랏 녀석의 손에도 불꽃이 일렁이기 시작했다. 젠장, 저놈 신관인데 어떻게 파이어 볼을……

@신가™ : 아아… 말은 끝까지 들어야지. 그러니까 어디까지나 너는 너의 신분을 숨기기 위해 일부러 그렇게 행동하는 거라구. 너도 네 신분을 밝힐 때의 그 모습은 기억할 거 아냐.

비볼랏 : 호~ 과연 그렇군요. 역시 원래 저의 성격은 헤이트론의 왕세자 바볼랏 데인 헤이트의 그것인 거로군요. 어디까지나 위장을 위해 가볍게 행동하는 거죠. 그래요.

금세 기분 좋아져서 웃는, 단순한 놈 같으니. 그래서 넌 그렇게 멍청하고 가볍고 한심스러운 성격인 거라구. 『케이』끝날 때가 돼봐라, 네가 원하는 성격이 다시 한 번 등장할지. 감히 작가를 협박해? 네놈은 평생 푼수로 살 캐릭이야. 왕세자라 왕이 될 거 같지? 너 왕 되기 전에 『케이』끝나. 푼수야. —.—++++

세린 : 저기, 저도 궁금한 게 있는데요.

@신가™ : 아, 세린. 그래, 뭐가 궁금하지?

세린 : 제가 케이 1, 2권을 봤거든요. 그런데 책 뒷표지 보니까 케이 오빠가 두 번 죽은 것처럼 소개해 놨더라구요. 케이 오빠 한 번은 차원 이동으로, 그리고 한 번은 죽어서 류블라드로 오게 된 것 아닌가요?

@신가™ : 아, 세린 말이 맞아. 나도 그 부분이 좀 의아했지. 출판사 측 말로는 광고 카피니까 하나하나 설명하지 않고 그렇게 갔다고 하더군. 하나하나 설명하다 보면 느낌이 약해질 수 있기 때문이라나? 대답이 됐니?

스카풀라 : 그럼 잠깐 나 좀 보지.

@신가™ : 너도 있었냐?? ㅡ.ㅡㅋ

스카풀라 : 아무리 내가 아직은 1,000살밖에 안 됐다지만 어떻게 브레스의 위력이 저 딴 늑대 녀석과 비슷한 거지?

@신가™ : 몰라. 이미 죽어버린 엑스트라 드래곤 녀석의 푸념 따위.

스카풀라 : 뭐얏! ㅡ.ㅡ++

@신가™ : 이봐, 넌 네 녀석 이름의 의미나 알고 있는 거냐? 뭐, 검색창에서 검색해 보면 천주교에서 말하는 성의(聖衣)라던가 하는 종교적인 물품의 이름으로 나오지만 말야. 그게 아니라구. 'Scapula'가 네놈 이름의 기원이야. 의미는 견갑골(肩胛骨). 단순히 사람 몸에 있는 뼈다귀라고. 잠시 나오고 사라질 단역이라 대충 지은 이름이지. 그런데 감히 작가에게 자신이 그렇게 쉽게 케이에게 진 이유를 설명하라고 요구를 해! 아이씨, 생각하면 할수록 열받네. 좋아, 그렇담 네놈이 『케이』에서 배역을 맡게 된 과정도 이야기해 주지. 사실 네놈 따위 애초에 등장할 예정이 병아리 눈꼽만큼도 없었어. 알아? 원래 홍수 편은 수해 복구 작업을 하는 케이 일행과 오마의 악덕 영주 사이의 갈등을 그릴 예정이었다구. 그런데 수해 복구 작업을 묘사한다던지 뭐 건축

등에 관한 전문 지식, 그리고 영주가 등장하게 되면 필수 옵션으로 따라붙는 기사단과 사병들 등 인원수가 너무 늘어나 버려서 이야기 쓰는 데 압박이 오더란 말야. 특히 기사단과 사병들, 그거 의외로 쓸 거 많고 설정할 거 많다고 알아? 그래서 결국 나의 이 귀차니즘으로 인해 영주는 딱 한 줄 나오고 미리 캐스팅해 놨던 사병역들 다 돌려보내고 또 캐스팅해 뒀던 기사단도 네 명 빼고는 해산시킨 거지. 뭐, 덕분에 영주 아들이 출연하는 영광을 누렸지만 말이야. 아무튼 그 장면을 그냥 영주 아들이 병 걸린 거로 처리해 버리니 분량이 엄청 줄었어. 알겠어? 네놈은 분량 땜빵용으로 출연하게 된 엑스트라 드래곤이라는 것을? 이제 네 주제를 알겠냐? 그런데 왜 네놈 브레스가 케이의 것과 위력이 비슷하냐고? 군이 원한다면 설명해 주지. 케이는 주인공! 넌 조연급도 안 되는 분량 땜빵용 엑스트라! 됐냐?

스키풀라: 우… 우… 우웃… 우앙~!

훗, 같잖은 녀석. 엑스트라 주제에 어딜 나서. 그것도 이미 출연 기한도 다 끝난 녀석이.

퓨어: 저, 그런데 저도 그게 궁금한데요.

응? 퓨어도 있었어? 그렇다면…….

@신가™: 응? 퓨어도 있었어. 뭐, 퓨어가 궁금하다니 어쩔 수 없군. 가르쳐 줘야지. 에르데미안이 케이에게 드래곤의 브레스에 대해서 설명하는 장면이 나오는데 말이지, 드래곤 하트는 보석 형태로 이루어져 있고 삼 등분 되어 있지. 그리고 브레스를 쓸 때마다 그 1/3에 해당되는 마나가 사용돼. 하지만 드래곤 하트에서 사용되는 마나는 브레스의 위력과는 아무런 연관이 없지. 드래곤은 브레스를 사용하기 위해 주위의 마나를 잔뜩 몸 안으로 끌어 모으는데 이때 모이는 마나 양이 브레스의 위력과 직결되지. 아무튼 단순히 몸

안에 모으기만 한 마나는 그때까지는 단순한 마나일 뿐이야. 드래곤 하트에서 사용된 마나가 몸 안에 모은 마나를 브레스라는 형태로 가공시키는 것이지. 그 과정에서 드래곤의 색깔에 따른 속성이 부여되는 것이고. 드래곤 하트에 모인 마나는 드래곤의 속성을 가지니까 말이야. 결국 브레스라는 것은 신이 내린 권능이라 할 정도로 만들어내는 것이 어려워. 드래곤 하트의 마나 1/3에 해당하는 어마어마한 양이 촉매제로 쓰일 정도로 말이지. 그리고 드래곤이 들이마실 수 있는 마나 양은 나이에 비례하지. 즉, 어릴수록 적게 모을 수밖에 없는 거야. 뭐, 설혹 별종이 태어나 많이 모을 수 있다고 해도 그 마나 중 브레스로 만들 수 있는 양은 자신의 드래곤 하트의 용량에 따라 정해지지. 즉, 드래곤 하트에 있는 마나가 적으면 그만큼 브레스로 바꿀 수 있는 마나도 줄어든다는 말이지. 3권에서 보면 에르데미안이 드래곤 하트와 브레스의 위력에는 직접적인 연관이 없다고 했지만 이렇게 따지면 연관이 있는 거지. 뭐, 일반적으로 드래곤들은 자신이 브레스로 변화시킬 수 있는 양까지의 마나만 모을 수 있으니 에르데미안의 말이 틀렸다고도 할 수 없어. 그래서 나이가 어릴수록 한 번에 머금을 수 있는 마나 양이 적은 것이고. 헉헉헉, 숨 차다. 이제 알겠어?

퓨어: 음… 무언가 어렵지만 대강 알 것 같기는 하군요.

케이: 아, 그러고 보니. 스카풀라 녀석, 나의 자연검을 맞고 소멸됐는데 어떻게 드래곤 하트는 남아 있던 거지? 용가리 통뼈라는 드래곤 본도 소멸했는데 말이지.

@신가™: 그건 말야. 자연검 때문에 드래곤의 뼈와 가죽 등의 몸체는 자연으로 돌아가는 과정, 즉 소멸된 거지. 자연검으로 베어버렸다면 그냥 목만 떨어지고 말았을 것을 케이 네가 스카풀라가 도망가는 것을 막기 위해 자연

검의 기운으로 그놈을 묶어둔 후 사방에서 에워싸듯 공격을 했잖아. 그래서 온몸으로 자연검의 기운을 맞고 소멸해 버린 거야. 네가 깨달은 검결을 네가 모르냐? ㅡ.ㅡ; 그리고 스카풀라를 잡은 것도 네 녀석이면서 어떻게 모를 수가 있어. 그런데! 여기서 드래곤 하트만 남은 이유는? 네놈도 알다시피 드래곤 하트는 어마어마한 마나를 머금은 마나의 결정체지. 보석의 형태로 존재하는. 그랬기에 드래곤 하트만이 홀로 남아 있는 거지. 네가 그냥 그놈 목을 베어버렸다면 피, 뼈, 가죽을 다 얻었을 터인데~ 아~ 아쉬워라~

케이: 뭐, 그럼 그냥 빨리 달려들어서 목만 뎅강 베어버리면 된 거잖아! 그편이 마나 소모도 훨씬 적었을 텐데. 왜 그런 방법으로 스카풀라를 잡게 설정한 거지! 으으~ 아까운 드래곤 블러드, 드래곤 본, 드래곤 스킨. 그게 어떤 물건들인데. 어마어마한 레어 아이템! 아니, 거의 유니크 아이템이란 말이닷!

훗, 시체 남겨봐야 그거 처리하는 것은 결국 난데. 나만 귀찮아지고 네놈들 좋은 일을 왜 해? 나중에 드래곤 시체 사용하는 스토리 짜내기 귀찮아서 그냥 소멸시켜 버렸다. 후훗.ㅡ.ㅡ;;

비볼랏: 저, 케이. 이제 궁금한 것도 대충 다 물어본 것 같은데 이만 풀어주도록 하죠.

오옷, 바볼랏 녀석. 모처럼 예쁜 짓 좀 하는걸.

케이: 잠깐. 이제 마지막 질문. 도대체 이 발린 녀석은 왜 내가 떠맡아야 하지. 그리고 수많은 독자들의 리플을 봐서 알겠지만 알라닌 녀석이 나에게 발린을 맡기는 장면은 어색하기 그지없고 인과성도 없었으며 말도 안 되는 이야기 전개였다고!

발린: 케… 케… 케이님. ㅠ,.ㅠ

@신가™ : 홋, 애 보기가 귀찮은 모양이군.

케이 : ㅡ.ㅡ;;; 뭐, 꼭 그렇다기보다는…….

@신가™ : 얼굴에 다 드러났어. 뭘 얼버무리려 하기는. 일단 풀어줘. 그러면 대답해 주지.

음… 진작 좀 풀어줄 것이지. 아우, 손목이야… 발목은 참 단단히도 묶어 놨군. 쩝.

@신가™ : 대답해 주지. 독자들의 리플과 너의 푸념은 충분히 이해해. 하지만 발린은 꼭 필요한 캐릭이기에 어떻게든 등장시켜야 했다구. 그래서 어영부영 등장하게 된 것이지. 그래서 네가 애 보기를 하게 된 거고 말이지. ㅋㅋ 너, 바볼랏 말고는 주변 인물들이 너무 어리다고 생각하지 않냐. 퓨어야 엘프니 넘어가고 세린과 발린은 겨우 열두 살이란 것이.

케이 : 그렇군… 헉… 혹시 네 녀석 취향이…ㅡ.ㅡ

@신가™ : ㅡ.ㅡ++ 뭐냐, 그 말도 안 되는 상상은. 잘 들어둬. 3권까지의 이야기는 이제 본편으로 들어가기 위한 서장격이라구. 케이는 전반부와 후반부가 각각 4권으로 예정되어 있다구. 이제 4권이면 전반부는 끝나고 5권부터는 성인이 된 자일론과 더불어 세린, 발린, 퓨어, 그리고 케이 너와 기타 등등 캐릭터들이 등장할 예정이야.

케이 : 호~ 그런 거였어? 난 또…….

@신가™ : 그래서 이야기 시작할 때 겨우 7, 8세로 등장하고 잊혀져 있는 자일론 녀석을 지금부터 키워야 한다는 거지. 앞으로 한 10년 정도는 자일론 이야기만 나올 거다. 아니, 지금 시간에서 2년을 거슬러 올라가야 하니 실제로는 앞으로 8년 동안이군.

케이 : 뭐… 뭐얏!

@신가™: 홋. 그럼 너희들의 이야기 속에서는 주신인 헤이트론보다도 더한 권능을 지닌 '신', 이 작가님을 기절시키고 묶어놓는 만행을 저지르고도 그냥 넘어갈 줄 알았냐? 앞으로 8년간은 출연 정지다. 늬들 모두. 아, 그렇다고 너무 병찐 표정 짓지 말라구. 내 마음이 아프잖아. 8년이라고는 해도 고작 1권 분량이니까 5권부터는 다시 출연할 수 있을 거야. 그러니까 4권에서만 쉬어. 4권은 자일론 녀석 이야기니까. 홋, 그럼 난 이만 가지~! 잘들 쉬라구~!

케이, 바불랏, 퓨어, 발린, 세린:잠깐, @신가™ ~! 거기 서~!

스카풀라: 홋, 뭐 난 어차피 나올 장면이 다 끝난 일회용 엑스트라 드래곤이니 뭐, 별 상관없군. 그나저나 네놈들 쌤통이다. ㅋㅋㅋ

@신가™: 아참, 독자 여러분 책에는 제 필명이 그냥 '신가'라고 되어 있죠? 원래는 @신가™이랍니다. 서점이나 도서관에서의 분류나 검색상의 이유로 그냥 '신가'라고 한 거예요. 그럼 4권에서 뵙겠습니다~!

〈4권으로 이어집니다〉